иронический детектив

В компании
с ироническими детективами
Елены Логуновой всегда весело:

1. Принц в неглиже
2. Везет как рыжей!
3. Конкурс киллеров
4. Кляча в белых тапочках
5. Секретная миссия Пиковой дамы
6. Звезда курятника
7. Снегурка быстрой заморозки
8. Коктейль из развесистой клюквы
9. Красота спасет мымр
10. Кукиш с икоркой
11. Суперклей для разбитого сердца
12. Дефиле озорных толстушек
13. Сеанс мужского стриптиза
14. Брак со стихийным бедствием

иронический детектив

Елена Логунова

БРАК СО СТИХИЙНЫМ БЕДСТВИЕМ

Москва
Эксмо
2006

УДК 82-3
ББК 84(2Рос-Рус)6-4
Л 69

Оформление серии художника *В. Щербакова*

Серия основана в 2005 году

Логунова Е.

Л 69 Брак со стихийным бедствием: Роман. — М.: Изд-во Эксмо, 2006. — 352 с. — (Иронический детектив).

ISBN 5-699-15684-4

С утра пораньше Ленину квартиру посетила какая-то подозрительная девица и полезла обниматься к ее мужу Коляну. Как выяснилось, она перепутала его с соседом сверху по прозвищу Балда, который тем же утром досрочно отправился на тот свет! Продолжение этой дурацкой истории поджидало Лену в приморском пансионате, куда она с семьей приехала отдыхать. Там тоже появилась эта особа! Неужели у нее с Коляном что-то есть? Но Лена ошиблась: девица бросилась в море со Скалы Ревнивицы, последовав примеру героини легенды. Или ее столкнул какой-то другой ревнивец?

УДК 82-3
ББК 84(2Рос-Рус)6-4

ISBN 5-699-15684-4

1.

— Мамочка! Ну, мамочка! Проснись!

Я вспомнила, что мамочка — это я, и с трудом разлепила ресницы. В полумраке надо мной нависла некрупная фигура трехлетнего ребенка — моего собственного сынишки Масяни. Ребенок терпеливо дождался, пока я его узнаю, и, не ответив на мою вымученную улыбку, очень серьезно спросил:

— Мамочка, а почему ты не бегемот?

— Э-э-э, видишь ли...

Я замолчала, не зная, что сказать. Ответить тем не менее было нужно. Ребенок не поленился подняться на рассвете, значит, его по-настоящему глубоко волнует этот, прямо скажем, непростой вопрос.

— Как-то не сложилось, — немного виновато пробормотала я.

— Не задалась карьера бегемота! — сдавленно захихикал из-под одеяла Колян, притворявшийся спящим, чтобы самому не нарваться спозаранку на какой-нибудь каверзный детский вопрос. — А жаль! Представь, Кыся, ты — бегемот! Блаженно жмурясь и похрюкивая от удовольствия, лежишь в мутной теплой луже и прищуренными бегемотьими глазками любуешься родными африканскими видами!

— Звучит заманчиво! — согласилась я, нечеловеческим усилием воли выбрасывая себя из постели.

Вчера мы с Коляном легли спать очень поздно, я не выспалась и с удовольствием полежала бы где угодно. Например, в теплой африканской луже.

Я прошлепала в ванную и там узнала, что древние китайцы были в высшей степени правы, когда придумали афоризм «Бойтесь своих желаний, ибо они могут сбыться»! Оказывается, я совершенно напрасно сожалела об отсутствии поблизости теплой лужи. Лужа была! Она образовалась на кафельном полу из воды, в большом количестве просочившейся с потолка. Причем капель еще не закончилась и лужа продолжала увеличиваться.

Я машинально потрогала воду ногой — теплая. Будь я бегемотом, была бы довольна!

— Радуйся — ты накликал! — с претензией сказала я, вернувшись в комнату. — Набалдашкин снова нас затопил!

— Опя-ать?! — Колян заворочался и выбрался из-под одеяла, всклокоченный, помятый и злой, как весенний мишка. — Ну, сейчас я ему покажу!

Натягивая джинсы, муж прыгал по комнате на одной ноге и в такт прыжкам приговаривал:

— Я сейчас... Пойду к Балде... Надаю ему... По балде!

Масяня, которому понравился папин нехитрый стишок, радостно засмеялся и тоже запрыгал на одной ножке.

— «Балде — по балде» — это плохая рифма, — покритиковала я.

— Зато хорошая педагогика! — сердито ответил Колян. — Ну, в самом-то деле, пора уже надавать этому охламону воспитательных оплеух!

Спорить я не стала. Игорь Набалдашкин, за глаза называемый Балдой, — это наш сосед сверху. Молодой мужик, занятый на серьезной работе в страховой компании, в быту проявляет себя как абсолютно асоциальная личность. Во-первых, он то и дело заливает нас водой из переполненной ванны. Во-вторых, врубает колонки своего домашнего кинотеатра на такую мощность, что вибрируют стены. В-третьих, его простодушная подружка вытряхивает пыльные коврики и покрывала над головами прохожих. В-четвертых, в-пятых и в-шестых... В общем, идея дать Балде по одноименному органу мне понравилась. Я только жалела, что не увижу этого своими глазами, так как не смогу пойти с Коляном — Масянька не любит оставаться один и, оказавшись без приятной компании, поднимает такой ор, что стены трясутся не хуже чем от стереозвуков Балды. Кроме того, следовало заняться истреблением лужи, пока она не вступила в стадию весеннего разлива.

Благословив мужа на проведение небольшого воспитательного мордобоя, я включила компьютер и усадила Масю смотреть мультики, чтобы он не вздумал помогать мне в ванной. Сама же засучила рукава, закатала штанины пижамы и пошла сражаться с водной стихией.

С потолка все еще текло, так что мое противопаводковое мероприятие здорово смахивало на труды Сизифа. Утешало только то, что мы, в отличие от бестолкового Балды, никого не зальем. Хотя под нами есть еще один этаж, он не жилой. В высоком цоколе расположены кладовки, по одной на каждую квартиру в доме.

Не успела я толком осушить болото, образовавшееся в ванной, как вернулся Колян. Физиономия у него была задумчивая. Это меня удивило. Неужто один-единственный короткий сеанс воспитательного рукоприкладства настроил супруга на философский лад?

— Размышляешь над проблемами педагогики? — колко спросила я.

— Что? — Он с трудом очнулся от раздумий. — А, нет...

— Так в чем же дело? — я начала сердиться и грубить. — Ты провел разъяснительную работу с Балдой? Дал этому придурку по голове или нет?

— Нет, — коротко ответил Колян.

— Почему?

Пауза. Муж в глубокой задумчивости уставился на телефон, закрепленный на стене прихожей как раз на уровне его глаз.

У моего любимого супруга гренадерский рост, почти два метра. Телефонный аппарат мы повесили так высоко только для того, чтобы до него не мог дотянуться Масяня. Однако ребенок уже умеет строить вавилоны из табуреток и, кроме того, быстро растет, так что я подумываю переместить телефон под самый потолок. Правда, тогда я сама буду вынуждена снимать трубку в прыжке, но ведь физкультурные упражнения полезны для здоровья...

Я спохватилась, что думаю не о том, и вернулась к теме разговора.

— Коля! Почему ты не дал Балде по балде?

Колян посмотрел на меня рассеянным взором и внушительно, но непонятно сказал:

— По причине отсутствия таковой!

Это заявление поставило меня в тупик. Пока я озадаченно молчала, пытаясь сообразить, что там у кого отсутствовало, муж протянул руку к телефону, набрал знакомый номер и произнес в трубку:

— Серый, привет!

— Ждороф, Колян! — Лазарчук разговаривал с набитым ртом. — Што у ваш на этот раж? Што шлушилошь?

Наш друг Сергей Лазарчук — капитан милиции. Оперативная работа наложила на него неизгладимый профессиональный отпечаток, и любой неожиданный звонок он по умолчанию считает сигналом бедствия.

— Серый, нас Балда затопил! — сунувшись поближе к трубке, обиженно сказала я.

— Опять будете просить меня призвать его к порядку? — почавкав и восстановив дикцию, вздохнул Лазарчук. — Слушайте, я вам уже десять раз объяснял: это не мой профиль! Звоните в РЭП и своему участковому! Я не спец по бытовым склокам, если только они не заканчиваются нанесением тяжких телесных повреждений!

— А сломанная шея — это достаточно тяжкое повреждение? — отодвинув меня от трубки, язвительно спросил Колян.

Лазарчук замолчал, у меня же с языка сорвалось:

— Коля, ты же собирался дать Балде по голове, а не по шее!

Тут до меня дошло, что эти слова слышит ответственный милицейский товарищ, и я поторопилась заткнуться, чтобы не подвести под монастырь любимого мужа. Даже если он пристукнул Набалдашкина, я буду на стороне супруга.

— Колян, я не понял, ты что, грохнул своего соседа? — недоверчиво спросил Серега.

— Мне очень хотелось это сделать, но обошлось без моего участия, — с легким сожалением признался тот. — Когда я поднялся к Балде для предметного разговора, он уже был наполовину там.

— Да говори ты толком! — Я вспылила раньше, чем профессионально терпеливый Лазарчук. — Что значит — был наполовину там? На полпути в мир иной? То есть его душа уже отлетала?

— Насчет души я ничего не знаю, а вот тело его осталось в квартире только наполовину, — ответил муж.

И добросовестно объяснил:

— В данный момент нижняя часть Балды свисает с подоконника в комнату, а верхняя торчит на улицу. Похоже, он выглянул из окна, оконная рама рухнула вниз, как нож гильотины, и перебила ему шею!

— Какая жуть! — ужаснулась я.

— Короче, я все понял, — скучно подытожил Лазарчук, не особенно устрашенный душераздирающим рассказом Коляна. У нашего капитана выдержка, как у его любимого напитка — марочного коньяка. — У вас там в квартире наверху труп. Он один?

Колян немного подумал и рассудительно ответил:

— Не исключено, что там есть и другие трупы, но их я не видел!

— Я спрашиваю, есть ли в квартире кто-нибудь, кроме покойника? — Серега быстро терял спокойствие.

— Во всей квартире — не знаю, я там не разгуливал, а в кухне был только Балда, — сказал Колян. И добавил тихонько, чтобы не нервировать Лазарчука сверх необходимости: — И то не весь целиком, а только от шеи и ниже!

— А кто же тебе в таком случае дверь открыл? — Сыщик без труда заметил несоответствие.

— А никто! Она была открыта!

— Та-ак, очень хорошо, просто замечательно! — протянул Лазарчук таким тоном, что в сказанное им как-то не очень верилось. — Никуда не уходите, мы скоро будем.

Употребленное Серегой местоимение множественного числа ясно указывало на то, что он прибудет не один, и я подумала, что надо срочно наполнить и вскипятить чайник. Я сказала об этом Коляну, но он покачал головой:

— Вряд ли оперативники будут у нас чаи гонять! Разве что после того, как соберут воедино куски головоломки.

— То есть соединят вместе тело и голову Балды? — Я вздрогнула, представив себе этот жуткий конструктор.

— Это тоже, — Колян тоже поежился. — Хотя под головоломкой я подразумевал не части тела Балды, а загадку его трагической гибели.

— Пожалуй, я все-таки поставлю чайник, что-то мне зябко стало!

Муж потопал за мной, многословно рассуждая:

— Конечно, не исключено, что Балда погиб в результате несчастного случая, но только как-то подозрительно все это выглядит! Мужик залез в ванну, пустил воду, пену взбил, как в пивной кружке, а потом почему-то выбрался из воды и голый, мокрый высунулся в окно!

— Может, он напустил в маленькое помещение ванной слишком много горячего пара и почувствовал удушье? — предположила я. — Поэтому срочно вылез из ванны, прошлепал в кухню и открыл окно, чтобы глотнуть свежего воздуха?

— Я бы скорее предположил, что он был дома не один, когда вздумал принять ванну, — сказал Колян. — А уже купаясь, услышал стук закрываемой двери и поторопился выглянуть в окно, чтобы окликнуть уходящего!

— Он не мог увидеть уходящего в окно кухни! Подъездная дверь на противоположной стороне дома! — напомнила я. — Под кухонным окном у Балды площадка для сушки белья, и она с трех сторон закрыта заборчиком!

— Может, он уже в ванной запоздало спохватился, что не взял с собой чистое полотенце? — Колян почесал в затылке. — И выглянул из кухонного окна на площадку, чтобы попытаться снять подходящее прямо с веревки?

Я уже собралась раскритиковать и эту версию, но тут из комнаты донесся зычный глас Масяни. Ребенок досмотрел мультики и требовал, чтобы папа поиграл с ним в компьютерную игру. Папа послушно пошел развлекать потомка, а я спохватилась, что пора кормить семейство завтраком.

Полуфабрикатные блинчики с мясом разморозились, подрумянились и уже были почти съедены, когда в нашу дверь громко и решительно постучали. Опрокинув табуретку, я ринулась в прихожую и открыла дверь. На лестничной площадке стоял капитан Лазарчук. Физиономия у него была недовольная, и никакой радости от нашей с ним неурочной встречи на ней не читалось.

— Мы уже здесь, — сурово сказал Серега. — Не вздумайте никуда уходить, мы еще будем с вами беседовать!

С этими словами он затопал вверх по лестнице, а я вернулась в кухню, забыв запереть дверь. Стала энергично мыть посуду и едва не расколотила чашку — очень уж рассердилась на Лазарчука! Разговаривает с нами, как с подозреваемыми! Как будто не знает нас с Коляном! Разве мы могли бы кого-то убить?

Мы добрые, мирные и культурные люди, мухи не обидим!

Тут я вспомнила, как злобно науськивала своего мирного и культурного мужа поколотить соседа, имевшего несчастье нас затопить, и мне стало стыдно. Однако обида на нечуткого Лазарчука осталась, и я не поспешила в прихожую, когда в дверь снова коротко и решительно постучали.

— Кыся, открой! — крикнула я мужу.

Колян прошлепал в прихожую, распахнул дверь, но сурового капитанского голоса я не услышала. То ли Серега общался с Коляном на языке жестов, то ли они обменивались мыслями. Или устроили минуту молчания, чтобы почтить память усопшего Балды?

Заинтригованная, я вышла в прихожую и ахнула. Никакого Лазарчука там не было и в помине, зато имелась незнакомая девица развратного вида и явно легкого поведения! Она висела у Коляна на шее, как оригинальный медальон.

Я грозно нахмурилась и уперла руки в бока. Колян поверх лохматой белобрысой головы девицы поймал мой взгляд и тряхнул шеей, как лошадь, которой не нравится, что ее захомутали. Девица сползла ниже и повисла на свитере моего мужа, цепляясь за вязаное полотно акриловыми когтями.

— Кх-гм! — громко кашлянула я.

Девица-липучка съехала вниз, встала на ноги, обернулась ко мне и... тоже уперла руки в бока!

Будь незваная гостья повыше ростом и постройней, я могла бы подумать, что смотрюсь в зеркало — так похожи были наши позы и мины!

— Милый, кто это?! — блондинка прищурилась, словно я была насекомым, разглядеть которое без мощной увеличительной оптики крайне трудно.

Нахалка перехватила мою реплику, и я не нашлась, что сказать. Только окинула ее высокомерным взглядом с белобрысой макушки до подкованных каблуков. Это меня ничуть не затруднило: с головы до ног в блондинке было не больше полутора метров. Маленькая, крепенькая, местами чрезвычайно круто изогнутая и глазастая, как совенок, она напоминала персонаж японского мультфильма, картинку в стиле «анимэ».

Взглядом тяжелым и обжигающим, как раскаленный утюг, я прошлась по организму девицы и напоследок крепко прижгла ей мозоли. Странно, что паркет не задымился! Однако мой умный муж понял, что запахло паленым, и поспешил заявить:

— Кыся, я не знаю эту женщину!

— Я тоже ее не знаю, — сказала я, стараясь говорить спокойно. — Приятно, что у нас с тобой по-прежнему много общего!

— Например, ребенок! — поддакнул Колян. — Масянька, ты где?

Я холодно усмехнулась, разгадав простую хитрость супруга. Он позвал сынишку, точно зная, что при ребенке я не буду поднимать крик, драться, царапаться и употреблять непарламентские выражения.

— Какой ребенок? — Белобрысая нахалка удивленно приоткрыла рот.

— Вот этот! — ответил Колян, приветливо улыбнувшись сынишке, резво прибежавшему на родительский зов.

— Одну секундочку! — деловито сказала блондинка, с трудом засовывая руку в кармашек тесных штанишек.

Она вытянула оттуда бумажку и прочитала:

— Это улица Озерная, десять, квартира восемь?

— Девушка, вы ошиблись адресом! — обрадовался Колян.

Он подхватил на руки Масяню и громко, отчетливо и очень, очень ласково сказал мне, словно я была глухой, тупой и припадочной:

— Кыся, девушка ошиблась адресом!

Я облегченно вздохнула. Меня уже отпустило, и я поняла, что именно ввело в заблуждение безмозглую девицу-анимэ:

— Дорогуша, вы приняли цокольный этаж за первый и промахнулись! Восьмая квартира наверху, над нами!

— Серьезно? Ну, тогда я дико извиняюсь! — без тени раскаяния в голосе сказала блондинка, протискиваясь в открытую дверь мимо коленок моего высокорослого супруга.

Мы с Коляном переглянулись. Рукой, свободной от малыша, муж размашисто перекрестился и захлопнул дверь.

— Фу-у-у! — сказал он. — Я почти испугался! Когда ты посмотрела на меня, как Ленин на буржуазию, я уж думал — никогда не смогу убедить тебя, что не знаю эту особу и знать не хочу!

— Хочу конфету! — сообщил Масяня, вычленивший из эмоциональной папиной речи один-единственный глагол.

— Кыся, ты же у меня лучше всех! — с преувеличенным чувством говорил Колян. — Я никогда не променяю тебя на такую финтифлюшку! Даже на сто таких финтифлюшек!

— Хочу сто конфет! — заявил Масяня, подхватив в пару глаголу подходящее числительное.

— Кыся, что же ты молчишь? — забеспокоился заботливый супруг. — Ты расстроилась?

— Что? — я наконец услышала, что со мной разговаривают. — Нет, я не расстроилась. Я задумалась.

— О чем?

— О том, что прямо над нами, в восьмой квартире, живет Набалдашкин! То есть жил! И, стало быть, это именно он — ее милый! — Я ланью прыгнула вперед. — Живо открой дверь!

Колян повиновался, я босиком выскочила на лестничную площадку и, даже не замечая, что голый цементный пол леденит ноги, устремила взгляд в потолок. Точнее, в бетонное перекрытие между этажами.

Подкованные каблуки завершили подъем по лестнице и решительно процокали у меня над головой.

— Тук-тук! — смелая девица по-хозяйски постучала в стальную дверь восьмой квартиры.

Похоже, дверь по-прежнему не была заперта, потому что характерного лязга открываемого замка я не услышала, только легкий скрип дверных петель, а потом — не в меру радостный возглас девицы:

— Милый!

И сразу же второй возглас, уже не столь радостный:

— Милый, кто это?!

— Уголовный розыск! — басом ответил «милый», а потом дверь восьмой квартиры захлопнулась с победным лязгом, который издает успешно сработавшая мышеловка.

Я вернулась в квартиру, беззвучно притворила за собой дверь, устало присела на тумбочку с обувью и посмотрелась в большое зеркало. Из его серебристых глубин на меня удивленно и недоверчиво таращилась симпатичная, но неумытая и непричесанная особа.

Краем сознания я отметила, что перед неизбежной беседой с операми не мешало бы привести себя в порядок, но не двинулась с места. Не обратила внимания даже на подозрительное шуршание, доносящееся из кухни. Похоже, любящий папочка все-таки выдал Масяне затребованную сотню конфет. Зато теперь ребенок надолго занят.

— Кыся, ты не уснула? — выглянув в прихожую, позвал меня Колян.

— Нет.

— А почему торчишь тут, как церковный ящик для пожертвований?

Это оригинальное сравнение меня заинтересовало.

— Что у меня общего с церковным ящиком для пожертвований?

— Вот эта твоя глубокомысленная складочка между бровями здорово похожа на прорезь копилки! — объяснил Колян. — Так и хочется опустить туда монетку! Дзинь!

— Дзинь-дзинь! — с готовностью продолжил музыкальную тему телефонный аппарат.

Колян протянул руку и, не снимая трубку, включил громкую связь.

— Эй, ну в чем дело? Где вы? — обиженно заголосил телефон голосом моей лучшей подруги. — Мы ждем, ждем, а вас все нет и нет! Вы что, забыли, что мы едем к морю? Или вы все-таки решили остаться в городе, потому что хотите сходить в кино на просмотр модного ужастика? Ау, отвечайте!

Иркина манера задавать вопросы списком довольно утомительна, но отвязаться от моей подруженьки совершенно невозможно. Я вздохнула и возвысила голос:

— Отвечаю на вопросы в порядке их поступления! Дело в том, что нынче утром наш сосед сверху затопил нас и умер, поэтому мы сидим дома и ждем, пока нас допросят оперативники. Ужастик мы смотреть не хотим, нам реальных кошмаров хватает. А про море мы не забыли, то есть вчера вечером еще помнили, даже вещи собрали...

— По-твоему, это ответ?! — перебила меня взволнованная Ирка. — «Сосед сверху затопил нас и умер!» Я совершенно не поняла, какова последовательность событий! Он сначала умер, а потом вас затопил? Или сначала затопил, а потом уже умер? Или умер именно потому, что черт знает в который раз вас затопил, и вы решили раз и навсегда с этим покончить?

— Ты обалдела? — Я изумленно посмотрела на Коляна, призывая его в свидетели Иркиного возмутительного обалдения. — Неужто мы стали бы его убивать?

— Это как раз объяснило бы, почему вас будут допрашивать оперативники! — уже спокойнее заметила моя подруга. — Так, значит, вы не причастны к смерти соседа?

— Нет! — в два голоса ответили мы.

— И с вас не взяли подписку о невыезде?

— Пока нет!

— В таком случае что же нам мешает провести прекрасный уик-энд у моря?

— Пожалуй, ничто! — разулыбался Колян.

— Во всяком случае, не скорбь о безвременно усопшем Набалдашкине, — пробормотала я.

— Значит, все в порядке! — Ирка бурно обрадовалась и на душевном подъеме деловитой скороговоркой выдала инструкции: — Мы больше не будем ждать, лучше сами за вами заедем, сидите на чемоданах, мы скоро будем, не затягивайте общение с ментами!

— «С ментами»! — обиженно повторил Лазарчук,

открывший дверь как раз под последние слова моей подруги. — Кто бы знал, как мне надоело это глупое и оскорбительное словечко!

Капитан вошел в прихожую, бесцеремонно ткнул меня пальцем в диафрагму и потребовал:

— Вот ты у нас дипломированный филолог! Объясни мне, почему — «мент»? Неужели от слова «ментол»? Чувствую себя сродни мятной жвачке!

— Ну, ты не настолько свеж! — справедливо, но бестактно заметил Колян.

— Скорее, я предположила бы, что слово «мент» происходит от слова «ментор», что означает «наставник». — Я мудро разрешила лингвистическую загадку так, чтобы польстить угрюмому Лазарчуку.

— Или от слова «менталитет», что означает «сознание»! — Колян вновь влез непрошеным. — Тогда получается, что мент — это наиболее сознательный член общества!

— Послушайте, а нельзя ли что-нибудь придумать, чтобы обойтись без сомнительного слова «член»? — Лазарчук снова напрягся.

— Можно! — Я больно ткнула недипломатичного супруга локтем в бок и выпихнула его в комнату. Лазарчук прошел туда же, не дожидаясь приглашения. — Можно считать слово «мент» производным от слова «ментик», что означает...

— Мент, младший по званию! — весело хрюкнул не в меру остроумный Колян.

— Ментик — это мундир гусара! — с нажимом сказала я, за спиной сердитого Сереги показав некстати развеселившемуся мужу кулак. — Ведь милиционеры, как и гусары, люди в форме!

— И тоже денег не берут! — захихикал Колян.

Лазарчук посмотрел на него тяжелым взором, вздохнул, покачал головой и язвительно сказал:

— У вас тут настоящий «Клуб веселых и находчивых»! Нашли труп — и веселитесь! И отчего это некоторым на их жизненном пути то и дело жмурики попадаются? — Капитан обернулся и выразительно посмотрел на меня.

— Статистику знать надо! — не дрогнув, ответила я. — В нашей стране смертность существенно превышает рождаемость!

Лазарчук поднял брови, осмыслил мой неожиданный аргумент и неохотно кивнул:

— Действительно, принимать роды мне еще ни разу не доводилось, все больше к покойникам приезжаю...

Я довольно хмыкнула.

— Однако мы отвлеклись. Колян, пойдем, поговорим. — Серега снова взглянул на меня и насмешливо спросил: — Ты не против, мы уединимся?

— О, сколько угодно! Прошу сюда! — широким жестом я распахнула перед капитаном дверь детской. — За своего мужа я совершенно спокойна, он убежденный натурал!

— Заметь, Серега, в тебе Аленка не столь уверена! — съехидничал Колян. — Еще бы! Ты все время с мужиками да с мужиками — и днем, и ночью!

— Служба! Дни и ночи! — подхватив тему, с пафосом напела я.

Наш служивый друг-сыщик издал хриплый собачий рык и уволок хохочущего свидетеля в другую комнату, как волк теленка — сравнение навеяла соответствующая разница в габаритах Сереги и Коляна.

Закрыв за мужиками дверь, я прошла в кухню, чтобы посмотреть, чем занят ребенок.

Масяня получил от чрезмерно доброго папы в свое единоличное распоряжение килограммовый кулек конфет — сто их там было или меньше, уже не представлялось возможным выяснить. К моменту моей инспекторской проверки ребенок все до единой конфеты развернул, часть их съел, а что не съел — сложил аккуратной горкой посреди стола. Оказывается, конфеты Масе нужны были не столько для еды, сколько для творческой работы. Забравшись с табуретки на широкий подоконник, малыш старательно заталкивал фантики в щели между пластинами жалюзи.

— Ой, Колюша, что это? — спросила я.

— Красота необыкновенная! — очень серьезно ответил малыш и требовательно посмотрел на меня, ожидая похвалы.

Пришлось согласиться, что разноцветные бумажные язычки очень украсили скучные белые шторы. Мася остался маминой реакцией очень доволен и выразил желание оживить интерьер пищеблока путем размещения в нем множества машинок, кубиков и мягких игрушек. Я благословила труды юного дизайнера, только попросила не бросать мелкую плюшевую живность в кастрюлю с борщом. Мася данное условие великодушно принял и пошел в свою комнату за игрушками.

Я потихоньку подкралась к открытой ребенком двери детской и послушала, о чем говорят Серега и Колян. Ничего нового я не услышала. Направляемый точными вопросами Лазарчука, муж добросовестно, в деталях пересказывал драматические события сегодняшнего утра и как раз дошел до описания чувств, которые вызвал у него вид голого и мокрого Набалдашкина, насмерть пристукнутого оконной рамой.

— Уж поверь мне, это было мерзкое зрелище! — сказал он. — Волосатые ноги, дряблая задница и спина в жирных складках! Балде еще тридцати не было, а он так безобразно разжирел на сидячей работе!

Описанная Коляном картина была совсем не эротична, но я вдруг поняла, что должна это увидеть. Не для того, чтобы дать пищу своим ночным кошмарам, а чтобы лучше понять, что произошло. Я ведь не успокоюсь, пока не узнаю, какая-такая драма стряслась в квартире наверху, а от Лазарчука никаких объяснений не дождешься!

В восьмой квартире продолжала работать опергруппа, так что соваться туда смысла не было. Крайне маловероятно, что коллеги Лазарчука будут столь любезны, что организуют для меня небольшую экскурсию по местам жизни и смерти Игоря Набалдашкина. Значит, надо, пока не поздно, сбегать на бельевую площадку и посмотреть хотя бы на верхнюю половину Балды.

Масянька был занят делом и временно не нуждался в моем присутствии, Серега с Коляном — тем более. Я наконец-то сменила пижаму на нормальный наряд — джинсы и майку, сунула ноги в шлепки и тихонько выскользнула из квартиры.

На лестнице я никого не встретила, во дворе тоже было пусто. Половина восьмого — весьма ранний час для субботнего утра, нормальные люди в это время, как правило, еще спят. Я свернула за угол дома и остановилась перед заборчиком из старомодных кроватных спинок.

Эта бельевая площадка — далеко не самое посещаемое место в нашем дворе. Ею пользуются в основном одинокие бабули, у которых нет современных стиральных машин с отжимом и сушкой, да еще наша няня вывешивает на веревки детское бельишко, если приходится организовать экстренную ручную стирку.

Площадка примыкает к торцу нашей двухэтажки, с двух сторон ее ограждают вольно разросшиеся кусты, а с третьей — тот самый кроватный заборчик. Он был сооружен, чтобы на корню пресечь желание автовладельцев парковать свои машины на удобном забетонированном пятачке. Высота ограды не превышает семидесяти сантиметров, так что я легко могла ее перешагнуть, и сделала это без раздумий.

Ни одна из наших бабулек еще не успела спровоцировать постирушку, так что крупноразмерного белья на веревках пока не было, только Масины майка и трусики, забытые с вечера, флажками трепетали на ветру.

В отсутствие простынь и пододеяльников ничто не закрывало вид на интересующее меня окно второго этажа. Однако ожидаемого жуткого зрелища я не увидела. Окно набалдашкинской кухни, правда, было открыто, но голова покойника из него не торчала.

Я разочарованно вздохнула и уже хотела уйти, как вдруг из другого окна высунулась, извините за выражение, задница!

— Вот это номер! — ахнула я.

Поскольку я заранее настроилась увидеть в окне фрагмент Набалдашкина, мне пришло в голову, что это именно его филей выдвинулся на свежий воздух. Я только не поняла, как случилось, что мертвое тело переместилось из кухни в дальнюю комнату и там совершило оригинальный акробатический этюд? И зачем, собственно, покойник заткнул окно собственным задом?! Неужто для борьбы со сквозняком, мешающим работе опергруппы?! Мысль была совершенно бредовая.

Тут я заметила, что круглая крепкая попа, явление которой поразило мое воображение, не является ни голой, ни мертвой: она энергично двигалась, и вскоре за окно свесились две крепкие ноги, заканчивающиеся подкованными каблуками. Обувь я узнала и поняла, что в окно задом наперед лезет та самая белобрысая девица, которая никак не могла определиться, где живет ее милый и кто он вообще такой.

Я отступила на пару шагов и спряталась в кустах, продолжая наблюдать за физкультурницей, повисшей на подоконнике. Губы мои сами собой расползлись в насмешливой улыбке. Она была адресована операм и лично капитану Лазарчуку.

Происходящее было понятно мне без объяснений. Я своими ушами слышала, как друзья-товарищи Лазарчука впустили девицу, блуждавшую по этажам в поисках утраченного милого, в восьмую квартиру. Разумеется, ее не отпустили просто так, задержали для предметного разговора. А чтобы не мешала, заперли в дальней комнате!

Я сдавленно хихикнула. У нас с покойным Набалдашкиным квартиры одинаковой планировки, но за одним небольшим исключением. В дальней комнате, которая у нас является детской, мы, когда делали капитальный ремонт, замуровали одно из двух имевшихся окон. Оно там было совершенно ни к чему! Наш сосед сверху тоже так считал, только поленился возиться с кирпичами и штукатуркой, поступил проще: завесил «лишнее» окно плотным ковром. Лазарчук, который часто бывает у нас в гостях, точно знает, каково расположение дверей и окон в нашем жилище. Потому ему и в голову не пришло, что квартира над нами имеет какие-то отличия! В результате ушлая девица сбежала из-под стражи.

Первой на дорожку под окном с трехметровой высоты шмякнулась кожаная дамская сумка в модном посконно-сермяжном стиле. Застежек на торбе не было, она затягивалась каким-то грубым вервием, и от удара о землю из горловины сумы сама собой, как лягушка-поскакушка, выпрыгнула круглая блестящая коробочка.

Затем состоялся собственно побег. Повисев немного на руках, девица отважно спрыгнула вниз, и так удачно, что при этом не сломала ни ноги, ни каблуки. Задерживаться под окном она не стала, едва выпрямившись и восстановив равновесие, сразу же сцапала сумку, выскочившую из нее коробочку и с дробным топотом побежала прочь. На ходу она раскрыла эту штуковину, которую я приняла за пудреницу, и приложила ее к уху. Ага, так это никакая не пудреница, а мобильный телефончик сугубо дамского дизайна!

Я сдержанно позавидовала модной барышне, но не стала ее задерживать — не мое это дело! То есть, не буду врать, мне нередко случается лезть куда не просили и заниматься чужими делами, но активно помогать вредному Лазарчуку я не стану. Пусть сам догоняет свою беглянку! Кроме того, я уважаю в людях характер и предприимчивость, поэтому не буду препятствовать барышне, столь ловко перехитрившей профессиональных сыщиков.

Белобрысая девица шустро ускакала в одну сторону, а я направилась в другую, но, разворачиваясь, краем глаза заметила на площадке какую-то маленькую блестящую штучку.

Я подошла поближе, наклонилась и подняла маленький кружок из желтого металла размером чуть меньше десятикопеечной монеты. На одной стороне диска был оттиснут рисунок — аккуратная спираль, похожая на стилизованное изображение панциря улитки. На обороте диска имелся короткий, явно обломанный стерженек. Все-таки беглянка не ушла без потерь — сама того не заметив, рассталась с сережкой.

На глаз я не могла определить, из какого металла

сделана безделушка. Сережка вполне могла оказаться золотой, так что выбрасывать ее было глупо. Догонять спасающуюся бегством девицу, крича ей в спину: «Девушка, постойте!» — не имело смысла. Ясно ведь, что она не остановится, наоборот, припустит так, что только подметки засверкают.

Я спрятала металлическую штучку в карман и пошла домой.

Моего недолгого отсутствия никто не заметил. Масяня, сосредоточенно пыхтя, расставлял по периметру кухни разноцветные произведения китайской игрушечной промышленности. Колян с Серегой все еще общались в детской, интерьер которой существенно пострадал в пользу кухни.

Я цапнула с полки первую попавшуюся книжку, бухнулась в кресло и притворилась, будто увлечена чтением. Очень вовремя: в дальней комнате тревожно запел мобильник, и через пару секунд мимо меня вихрем пронесся Лазарчук со злой-презлой физиономией. Я догадалась, что товарищи сообщили капитану об исчезновении девицы. Теперь-то уж точно эта ловкая особа станет в деле о гибели гражданина Набалдашкина подозреваемой номер один.

Такой расклад меня вполне устраивал. Во-первых, я не слишком симпатизировала нахалке, которая осмелилась страстно обнимать моего мужа и при этом называть его милым. Во-вторых, мне хотелось, чтобы Лазачук и его команда отстали от нас, и мы наконец могли бы поехать на заслуженный отдых.

— А вот и я! — стукнув дверью, крикнула с порога Ирка.

— Тетя Ира! — обрадовался Масяня.

Он без промедления прискакал из кухни и первым делом требовательно спросил гостью:

— Что ты мне принесла?

В руках у подружки ничего не было, но она не растерялась и торжественно возвестила:

— Я принесла тебе радостную весть! Мы едем на море!

— На море, на море! Ура! — восторженно завопил ребенок. — Мамочка, где плавки?

— В сумке, — ответила я, приветствуя Ирку улыбкой.

— Мамочка, где сумка? — продолжал волноваться малыш.

— В комнате, под столом. Там и плавки, и формочки для песка, и все остальное, необходимое для качественного семейного отдыха.

— И папа ваш тоже в сумке? — удивилась Ирка.

У подруги явно не было сомнений в том, что для качественного семейного отдыха Колян нужен нам не меньше, чем плавки и формочки для песка. В принципе, я была с ней согласна.

— Папа наш не в сумке, он в шоке, — понизив голос, ответила я.

— Ах да, он же нашел этого... — Ирка воздела палец, указывая то ли на перекрытие, отделяющее нашу квартиру от соседской, то ли непосредственно на небеса, куда могла отлететь (а могла и не отлететь) душа Набалдашкина. — Ну, ничего! Мы быстро залечим его моральную травму! Ко-оля! Карета подана! Вперед, море ждет!

Пыхтя и сопя, как игрушечный паровозик, из комнаты выдвинулся Масяня, по собственной инициативе впрягшийся в большую сумку. Следом на полном автопилоте неторопливо шествовал Колян, глубоко погруженный в какие-то безрадостные думы. Я забрала у своего маленького помощника багаж, передала сумку Ирке, выпустила за дверь Масяню и подтолкнула к выходу медитирующего мужа.

Иркин супруг Моржик, ожидавший выхода пассажиров у своего роскошного «Пежо», помог нам погрузиться в машину, и уже через несколько минут мы катили к морю.

Ехали весело, с песнями и почти что плясками:

Тра-та-та, тра-та-та,
Мы везем с собой кота!
Чижика, собаку,
Петьку-забияку,
Обезьянку, попугая
И мальчишку Николая!
Вот компания какая! —

горланил Масяня, от полноты чувств высоко подпрыгивая на заднем сиденье «Пежо» между мамочкой и тетей Ирой.

Компания поблагодарила юного певца бурными аплодисментами и пакетом чипсов. Хрустя картошкой, ребенок прослушал детскую сказку про ежика с многофункциональной палкой: то она у него выручалкой была, то поднималкой, то вытягалкой...

— Замечательно изобретательный ежик, мне бы такого, — завистливо сказала Ирка, покосившись на книжную обложку. Ее украшало изображение колючего зверька, воздевшего палку, как прыгун с шестом. — Я бы его к нам в фирму на работу взяла — менеджером в торговый зал!

У Ирки и Моржика свое небольшое, но процветающее дело — торговая компания, предлагающая семенной и посадочный материал, «Наше Семя» называется.

— У меня новые девчонки такие дуры, аж противно! — пожаловалась Ирка. — Уже октябрь на дворе, а они никак не могут продать елки! Говорят, как Новый год прошел, так на хвойные никакого спроса нет!

— А ежик тут при чем? — спросила я.

— Так он небось придумал бы, под каким соусом продать елки по окончании зимнего сезона! Можно, например, рекомендовать их для проведения работ по ландшафтному дизайну! Или как изумительное природное средство для обеззараживания воздуха! Или как сырье для хвойных ванн!

— Или как источник материала для траурных венков! — предложил Колян.

— Тоже ничего, — согласилась Ирка.

Упоминание похоронных принадлежностей напомнило ей об утреннем переполохе в нашем доме. Подружка потеснилась, помогая поудобнее устроиться засыпающему Масяне, и, понизив голос, спросила:

— Кстати, а что там с вашим соседом, Обалдуйкиным?

— Набалдашкиным, — поправила я.

— А с Набалдашкиным всё! — ответил Колян, выразительно рубанув себя ладонью по горлу.

— Ему голову отрезали? — ужаснулась моя болтливая подружка.

— Строго говоря, ему дали по шее.

— От этого не умирают! — возразила Ирка.

— Смотря как и чем дать, — не согласилась я. — Набалдашкина ударила по шее тяжелая оконная рама. Она неожиданно сорвалась вниз, когда он лежал животом на подоконнике и смотрел в окно.

— Кажется, она не сама по себе сорвалась, — уточнил Колян. — Серега сказал, похоже, что ее толкнули.

— А что еще сказал Серега? — заинтересовалась я.

Противный Лазарчук! Со мной он информацией никогда не делится, а Коляну, значит, поверяет тайны следствия! Что за дискриминация!

— Еще Серега сказал, что в пыли на чердаке обнаружены следы туфель на высоком каблуке.

— Точно, чердачное окно расположено как раз над кухней восьмой квартиры! — сообразила я. — Какой-нибудь подходящей палкой вполне можно было толкнуть раму вниз!

— Ух ты! — выдохнула Ирка. — Туфли на каблуке? Мужики в наших краях крайне редко носят обувь на шпильке. Выходит, этого вашего Забалденного баба замочила?!

— Набалдашкина, — терпеливо поправила я.

Ирка, однако, уже неслась дальше: от бабы, предположительно замочившей Набалдашкина, к реально состоявшемуся затоплению.

— А чем же покойник вас затопил? Неужто собственной кровью?! — заранее страшась ответа, ахнула она.

— Свят, свят, свят! — я перекрестилась. — Никакой не кровью, слава богу, обыкновенной водой из переполнившейся ванны!

— Он что, идиот был, сосед ваш? — немного подумав, спросила подруга. — Или алкоголик в стадии белой горячки? Перепутал, куда ему нырять — в ванну или в окно?

— Купаться! — не совсем в тему сонным голосом молвил Масяня. — Мама, где плавки?

— Здесь плавки, здесь, спи, милый! — сказала я.

— Послушайте, друзья, давайте настроимся на безмятежный отдых и забудем о трагической гибели гражданина Прибалдешкина! — предложил дотоле молчавший Моржик.

— Набалдашкина! — хором ответили ему я, Ирка и Колян.

Однако возражать против разумного предложения Моржика никто не стал, и мы всецело переключились на актуальную морскую тему.

Мы же не знали, что с трагической гибели гражданина Набалдашкина-Оболдуйкина-Забалденного-Прибалдешкина эта детективная история только началась!

2.

— Может, спустимся в холл и поучаствуем в развлекательной программе? — предложила Ирка.

Она заглянула в красочный буклетик, который нам вручили сразу по прибытии в гостиницу, и мечтательно сказала:

— По плану сегодня в холле нашего корпуса с тринадцати до пятнадцати часов будет проводиться анимационное шоу с призами и подарками. Я очень люблю призы и подарки!

— Книга — лучший подарок! — объявил Моржик, развалившийся в просторном кресле, как тюлень на лежбище.

Сходство с симпатичным ластоногим благоверному моей любимой подруги придавали жесткие усы, которые он отпустил аккурат к отпуску, и резиновые ласты на ногах. Осваиваясь в гостиничном номере, Масянька первым делом выбросил с балкона восьмого этажа резиновые шлепки дяди Моржика. До земли обувка не долетела, черные шлепки угодили в крону дерева и теперь изящно покачивались на ветвях магнолии, красиво контрастируя с последним скукоженным восково-белым цветком. Купить новые шлепы

Моржик еще не успел, поэтому принимал душ в ластах.

Не меняя удобной позы, он опустил руку, на ощупь нашел за креслом дорожную сумку и вытянул из ее бокового кармана толстый том с изображением летающей тарелки, круто пикирующей на Боровицкую башню Кремля. По картинке нельзя было понять, атакуют ли инопланетяне резиденцию Президента России или же просто терпят бедствие. Головоногих сиреневых монстров в одну полупорционную тарелочку набилось больше, чем осьминогов в трюм судна японских контрабандистов.

— Я лично хочу сейчас немного почитать книжку, — сообщил о своих планах Иркин супруг. — А после тихого часа предлагаю сходить для разнообразия на дикий пляж.

— На диком пляже сегодня не покупаешься, море начинает волноваться, а там камни! — предупредила я. — В воду лезть опасно. Разве что свежим воздухом подышать?

— Так, может, не надо идти на дикий пляж? — неуверенно протянула Ирка. — Ну его, а?

Моя подружка — большая любительница комфорта, для нее идеальный пляж — это вымощенная плиточкой терраса у бассейна, желательно с шезлонгами высокой грузоподъемности. Ирка весит ровно сто кило и потому не уважает шаткие пластмассовые конструкции и дегенеративную плетеную мебель. Валуны на диком пляже, конечно, более надежны, но, лежа в камнях, моя подружка в закрытом купальнике «стройнящего» черного цвета здорово смахивает на выбросившегося на берег дельфина.

— Просто дикий пляж далеко, а Масянька за полдня здорово устал! — поймав мой насмешливый взгляд, Ирка поспешила перевести стрелки. — Он так много ходил пешком, плавал, копался в песке! Как вам не стыдно, родители? Загоняли же ребенка, как жеребенка!

— Не понял, — хлопнул ресницами придремавший Колян. — О каких жеребятах ты говоришь?

— Да, ребенок изрядно устал и перевозбудился, — согласилась я. — Вот, слышите?

Я замолчала, подняв указательный палец, и стало слышно, как спящий в соседней комнате Масянька бормочет:

— Копать! Дай ведерко! — и после короткой драматической паузы — с неизбывной тревогой: — Где плавки?!

— Мальчик устал до упаду, — подтвердил Моржик, переворачивая книжную страницу.

Он качнул ногой, и утомленная до упаду резиновая ласта с сочным звуком шмякнулась на паркет.

— Ладно, вы тут отдыхайте, книжки читайте, а я пойду, поплаваю в бассейне! — Колян неожиданно взбодрился, встал на ноги и огляделся.

— Где плавки? — подсказала ему реплику ехидная Ирка.

Колян интеллектуальную помощь зала не принял, спросил о другом:

— Кто со мной?

Желающих составить ему компанию не нашлось, и мой супруг отправился заниматься спортом в одиночестве. При этом из-за своей обычной рассеянности Колян забыл взять полотенце, так что мне пришлось бежать за ним вдогонку с махровым изделием на плече.

Догнать мужа и отдать ему полотенце не удалось, Коляна в коридоре уж и след простыл. Смекнув, что придется топать к бассейну, я не стала особенно торопиться, повлеклась неспешно, и на повороте меня обогнала какая-то коротконогая, но шустрая особа. Часто цокая каблуками, она влетела в лифт и закрыла двери, даже не подумав подождать меня.

Я не настолько спешила, чтобы рискованно бросаться в просвет закрывающихся дверей, поэтому остановилась на площадке перед лифтом и, прежде чем он тронулся, успела увидеть пассажирку — крутобедрую и пышногрудую блондинку невысокого роста.

Лифт уже пошел вниз, когда до меня вдруг дошло, что это та самая девица, которая поутру вломилась в мой дом, а потом опасно прыгала из окошка квартиры Набалдашкина, царство ему небесное!

Сердце мое ухнуло вниз быстрее, чем кабина лифта. Впервые в жизни я испугалась, что мое семейное счастье может разбиться на куски, как фарфоровое блюдце! Прежде я никогда не подозревала своего любимого мужа в измене, но до сих пор мне не доводилось видеть, как ему на шею вешается другая женщина. Положим, утренний набег белобрысой крали на наш мирный дом вполне мог быть недоразумением, но как прикажете понимать это ее появление в гостинице? Черноморское побережье нашей Родины даже после отделения от нее Украины и Абхазии остается весьма протяженным, и недостатка в пансионатах и гостиницах отдыхающие не испытывают. Так что же, наглая девица не нашла себе другого места для отдыха?!

Тяжело дыша и стискивая кулачки, я спешно соображала. Девица обогнала меня на пути к лифту, значит, живет на одном с нами этаже. Сдвоенный номер, в котором поселилась наша дружная компания, имеет два входа-выхода, а за ними в конце коридора всего одна дверь. Она ведет в одноместный номер. Значит, белобрысая нахалка живет именно в нем. Совсем рядом с нами! Весьма подозрительная близость!

А Колян-то, Колян каков! «Пойду поплаваю в бассейне!» Физкультурник, так его! Небось откололся от компании, чтобы пообщаться со своей кралей!

Размахивая уютным полотенцем с логотипом отеля так, словно это была плеть-девятихвостка, я понеслась вниз по лестнице. В голове пульсировала одна мысль: «Вот сейчас я им покажу!» Прослежу за этой косматой гадюкой, застукаю ее со своим неверным мужем и устрою обоим такую физкультуру, что мало не покажется!

Обуреваемая жаждой мщения, я фурией пролетела через холл. Пара клоунов, старательно развлекающих немногочисленную публику, хотела меня поймать и приобщить к анимационному шоу, но меня в данный момент интересовали только подвижные игры на свежем воздухе. Я шуганула скомороха, попытавшегося заступить мне дорогу, вылетела из здания и успела заметить гадкую девицу, сворачивающую за угол гостиничного корпуса. Плавательный бассейн, к которому якобы направился Колян, остался в другой стороне. Это вызвало у меня кривую усмешку. Конечно, что голубкам делать у бассейна, не плавать же они собираются?

Блондинка вышла за территорию гостиничного комплекса и целеустремленно зашагала по набережной в сторону того самого дикого пляжа, куда хотел отправиться после обеда Моржик. Правильно, этот каменистый берег — весьма уединенное место, для тайного свидания ничего лучшего не придумаешь. Там и летом, в разгар сезона, мало кто бывает, а уж сейчас, в октябре, вообще одни чайки гуляют!

Тут я вспомнила, что мой муж очень уважает любовные игры на свежем воздухе, и от горя и обиды мне захотелось выть, но огласить окрестности тоскливым коровьим ревом я не успела. Помешал звонок мобильника.

— Да? — плаксиво спросила я, даже не посмотрев, кто мне звонит.

— Кыся, ты будешь меня ругать, но я забыл полотенце! — виновато сказал Колян. — Ты не могла бы мне его принести?

— Может, вам еще и спинки потереть?! — обиженно рявкнула я, вообразив, будто обнаглевший супруг просит меня помочь ему обустроить любовное гнездышко на пляже.

Большое махровое полотенце вполне сошло бы за удобную подстилку!

— С каких пор мы с тобой на «вы»? — удивился муж. — Ладно, если тебе неохота шагать к бассейну, просто выйди на балкон и сбрось это чертово полотенце, только постарайся не в воду!

— В воду? — Я осеклась.

Уронить полотенце с балкона в море, до которого от гостиницы добрых полкилометра, я никак не могла: чтобы проделать такой фокус, нужно было скрутить махровое изделие в тугой комок и выстрелить им из пушки. Значит, Колян честно мокнет в бассейне, а вовсе не поджидает белокурую бестию на диком пляже?

— А ты где? — запоздало поинтересовалась я.

— Как — где? Говорю же, в бассейне! — Колян начал сердиться. — Выйди на балкон, я помашу тебе ручкой!

— Не надо ручкой, солнышко мое, я сейчас сама к

тебе приду, ножками! — растроганно всхлипнув, сказала я.

— Ну давай, — неуверенно отозвалось «мое солнышко» и выключило трубку.

Не удержавшись, я звучно чмокнула мембрану мобильника, круто повернулась и легкой поступью вприпрыжку зашагала в обратном направлении — к бассейну. Белобрысую девицу я отпустила с миром. Если она не собирается встретиться на пляже с моим мужем, мне абсолютно без разницы, к кому она спешит и с кем будет кувыркаться в морских волнах и валяться на камнях. Пусть хоть с чайками зажигает, хоть с дельфинами, хоть с крабами, их я нисколько не ревную!

Колян величественно рассекал подогретую воду бассейна, демонстрируя превосходную технику плавания в стиле «баттерфляй». Я с гордостью и удовольствием отследила олимпийский заплыв супруга и торжественно наградила его сухим полотенцем. Спортсмен вытерся и побежал в кабинку переодеваться, а я пока присела на сухой шезлонг.

С уходом из бассейна Коляна смотреть там было не на что и не на кого. В теплой воде тоскливо кисли две дамочки, способные живо заинтересовать только специалиста по борьбе с целлюлитом. Единственным купальщиком мужского пола был жирный дядя, обладающий поразительным сходством с касаткой. Он запросто мог участвовать в съемках фильма о китах, а также его озвучивать. Дядя в одиночку воспроизводил добрую половину всех звуков живой природы.

Я прикрыла глаза и вообразила, что нахожусь на берегу океана, где-нибудь в суровой Гренландии. Осень выдалась теплая, в середине октября столбик термометра легко поднимался до двадцати градусов, что в суровой Гренландии запросто сошло бы за жаркое лето. Плещущийся, фыркающий, сопящий, хрюкающий и кашляющий дядя-кит создавал убедительный аудиофон. Я полной грудью вдохнула свежий океанский бриз и вдруг услышала за спиной хриплый рев, который мог произвести гудок китобойного судна.

— Хр-р-раждане отдыхающ-щ-щ! — проскрежетал ревун.

Я открыла глаза и обернулась.

В углу площадки притулился шаткий складной столик, за которым восседала жилистая тетка с мегафоном, рупор которого в настоящее время составлял единое целое с ее речевым аппаратом. Звуки, в которые превращал человеческую речь этот звукоусиливающий агрегат, напоминали разом рев тигра и хрюканье свиньи:

— Пр-риглаш-ш-ш на экскур-хр-хрс-сь!

— О, нас приглашают на экскурсию? — легко перевел со свино-тигриного Колян, шагов которого я за животным ревом не услышала. — А куда экскурсия?

Я посмотрела на мужа с легкой завистью. Чувствовалось, что он в хорошей форме — свеж, полон сил и готов к приключениям. Действенная штука это спортивное плавание! Надо, пожалуй, тоже поплавать, а то у меня в последнее время самая продолжительная водная процедура — стирка белья в автоматической машине.

— Вы интересуетесь, куда экскурсии? — услышав вопрос Коляна, тетка отложила свой хрипатый мегафон и заговорила человеческим голосом, но с не меньшим энтузиазмом: — Куда угодно! Выбор за вами! Из морских прогулок ближайшая будет завтра, в город-герой Новороссийск и на Малую Землю!

— Если выбор земли остается за нами, то я лично

предпочел бы не Малую, а Новую Землю, — мечтательно сказал Колян. — Или, например, Землю Франца-Иосифа. Просто потому, что там я еще не был. Или одну из земель Германии, лучше всего Баварию, там отличное пиво.

Тетка озадаченно замолчала, видимо, вспоминала географию.

— Далековато будет, — заметила я. — И вообще, мы завтра уже уезжаем.

— Тогда возьмите билеты на пешеходную экскурсию с посещением местных достопримечательностей, — предложила настырная тетка. — Я сама проведу вас по маршруту.

Ей явно не хотелось упускать потенциальных экскурсантов, и это можно было понять. Сезон кончился, и любопытные туристы не роились в окрестностях, слетаясь на местные достопримечательности, как мухи на мармелад.

— А какие тут местные достопримечательности? — не поленился спросить Колян.

— Ну как же? У нас полно достопримечательностей!

Тетка набрала в грудь побольше воздуха и зачастила:

— Дольмены, водопады, дельфинариум, аквапарк, пещера с наскальными рисунками!

— Разнообразно, — насмешливо заметила я.

— Наконец, знаменитая Скала Ревнивицы, овеянная туманами и легендами! — перекрикивая меня, выдохнула тетка.

— Какими именно легендами она овеяна? — тут же спросил любознательный супруг.

Похоже, интенсивные занятия спортом привели к некоторому перекосу в развитии его личности, и теперь Колян жаждал заняться своим культурным ростом. В свою очередь, скучающей представительнице турбюро очень хотелось обрести в нашем лице благодарных слушателей и пересказать пару-тройку замшелых легенд местного происхождения. Отвертеться от прослушивания данной познавательной информации не представлялось возможным, и я покорилась, проворчав только:

— Собираем фольклор: песни, легенды, тосты!

— А часовню развалили еще до нас, в семнадцатом веке! — Колян с удовольствием подхватил тему и продолжил цитировать «Кавказскую пленницу».

— Точно, в семнадцатом веке! — подтвердила тетка.

Она откашлялась и завела с отчетливым кавказским акцентом:

— Давным-давно, в семнадцатом веке, высоко в горах, у самых седых ледников, обитало одно маленькое горское племя. У него был князь, который женился на гордой и прекрасной деве, и жили они долго и счастливо, пока однажды красавица не застала своего супруга в объятиях другой женщины. Кровь вскипела в ее жилах, ревность затмила разум, и обманутая жена одним кинжалом убила изменника-мужа и его любовницу.

— Маладэц, вах! — в тон рассказчице сказала я. — Хотя я лично ограничилась бы убийством любовницы, а мужа резать не стала бы. После показательной казни любовницы он вполне мог перевоспитаться.

— Несомненно! — быстро подтвердил Колян, взглянув на меня с беспокойством.

— Ничего личного, милый! — безмятежно улыбнувшись, сказала я.

— А вот гордая красавица убила и мужа, и его любовницу! — повторила рассказчица, недовольная, что ее перебили.

При этом она так выделила голосом словосочетание «гордая красавица», что мне впору было обидеться. Кажется, меня упрекнули в том, что я недостаточно красива и горда!

Я открыла рот, чтобы сказать что-нибудь вроде: «На себя посмотри, мымра!», но тетка вновь затянула напевы горских племен:

— Но когда князь и та женщина замертво упали к ногам ревнивицы, выяснилось, что они были не любовниками, а братом и сестрой!

— Вот к чему приводит неразумная спешка! — назидательно вставил Колян.

— И тогда несчастная красавица выбежала из шатра и, заламывая руки, устремилась к высокой скале над морем.

— Неужели она бежала к морю от самого подножия седых ледников? — удивилась я.

— Километров четыреста, не меньше! — прикинул Колян.

— Все, я больше ни слова не скажу! — рассказчица обиделась.

— А и не надо, дальше все ясно, — уверенно сказала я. — Скатившись с седых ледников, темпераментная дамочка так разогналась, что с разбегу бухнулась в море!

— И скалу, с которой она, как с трамплина, ушла в воду, назвали в ее честь! — подхватил Колян. — Посмертно, конечно! Я так понимаю, гордая красавица не умела плавать?

В голосе моего мужа прозвучало неприкрытое чувство превосходства. Кто-кто, а Колян плавать умеет, в юности он даже брал призы на спортивных соревнованиях.

— Молодые люди, если прыгнуть со Скалы Ревнивицы, умение плавать не поможет! — язвительно ответила рассерженная нашими шутками тетка. — Там сложная система подводных течений. Когда море спокойно, можно увидеть переплетение темных потоков. Уж поверьте, тягун там такой, что утопленников иной раз выбрасывает за несколько километров от скалы!

— Ага, значит, дурному примеру гордой красавицы следовали и другие граждане? — смекнула я, сделав правильный вывод из упоминания утопленников во множественном числе.

— Неоднократно! — с гордостью, причину которой я не поняла, ответила рассказчица. — Именно поэтому смотровую площадку на Скале Ревнивицы пришлось обнести парапетом. Впрочем, через него можно перелезть.

— Рекомендуете? — съязвила я.

— Слушайте, граждане, чего вы ко мне привязались? — окончательно рассердилась тетка. — Идите себе по своим делам!

— Мы к вам привязались? — искренне удивилась я. — Все, Колян, пойдем отсюда, будем собирать фольклор в другом месте.

— Например, в баре, — согласился Колян. — Там большой выбор овеянного легендами чешского пива!

— Сходите на экскурсию с Моржиком, — разрешила я.

В свете того, что Колян зарекомендовал себя как верный муж, не имеющий ничего общего с белобрысой кралей из соседнего номера, у меня не было необходимости вести себя как легендарная ревнивица. И резать никого не буду, и со скалы прыгать не стану! Что мне, делать больше нечего?

Мы вернулись в номер и обнаружили, что там произошла перемена мест слагаемых. Ирка завалилась спать, а Мася, наоборот, проснулся. Моржик усадил ребенка себе на колени и читал ему книжку. Мася слушал фантастическое повествование с большим интересом.

— Граблы надели смарши, опустили маралы, взяли в трямпы бумстеры и взвели хрумки! — с чувством читал Моржик. — Тут-то Козявский и понял, что дело плохо!

— Очень хорошо понимаю Козявского! — сказал мне на ушко Колян. — У меня от грабловых бумстеров с взведенными хрумками мороз по коже!

— Главное, не опускать трямпы! — шепнула я в ответ. — Вот увидишь, Козявский еще покажет граблам, где раки зимуют!

Козявский действительно не сплоховал и живенько надавал граблам по маралам, показав головоногим, кто в Галактике хозяин. Мы с Коляном приветствовали победу человечества над инопланетным разумом дружными аплодисментами.

— О! Мама и папа! — обрадовался ребенок.

Он слез с коленок дяди Моржика и сообщил, что хочет пить. Я достала из сумки бутылочку минералки. Колян с Моржиком, пользуясь случаем, сказали, что у них тоже в горле пересохло, но от минералки почему-то отказались наотрез и двинулись утолять жажду в бар.

Мы с Масей попили водички, поели печенья, почитали детскую книжку, героями которой были не агрессивные граблы, а мирные ежики и зайчики, дождались пробуждения Ирки и все вместе двинулись на поиски Коляна и Моржика.

Вычурные часы в холле показывали половину четвертого, полномасштабное анимационное шоу с клоунами закончилось, и я была этому рада. Не люблю, когда меня принуждают участвовать в дурацких конкурсах, даже если за это обещают призы и подарки. Ирка, напротив, громко сожалела, что не успела к раздаче слонов, и решила утешить себя большой чашкой горячего шоколада с пончиками.

— Самое время для полдника! — сказала она, присаживаясь за столик в кафе-баре.

Масяня в знак согласия забрал у нее пончик и сосредоточился на его поедании. Мне ни есть, ни пить не хотелось, и от нечего делать я глазела по сторонам.

В этот час публика в баре была смешанная: и мамаши с детишками вроде нас с Иркой, и мужчины, коротающие время до ужина с пивными кружками. В углу под раскидистым фикусом устроилась теплая компания, состав которой был мне знаком на две трети: наши с Иркой мужья выпивали «на троих» с каким-то типом в спортивном костюме «Пума».

— Кто этот пум, не знаешь? — спросила я подружку.

— Понятия не имею! — ответила она, посмотрев на веселую троицу. — Но морда у него знакомая!

— То-то и оно! Пойду справлюсь у дежурной, — обеспокоенно сказала я, поднимаясь.

Я работаю на телевидении, и у меня такое великое множество знакомых, что я не всегда помню, как кого зовут. Признаться, я чувствую себя полной дурой и замшелой склеротичкой, когда какой-нибудь смутно знакомый тип неожиданно бросается ко мне с широко раскрытыми объятиями и радостным криком: «Ленка! Где бы мы еще встретились!» А я начинаю мучительно соображать, где и когда мы встречались раньше и кто он вообще такой, этот общительный гражданин, и при этом вымученно улыбаюсь и пытаюсь поддерживать беседу в надежде, что из нее что-нибудь прояснится. Просто сказать человеку: «Простите, я вас не помню!» как-то неловко.

Я вывернула из бара, отгороженного от общего холла непроницаемой стеной живой и искусственной зелени, и подошла к стойке дежурной.

— Что вам угодно? — приветливо улыбнулась девушка.

Я прочитала ее имя на бейджике, приколотом к отвороту форменного пиджака, и просительно сказала:

— Валентина, может быть, вы сможете мне помочь? Я увидела знакомое лицо, но, хоть убейте, не могу вспомнить, кому оно принадлежит! Может, вы знаете? Там, в баре, сидит симпатичный парень в спортивном костюме «Пума», блондин лет тридцати. Кто он?

— Сергей Трофимов, наш гость, тоже приехал на уик-энд.

— Знать не знаю никакого Трофимова! Почему же мне его физиономия так знакома? — задумалась я.

Дежурная улыбнулась широко и с пониманием:

— Да потому, что он очень похож на Юрия Гагарина, только тот был брюнетом, а этот блондин!

— Точно! — я звонко шлепнула себя ладонью по лбу. — Слава богу, а то я уже подумала, что у меня случился приступ склероза!

— Когда я увидела его в первый раз, испытала то же самое! — призналась дежурная. — Вылитый Гагарин! Только, к сожалению, никак не годится в космонавты.

— Почему? Он чем-то болен? — я встревожилась.

А ну как хворый собутыльник заразит какой-нибудь болячкой и наших с Иркой мужей!

— Он удивительно рассеян и не умеет ладить с

простейшими устройствами! — понизив голос, чтобы никто не услышал, как она сплетничает о постояльце, доверительно прошептала Валентина. — Ему нельзя в космос, он оттуда не вернется, позорно застрянет на орбите в собственном звездолете!

— На радость граблам, — пробормотала я.

А дежурная, пропустив мимо ушей мою реплику, объяснила:

— Сегодня сразу по приезде он первым делом умудрился заблокировать дверь своего номера!

— Как это? — не поняла я.

— Ну, вы же знаете, что у нас вместо ключей используются специальные карточки? Вам ведь тоже дали такую?

Я кивнула, ожидая продолжения. Когда мы вселились, нам действительно выдали две пластиковые карточки к замкам от входных дверей. Карточки заменяют собой ключи. Засовываешь карточку в специальную щелочку, замок щелкает, загорается маленькая зеленая лампочка — дверь открывается. Этот процесс очень понравился Масяне, он довольно долго практиковался с карточкой, пока запомнил, какой стороной толкать ее в замок.

— Господин Трофимов ухитрился перекосить свою карточку в приемном отверстии так, что замок заклинило и понадобилась помощь специалиста, чтобы открыть дверь, — сказала Валентина. — Это было утром, когда он только приехал. Дальше было больше.

Я послушала дежурную и нашла, что у нас с господином Трофимовым немало общего. Я тоже принадлежу к породе технических бездарей и приобщаюсь к современным технологиям с великим трудом, мучительным напряжением всех мыслительных способностей. А господин Трофимов, похоже, даже не дает себе такого труда!

Через час после приезда он позвонил дежурной по внутреннему телефону и застенчиво признался, что застрял в туалете. Закрыться закрылся, а открыться не может!

— И это при том, что в санузле довольно простая защелка! — посетовала Валентина.

И с гордостью за заведение сказала:

— Хорошо, что у нас санузлы тоже телефонизированы! Признаться, прежде мне казалось, что вешать телефон рядом с унитазом — это пустое пижонство, но, очевидно, имелся в виду именно такой случай, как с господином Трофимовым. Не будь в туалете телефона, бедолага сидел бы взаперти до завтрашнего прихода горничной.

— Очевидно, он живет в номере один? — догадалась я.

— Один, — подтвердила девушка. — Но его и одного вполне достаточно, чтобы сделать дежурство администратора нескучным и запоминающимся. Это же еще не все! Представьте, в половине второго он снова позвонил, сообщил, что собирается поспать, и попросил разбудить в половине четвертого. Однако будить его не пришлось, потому что в три двадцать ко мне снова поступил звонок из того же номера. Несчастный господин Трофимов опять не мог справиться с дверным замком и просил помощи, чтобы вырваться на волю!

— Судя по тому, что сейчас он сидит не в своем номере, а в баре, помощь пришла вовремя! — засмеялась я.

— Помощь не понадобилась, — Валентина тоже усмехнулась. — У господина Трофимова неожиданно случилось прояснение в уме, и он разобрался с замком самолично. Когда я поднялась на четвертый этаж с засученными рукавами и набором отверток, он уже сбежал вниз, так что на этот раз обошлось без спасательной операции. Но мне заранее страшно при мысли о том, что будет дальше. Специально для господина Трофимова я оснастила бы дверь его номера простым амбарным замком.

— А он тогда потеряет ключ, и вам придется перепиливать дужку напильником! — предупредила я.

Дежурная заверила, что у нее имеются запасные ключи от всех замков, включая электронные, и на том мы расстались. Я вернулась в бар и пересказала услышанное Ирке.

— Прямо антивзломщик какой-то! — Подружка с сочувствием посмотрела на Трофимова, который спокойно пил водку, не подозревая, что успел стать новой местной легендой. — Интересно, у него только с запорными механизмами фигня такая или это проявляется как-то более широко?

— Интересно было бы узнать, кем он работает! — сказала я. — Надо будет расспросить наших мужиков, похоже, они уже сдружились.

Колян словно почувствовал мой взгляд. Он обернулся, увидел меня, Масю, измазанного сахарной глазурью, как пасхальный кулич, Ирку и призывно махнул нам рукой.

— Вы заканчивайте полдник, а я пока узнаю, какие планы у наших господ и повелителей, — сказала я подружке, вновь поднимаясь из-за стола.

— Кыся! — приветствовал мое появление Колян. — Знакомься, это Серега! Представляешь, он трабл-шутер!

— Да что вы? Очень приятно, — вежливо кивнула

я блондину, который подарил мне знаменитую гагаринскую улыбку.

Я не стала выяснять, кто такой трабл-шутер. Какой-то шут гороховый, наверное. Самое подходящее амплуа для этого парня!

Я окинула строгим взором простенький натюрморт на столе и сказала, не тая укора:

— Вижу, друзья, вы предпочли овеянному легендами чешскому пиву русскую водку?

— Ничуть не менее легендарную! — размашисто кивнул Колян.

— Мы проявили патриотизм! — с чувством сказал Моржик.

Он встал на ноги, вытянулся во фрунт и сделал попытку затянуть «Боже, царя храни!», но оказался не в голосе, застеснялся и безобразно скомкал вокальный номер.

— Позвольте узнать, отчего именно боже должен хранить царя? — с расстояния в три метра ехидно спросила Ирка.

— Которого? — зачем-то уточнил Колян.

— Царя природы! — съязвила я.

Ирка меж тем подошла к столику и нависла над ним, как олицетворение не божьей защиты, а господней кары. Мася, выглядывающий из-за ее юбки, вполне сошел бы за злокозненного ангелочка.

— Царя природы боже должен хранить от алкоголизма! — взглянув на суровый лик жены, своевременно покаялся Моржик. — Все, мужики! По последней — и идем проветриваться!

Через пару минут мы уже дышали свежим воздухом в парковой аллее. Ребенок производил спелеологическое исследование рукотворного грота с водопадом, а взрослые сидели на лавочке и мирно беседовали. Двойник Гагарина, оказавшийся весьма славным парнем, рассказал нам о достойном гражданском поступке, который он намеревался совершить. Сережа подобрал на клумбе у жилого корпуса сторублевку, выпорхнувшую из кармана какого-то парнишки, и жаждал вернуть растеряхе его денежку. Сам растеряха на призывные крики Сережи почему-то не отреагировал, куда-то очень спешил. Мы с Иркой благородное намерение Трофимова одобрили, а Колян с Моржиком сказали, что благородство благородством, а если тебе под ноги сам собой падает стольник, значит, это не испытание твоей честности, а божья благодать. Вроде манны небесной, которую не гнушались употреблять в пищу даже библейские праведники. И они тут же с намеком пересчитали стольник на пиво по курсу местного бара.

За оживленной дискуссией мы не заметили, как подошло время вечерней трапезы. Теплый осенний день неспешно клонился к вечеру, гости оздоровительного комплекса нагуливали аппетит перед ужином, на площадке у бассейна играл духовой оркестр, и Масяня помогал барабанщику держать ритм, вдохновенно стуча булыжником по искусственному сталактиту. Я чувствовала, что мы привезем домой в качестве сувенира немалый кусок известняка.

— Хорошо-то как! — потянувшись, сказала Ирка.

— Правильно сделали, что приехали! — резюмировал Колян.

— Тут спокойно, — поддакнул Моржик. — Мы отлично отдыхаем! Тихий, мирный уик-энд!

В этот момент из-за поворота аллеи, оскальзываясь на опавших листьях, с дробным топотом вылетела группа граждан. Они совершенно явно отдыхали куда хуже, чем мы, уж точно не тихо и мирно, потому как не сидели, а очень резво бежали. Первой шла тетка, которая зазывала нас с Коляном на экскурсию. Одной рукой она прижимала к уху трубку сотового телефона, а другой рвала на себе волосы. Смысла этого действия я не уловила, разве что тетка пыталась задействовать вздыбленные космы в качестве антенны для улучшения приема сигнала.

За ней голова в голову шли две целлюлитные дамочки и толстяк, похожий на кита. Видно, не зря предводительница туристов отиралась у бассейна — сумела-таки найти там любителей седых легенд!

— А в чем дело? — озадаченно молвила Ирка, когда бегуны с сопением промчались мимо нашей лавочки. — Куда это они бегут?

— Возможно, участвуют в какой-то анимационной программе, — предположил Моржик. — Скажем, инсценируют песню про тройку быстрых лошадей?

— Какая тройка, их же четверо? — резонно возразил прибившийся к нашей компании господин Трофимов.

— Четыре лошади — это квадрига, — авторитетно сказал Колян.

— Я думаю, господа и дамы бегут осматривать местные достопримечательности, — решила я. — По сокращенной программе, всего за полчаса вместо плановых полутора.

— Какие достопримечательности могут быть в спальном корпусе? — удивился Колян.

И тут же мечтательно прищурился, игриво ущипнул меня за мягкое место и мурлыкнул:

— А впрочем...

Из корпуса, толкая впереди себя лохматую тетку с мобильником, выскочила моя знакомая дежурная администраторша. Судя по жестам, она призывала эту даму успокоиться, но сама при этом сильно нервничала. Через полминуты к ним присоединился хмурый парень в униформе охранника. У него была рация, и он что-то деловито и сосредоточенно приговаривал в нее, словно читал стихи или молитву. От ворот прибежал второй охранник, тоже с рацией и нахмуренным челом.

— Видать, что-то случилось! — сказала Ирка и требовательно посмотрела на меня.

Этот взгляд подружки не нуждался в расшифровке. Ирка явно желала узнать, что происходит, и привычно посылала в разведку меня. Правильно, ведь добывать информацию — это моя специальность.

— Смотри за ребенком, — бросила я подружке, стартуя с лавочки на усиливающийся шум голосов.

На ходу я нашарила в сумочке служебное удостоверение и подошла к группе встревоженных сотрудников пансионата уже с развернутой красной книжицей.

— Что это? — Охранник неприязненно прищурился на мой документ и прочитал вслух: — Телевидение!

— О боже! Только этого не хватало! — всплеснула руками Валентина. — Еще и телевидение у нас тут!

Теперь она смотрела на меня не с симпатией, а с ужасом.

— А что у нас тут кроме телевидения? — добродушно поинтересовалась я. — По какому поводу сыр-бор?

— Без комментариев! — высокомерно бросил юноша-охранник и попытался плечом оттереть меня в сторону.

— Умный, — одобрительно сказала я ему. — Трудные слова знаешь! Так и скажем: «Охрана пансионата комментировать происходящее отказалась, администрация не пожелала предоставить прессе объективную информацию». Ничего, будем разбираться сами, не в первый раз.

Я стрельнула испытующим взглядом в несчастную дежурную и демонстративно развернулась в ту сторону, откуда прибежала взмыленная квадрига.

— Постойте! — отчаянно выкрикнула Валентина. — Боюсь, так еще хуже будет...

— Обещаю, что без разрешения администрации пансионата я не выпущу на экран никакой материал! — с готовностью приостановившись, заверила я. — Конечно, если мы будем сотрудничать. В противном случае я с удовольствием организую нездоровую сенсацию, вот только вам это, боюсь, не понравится...

Я уже не сомневалась, что в пансионате произошло какое-то ЧП.

— Поймите, мы не хотим, чтобы пострадала репутация нашего комплекса! — Валентина схватила меня за руку. — Нет, не уходите!

Я, естественно, остановилась.

— Кажется, у нас тут самоубийство, — с тяжким вздохом призналась дежурная. — Вот Анна Алексеевна с экскурсантами обнаружили на парапете смотровой площадки аккуратно сложенную стопку женской одежды и туфли. Похоже, какая-то женщина бросилась со Скалы Ревнивицы!

— Это еще не точно, — вмешался сердитый охранник. — Пока не нашли труп, о самоубийстве говорить рано! Мало ли, что там лежит на парапете!

— Интересно было бы узнать вашу версию! — Я остро прищурилась на умника, достала из сумки карманный компьютер, вооружилась стилом и приготовилась записывать. — Куда, по-вашему, делась хозяйка этой одежды и обуви?

— Да мало ли! — повторил парень. — Может, она купаться пошла! Или в кустики спряталась, чтобы порезвиться там с дружком!

— А дружок, значит, резвится в кустиках в полном облачении? — съязвила я. — Дискриминация получается! Дама голышом, а кавалер в обмундировании!

— Короче, надо сначала посмотреть, что там! — охранник отмахнулся от меня, как от назойливой мухи, и торопливо зашагал по аллее в сторону набережной.

— Купаться, тоже скажет! — провожая его взглядом, возмущенно протянула тетка-экскурсовод, которую Валентина назвала Анной Алексеевной. — Да прыжок со скалы — это билет в один конец!

— А разве не могла женщина раздеться на площадке, а потом спокойно спуститься к воде по какой-нибудь тропинке? Ведь есть там тропинка? — Дежурная отчаянно цеплялась за версию, предложенную охранником.

— Тропинка там, конечно, есть, и даже не одна, — уже спокойнее сказала тетка. — Там даже дорога есть, скверная правда. А только я лично не могу себе представить, чтобы нормальный человек разделся и разулся в пятидесяти метрах от воды, если потом к этой самой воде придется ползти по крутому каменистому склону с колючками!

— Может, она ненормальная, эта купальщица! — с надеждой воскликнула Валентина. — Больная женщина!

— Вскрытие покажет, — брякнул молчавший дотоле второй охранник.

Чувствительная Анна Алексеевна размашисто перекрестилась, а дежурная Валентина похлопала себя по разгоревшимся щекам и нарочито спокойным тоном сказала:

— Так, ладно, не будем паниковать раньше времени и пугать наших гостей!

Она умоляюще посмотрела на меня.

— Не будем пугать гостей, — согласилась я. — Мы и сами тут гости, какой смысл портить себе отдых? Однако я попрошу держать меня в курсе новостей. Договорились?

Бедняжка дежурная закивала часто и энергично, как плясуньи в индийском кино. Я бы не удивилась, если бы она вдруг сорвалась с места и с жалобным гортанным криком пробежалась по широкому кругу, простирая ладони к публике, потихоньку подтягивающейся к корпусу на ужин. Однако Валентина удержала эмоции под контролем и твердой поступью, без намека на танцевальные движения вернулась на свой ответственный пост в холле.

— Ну, что там? — с любопытством спросила Ирка, когда я вернулась к лавочке, оккупированной нашей компанией.

— Пока непонятно, — ответила я. — На парапете смотровой площадки туристы нашли бесхозную одежду и обувь, и администрация волнуется, не прыгнул ли кто-нибудь со скалы.

— Со Скалы Ревнивицы? — оживился Колян. — О!

— Что такое «О»? И что за Скала Ревнивицы? — тут же спросила Ирка.

— Скала Ревнивицы — это местная достопримечательность, — с удовольствием поведал ей Колян. — Лет триста назад с нее сиганула в море ревнивица, которая по ошибке прирезала своего мужа.

— Видимо, самокритика была ее сильной стороной! — улыбнувшись, заметил двойник Гагарина.

Улыбка у него была замечательная. К ней сами собой просились космический шлем, широкий взмах руки и легендарное «Поехали!».

— Поехали! — заглядевшись на лже-Гагарина, ляпнула я. — То есть, я хотела сказать, пошли! Уже время ужина. Или вы не проголодались?

В ответ друзья-товарищи дружно загомонили, высказываясь в том духе, что они проголодались и даже очень. Удивительно, но громче всех шумела Ирка. По ее мнению, полуведерная кружка какао и пяток пончиков едой не считались — так, легкий перекусон!

В общем, мы всем табором переместились в ресторан. Ирка, Моржик и Колян громили шведский стол, как настоящие викинги. Я питалась поскромнее, а Масяня и вовсе удовольствовался одной хлебной корочкой. Наш новый знакомый «Гагарин» хотя и вооружился вилкой и ножом, кушал плохо.

— Надеюсь, вам не испортили аппетит разговоры о самоубийце? — тихо спросила я.

— Что? — Трофимов словно очнулся. — А, нет! Просто у меня болит... Ну, это неважно. В общем, я не очень хорошо себя чувствую.

Я сочувственно посмотрела на него, но от расспросов воздержалась. Недомогания — вещь довольно интимная, не о каждой хвори можно поведать малознакомому человеку. Да и не больно-то хотелось услышать подробный рассказ, к примеру, об анальных трещинах. Не к столу, во всяком случае.

Я отцепилась от скучного Трофимова и сосредоточилась на том, чтобы не дать Масяне разгромить ресторанный зал. Ребенку чрезвычайно понравились хрустальные солонки и перечницы, и он не поленился стянуть их с четырех соседних столиков, а потом принялся сооружать башни. Обслуживающий персонал наблюдал за строительными работами с плохо скрытым недовольством. Предвидя, что нас вот-вот отругают, я поторопилась вывести ребенка во двор.

В дверях нас остановила тетка-экскурсовод. Выглядела она получше, потому что причесала волосы и старательно улыбалась. Улыбка ее искрометным весельем не блистала, но была по-своему ослепительной — благодаря паре золотых зубов. В руках дама держала красно-зеленую скоморошью шляпу с бубенцами. Законный обладатель яркого головного убора приплясывал рядом, притопывая похожими на лыжи башмаками и наяривая на игрушечной балалайке. Очевидно, этот музыкальный инструмент был произведен на просторах Китайской Народной Республики. Он вытренькивал русский фольклорный хит «Шумел камыш, деревья гнулись» с такими этническими загогулинами, словно это шумела и гнулась младая бамбуковая поросль на брегах Янцзы и Хуанхэ.

— Примите участие в бесплатной лотерее! — призвала меня Анна Алексеевна. — Главный приз — путевка в наш пансионат! Розыгрыш состоится через два часа в холле основного корпуса.

— Я! Я приму участие! — с энтузиазмом вскричала за моей спиной Ирка.

Я обернулась на голос. Услышав про халяву, подружка примчалась к нам прямиком от стойки с салатами, забыв оставить там раздаточную ложку.

— Подержи-ка, дружок! — Ирка без церемоний сунула скомороху ложку в лохмах капусты по-корейски, что добавило парню азиатского колорита. — Ну, что я должна сделать? — спросила моя подружка. — Залезть в эту шляпу и вытащить билетик-другой?

Она размяла пальцы так энергично, что стало ясно: если позволить ей запустить руку в клоунский чепец, она посрамит самый загребущий бульдозер и не оставит в шляпе ни единого билетика. Еще и подкладку вырвет!

— Не надо никуда лезть! — поспешно возразила Анна Алексеевна. Видно, жизнь научила ее читать по лицам. — Наоборот, возьмите вот эту бумажечку, напишите на ней свое имя, фамилию и номер, в котором вы проживаете. А потом скрутите бумажку в рулончик и опустите в шляпу.

— Значит, я могу записаться только один раз? — приуныла Ирка.

— Лотерейных билетов будет ровно семьдесят шесть, точно по числу наших гостей, — твердо сказала Анна Алексеевна. — Включая маленьких мальчиков!

С этими словами она подарила Масяне блестящую улыбку.

— Мама, я хочу гулять! — сказал ребенок, посмотрев на незнакомую златозубую тетю с большим подозрением.

— Извините, мы пойдем! За нас с сынишкой билетики напишет вот эта любезная дама! — сказала я Анне Алексеевне, уступая место приплясывающей от нетерпения Ирке.

Мы обошли скомороха, который продолжал таращиться на салатную ложку, словно сомневаясь, прилично ли будет ее облизать, и вышли на свежий воздух. Мася сразу же порысил к рукотворному гроту с водопадом, а я с интересом уставилась на афишу, зазывающую гостей пансионата на вечерний концерт.

Плакат, живо напомнивший школьные стенгазеты, был наскоро намалеван гуашью на ватманском листе, даже краска еще не просохла. Я смекнула, что намерение собрать всех гостей комплекса от мала до велика возникло у администрации внезапно, но не случайно. И разрекламированный вечерний концерт, которого, вообще-то, не было в программе, и сюрпризная лотерея были организованы для того, чтобы между прочим провести перепись населения пансионата и выяснить, нет ли недостачи. Пугать гостей расспросами типа: «Не знаете ли вы душевно нездоровую женщину, которая могла покончить с собой, прыгнув со скалы в бурное море?» — администрация, похоже, не планировала.

Оценив изобретательность хозяев праздника, я решила не отравлять им жизнь лишними волнениями и следующие четыре часа никак не проявляла своего интереса к истории с предполагаемым самоубийством. Веселилась, как все: смотрела концерт, участвовала в лотерее, любовалась праздничным фейерверком и дегустировала коктейли, приготовленные виртуозом-барменом в режиме шейк-шоу.

Увеселительные мероприятия закончились в одиннадцатом часу. Усталые, но довольные мы вернулись в номер и разошлись по комнатам.

Ирка с мужем на своей половине что-то негромко обсуждали. Кажется, подружка печалилась, что не выиграла в лотерее, а Моржик ее утешал.

У нас отбой наступил без задержки. Колян сразу завалился спать, побросав одежду на ковер рядом с просторной кроватью. Мася, в сонных глазенках которого еще угадывались сполохи фейерверка, пытался бороться за права младенцев.

— Не хочу спать! — широко зевнув, заявил он.

— И не надо! — сказала я, вытряхивая ребенка из одежек.

Оказавшись на горизонтальной поверхности удобного диванчика, малыш моментально засопел. Я выключила свет, оставив гореть только бра в крошечной прихожей, машинально сгребла в охапку вещички сына и вещи мужа и прошла в санузел. Там посмотрела в зеркало, увидела себя с ворохом мужской и детской одежды и засмеялась.

Привычка собирать разбросанные по квартире вещи Коляна и Колюшки уже стала моей второй натурой. Дома я ежевечерне стаскиваю кучу шмоток в ванную, поближе к стиральной машине, вот и в гостинице поступила аналогичным образом!

Затевать на ночь глядя постирушку в гостиничном номере я не планировала, поэтому стала аккуратно складывать вещи. Ребенка я завтра одену во все чистое, но Колян вполне может натянуть те же джинсы и джемпер. Мы приехали в пансионат всего на пару дней и не привезли с собой чемоданы тряпок.

Я машинально сняла с мужнего джемпера пару соринок и... мои пальцы, сложенные на манер пинцета, скрючило судорогой! На рукаве, на темно-синем велюровом шевроне, бесстыдно, нагло и вызывающе поблескивал длинный светлый волос!

Страшные подозрения, от которых я благополучно избавилась еще до ужина, возродились с новой силой. Так-так-так! Это кто же прижимался к плечу моего благоверного патлатой белобрысой головой?

Мой собственный волосяной покров регулярно меняет цвет под воздействием патентованных красящих средств. В настоящий момент я шатенка с легким асимметричным мелированием. И уже с полгода ношу короткую стрижку, очень похожую на мальчишескую прическу Масяньки!

У Ирки волосы длинные, но не белокурые, а темно-русые, с рыжиной. Моржик блондин, но он стрижется под машинку, так коротко, что рядом с ним показалась бы безобразно косматой самая гладкошерстная мышка.

Может, джемпер подцепил волосину с ковра? Но перед самым нашим вселением в номер там была произведена полная уборка, горничную с мощным пылесосом мы встретили в дверях. С другой стороны, могу поручиться, что до тринадцати часов сего дня никаких волосков и прочего мусора на мужней одежке не было, я собственноручно положила его в дорожную сумку чистым, свежевыстиранным.

Колян надел джемпер, когда они с Моржиком отправились в бар. С этого момента и до нашей встречи в том же баре двумя часами позже я мужа не видела. Значит, гадкую волосину он подхватил именно в этот промежуток времени, потому что вечером ни с какими блондинками не общался, все время был со мной. Возникает закономерный вопрос: сидел ли мой муж в баре с Моржиком все те два часа, на которые у него нет алиби, или же куда-то отлучался? Как бы это выяснить? Может, вломиться на половину Максимовых, чтобы растолкать и жестоко допросить Моржика? Боюсь, он мне ничего не скажет. Проклятая мужская солидарность!

Я топталась, кусая ногти, на резиновом коврике у ванны, не зная, что мне предпринять, когда незапертая дверь санузла бесшумно приоткрылась и в нее сунулась рыжеволосая голова.

— Ленка, ты не спишь? — шепотом спросила Ирка. Она была завернута в коричневое шерстяное одеяло и походила на бурого мишку среднего размера. — Отлично!

— Лучше некуда! — мрачно ответила я.

— Что случилось? — Подружка внимательно посмотрела на меня и сокрушенно покачала головой. — Вижу, что-то ужасное! Пойдем, расскажешь.

Мы на цыпочках, чтобы не разбудить Колянов, проследовали через комнату на балкон, плотно прикрыли за собой стеклянную дверь и опустились в пластмассовые кресла.

Нас обещали поселить в номере «с видом на море» и не обманули — наш балкон действительно был обращен в сторону морских далей. К сожалению, собственно море по большей части закрывали высокие деревья, растущие вдоль набережной, так что ночью с балкона открывался превосходный вид на неопределенную темную массу. Зато нас не беспокоили многочисленные разноцветные огни парковых фонарей и иллюминированных зданий — они остались по другую сторону корпуса.

— Весьма уединенно, — отметила этот момент Ирка, устраиваясь поудобнее. Шерстяное одеяло добавило подружке объемов, и она с трудом поместилась в кресле, не рассчитанном на особо крупных Винни Пухов. — Итак, я тебя слушаю. Что случилось?

Стараясь не шмыгать носом и безжалостно давя вскипающие на глазах слезы, я рассказала подружке о том, что меня терзало. Начала с утреннего явления блондинки в наш мирный дом и закончила обнаружением белобрысой волосины на мужнем джемпере.

Ирка внимательно выслушала меня, но не стала утешать. Видно, решила, что словами, как и слезами, горю не поможешь. Годы тесной дружбы позволили Ирке неплохо разобраться в моем характере, и она знает, что для меня лучшим лекарством от тоски и грусти является активное действие. Причем диапазон действий может быть весьма широк — от ручной стирки до мордобоя. Главное, чтобы занятие было энергоемким.

— Ты говоришь, эта дамочка живет там? — Ирка кивнула на перегородку, разделяющую балконы.

— По моей версии, в соседнем номере, — подтвердила я.

— Так. Сиди тут, — подруга выбралась из кресла и ушла на свою половину, но очень скоро вернулась с початой бутылкой коньяка.

— Принимали с Моржиком на сон грядущий, — встряхнув стеклянную фляжку, объяснила она. — На него подействовало как снотворное, а на меня — совсем наоборот.

— Хочешь проверить мою реакцию? — Я протянула руку, взяла бутылку, которую подружка предупредительно откупорила, и сделала большой глоток прямо из горлышка.

Реакция наступила незамедлительно. Пламя, широко и свободно разлившееся внутри моего организма, выжгло слезы на глазах и запекло до каменной твердости ругательств жалобные речи.

— Эх, так ее разэтак! — ухарски сказала я, со стуком поставив бутылку на перила балкона. — Ну, попалась бы мне сейчас эта белокурая бестия!

— А в чем проблема? — оживилась Ирка. — Сама говоришь, она в соседнем номере живет! Так, давай выйдем в коридор и постучим в ее дверь: «Тук-тук!» Она откроет, а мы вломимся и сделаем ей бум-бум! То есть побьем немножко и заставим выложить все начистоту!

— А если она не откроет? — возразила я. — Вообще говоря, мне нравится твой план, особенно в той части, где мы делаем бум-бум, но предлагаю его усовершенствовать.

— Нет предела совершенству! — легко согласилась Ирка. — Излагай!

— Мы не будем выходить в коридор и дубасить в дверь, — решила я. — Мы без стука и объявления войны войдем в соседний номер через балкон и возьмем мерзавку тепленькой, в постели. Уж тогда-то она точно не станет запираться и расскажет правду и только правду! Ничто так не деморализует допрашиваемого, как некомплектный костюм! Я сама давеча перед беседой с ментами поторопилась сменить пижаму на нормальный наряд.

Наверное, если бы мы с подружкой не пили коньяк, идея допросить подозреваемую с пристрастием в ее собственном номере не показалась бы нам такой привлекательной. А так мы ничуть не усомнились, что поступаем хорошо и правильно!

Балконы соседних номеров разделяла перегородка в полкирпича. Поддерживаемая подругой, коньяком и праведным гневом, я перебралась через нее с ловкостью опытной домушницы. Ирка лезла на чужой балкон долго и шумно, потому что ей не хватило ума снять свою медвежью бурку. Наверное, она думала, что с развевающимся плащом за спиной будет выглядеть более героически — как женский вариант Бэтмена. Однако тяжелое одеяло не хотело держаться на ее плечах, норовило пойти собственным путем и в конце концов все-таки полетело вниз, едва не утащив с собой и саму Ирку.

— Ничего страшного, мы его потом подберем, — сказала Ирка, проводив слегка огорченным взглядом одеяло, спланировавшее в темные глубины у подножия здания гигантским морским скатом. — Дальше клумбы не улетит.

— Да, это еще цветочки, — невпопад заметила я. — Ягодки будут впереди!

— Ой, сад-огород, а в саду тропинка! Сладкая ты

моя, ягодка малинка! — тихонько пропела Ирка голосом Бабы яги, приплюснула физиономию к стеклянной двери и заглянула в чужой номер.

— Ну, что там? — нетерпеливо спросила я.

Крупногабаритная подружка полностью преградила мне доступ к чужому номеру.

— Черт его знает! Шторы задернуты, ничего не видно! — ответила Ирка и, недолго думая, потянула на себя ручку.

Дверь послушно открылась.

— О! Да тут не заперто! — шепотом обрадовалась моя боевая подруга. — Может, нас ждут? — игриво подмигнула она.

— Может, не нас? — нахмурилась я.

Ирка вспомнила о цели нашего визита и перестала веселиться.

— Не горюй раньше времени, — сказала она. — Потерпи, сейчас нам откроется вся правда!

Крадучись, как ночные воры, мы вошли в номер. Поморгали, привыкая к темноте, и потихоньку двинулись к наиболее черному и большому пятну, которое опознали как кровать.

— Надо было фонарик взять! — с сожалением шепнула Ирка. — Где она тут, ничего не видно! Я лично вижу только подушки!

— Девка мелкая, могла и между подушками завалиться, — пробормотала я, осторожно хлопая ладонями по такому же мохнатому одеялу, как у Ирки.

— Я свет включу! — решилась подруга.

И без задержки щелкнула выключателем.

Мягкий свет лампы под розовым абажуром разлился теплой лужей — мечтой африканского бегемота.

— Ну, и где она? — опешила Ирка. — Полночь на часах!

— Уж полночь близится, а бестии все нет! — пушкинским стихом пробормотала я и бесцеремонно переворошила разобранную постель.

Ни на подушках, ни под одеялом никого не было.

— Может, она в туалете? — Ирка приложила палец к губам, на цыпочках метнулась к клозету и рывком распахнула дверь, грозно вскричав:

— Ага!

В ответ предупредительно заурчала система вентиляции, включающаяся в санузле одновременно с освещением.

— Не ага! — с сожалением констатировала подруга, последовательно заглянув в ванну, за пластиковую занавеску душа и даже под крышку унитаза. — Смылась, зараза!

Это прозвучало так, словно зараза смылась непосредственно в канализацию. По мне, там ей самое место!

Ирка яростно почесала макушку, задумчиво скосила глаза на кончик носа, помолчала пару секунд, а потом абсолютно беспечальным голосом сообщила мне результаты своих раздумий:

— Ну, и хорошо!

— Чего же хорошего? — досадовала я.

Признаться, мне очень хотелось сделать негодяйской блондинке бум-бум, бац-бац и цап-царап!

— Это хорошо, что ее здесь нет! — объяснила подруга. — Потому что это значит — что?

— Что она где-то в другом месте!

— Вот именно! — Ирка не обратила внимания на мой язвительный тон. — Подозрительная блондинка спит в другой постели! В чужом номере! И, надо полагать, не одна!

В связи со сказанным я почувствовала острое желание сейчас же проверить, один ли спит Колян, поэтому круто повернулась и покинула чужой номер. Привычно легко перемахнула за перегородку, проинспектировала постель супруга и с глубокой радостью обнаружила, что он там трагически одинок. Колян мирно посапывал, нежно обнимая подушку. Это не вызвало у меня особой ревности, но я все-таки потихоньку расцепила руки мужа, вытянула из его объятий спальную принадлежность и улеглась на нее сама, рассудив, что с моей стороны неразумно оставлять супруга без присмотра в то время, когда по гостинице безнадзорно шастает любвеобильная блондинка.

Рыжая бестия Ирка, сверх меры взбодренная коньяком, еще некоторое время шастала туда-сюда, скучая без дела и компании, но в конце концов тоже угомонилась.

— Утро вечера мудренее! — сонно пробормотала я.

3.

Поутру я проснулась от шума, напоминающего звуки редкого дождя. Что-то легкое падало сверху на кожистые листья магнолии, выбивая из них барабанный стук. Странно, по прогнозу сегодня должен быть солнечный день!

Я открыла глаза, села в постели — и едва не полегла обратно в глубоком обмороке. Оказывается, незапланированные осадки организовал Масяня! Он выбрался на балкон, подтащил поближе к перилам стул, влез на него и с этого постамента щедро разбрасывал сухое печенье. Коробку с крекерами малыш держал под мышкой.

— Колюша! Ты что делаешь?! — Я вылетела на балкон и обхватила ребенка поперек живота, чтобы предотвратить падение за борт.

Хватит того, что на дереве под окном уже болтаются шлепанцы Моржика! Если к ним присоединится еще и Мася в пижамке из красной фланели, это сделает магнолию похожей на новогоднюю елку!

— Я кормлю птичек, — с достоинством ответил Масяня.

Я выглянула за балкон и увидела правее новогодней магнолии карусельку с сиденьями, выполненными в виде гусей-лебедей. На песочке детской площадки во множестве валялись крекеры, которые деревянные пернатые высокомерно игнорировали.

— Птички покушают и полетят, — сообщил мне о своих замыслах ребенок.

— Птички полетят, когда на них сядет покататься кто-нибудь из деток, — сказала я, стаскивая сынишку со стула.

Малыш с готовностью выдвинул свою кандидатуру, и я приняла ее без возражений. Мы оделись и потихоньку, чтобы никого не разбудить, вышли во двор.

Было раннее утро, начало восьмого. Заспанное осеннее солнце еще не выбралось из-за окрестных гор, и двор был весь в тени. Предусмотрительно прихваченным с собой полотенечком я досуха вытерла мокрую спину того гуся-лебедя, который показался Масяне наиболее симпатичным, усадила ребенка на карусель, хорошенько раскрутила ее и отошла к лавочке. Осушила ее росистую поверхность все тем же полотенцем и присела, зевая и лениво оглядывая окрестности. Полюбовалась поздними осенними цветами на клумбе и заодно выяснила, что одеяло, которое ночью безвременно покинуло Ирку, куда-то пропало.

Это заставило меня заволноваться. Зная гостиничные порядки, я не сомневалась, что администрация непременно постарается взыскать с нас стоимость пропавшего одеяла, а оно, наверное, недешевое! Настоящая верблюжья шерсть!

— Эх, не додумались! Надо было стибрить одеяло из номера белобрысой девки! — подумала я вслух.

И тут же прикусила язык, испугавшись, что кто-нибудь услышит и плохо обо мне подумает. Вообще-то я вполне законопослушная гражданка и на криминальные поступки иду только под воздействием непреодолимых обстоятельств!

Услышать мои опрометчивые слова могла дежурная администраторша Валентина: она как раз вышла на символический балкончик первого этажа и сладко потянулась, простирая руки к восходящему солнцу. Это смотрелось весьма романтично, потому что строгого форменного пиджака с бэйджем на девушке в данный момент не было, она была одета в казенный махровый халат, а волосы свободно распустила по плечам в неуставной прическе. Я прикинула на пальцах и поняла, что суточное дежурство Валентины уже закончилось, она отстояла свою нелегкую вахту «от семи до семи».

Впрочем, добрую его часть дежурная, судя по ее домашнему наряду и заспанному лицу, благополучно пролежала. В самом деле, в безотлучном пребывании в холле на посту в глухую ночную пору не было необходимости.

— Валя, доброе утро! — крикнула я. — Как прошло дежурство? Еще эксцессы были?

Она нашла меня взглядом и приветственно кивнула:

— Эксцессов не было, если не считать очередного неурочного звонка господина Трофимова!

— А что с ним случилось на этот раз? Не сумел открыть водопроводный кран? — я засмеялась.

— На этот раз у него ровнехонько в полночь случилось обострение застарелой болезни.

— Это болезнь Альцгеймера?

— То есть маразм? — Валентина с удовольствием подхватила злую шутку. — Нет, с этой хворью господин Трофимов благополучно сжился. У него после купания в прохладной морской воде обострился хронический артрит верхнечелюстного сустава.

— Это очень неприятная штука. — Я перестала смеяться и вспомнила, как вяло двойник Гагарина клевал свой ужин. — У меня однажды болел челюстной сустав, в юности, когда я имела обыкновение ходить зимой без шапки. Ощущение такое, будто болит половина зубов разом и еще в ухе стреляет!

— Вот бедолага и просил у меня обезболивающее, — кивнула Валентина. — Но на посту в холле есть только аптечка со средствами первой необходимости, так что я не смогла предложить страждущему ничего, кроме таблетки анальгина из собственных запасов.

— Анальгин не поможет, — со знанием дела сказала я. — Нужно обезболивающее помощнее, а еще хорошо синей лампой прогреть.

— Синюю лампу он тоже спрашивал, — подтвердила девушка. — В два часа ночи! Я уже спала и в сердцах ответила ему довольно грубо. Сказала, что могу дать ему синьки из запасов кастелянши, и пусть красит свою лампу в нужный оттенок!

— Бедный парень! — пожалела я мученика.

— А вот и он! — удивленно воскликнула моя собеседница.

Я обернулась и увидела позади горки, на которую с сосредоточенным сопением карабкался Масяня, понурую фигуру в знакомом спортивном костюме «Пума». Двойник космонавта Гагарина брел к корпусу, повесив голову, как сказочный Иванушка, и безвольно опустив руки. Враждебным граблам эта картина очень понравилась бы!

— Замучен тяжелым артритом! — пробормотала я.

— А? — Страдалец поднял на меня красные кроличьи глаза.

Вкупе с ненормально бледной физиономией они неопровержимо свидетельствовали о бессонной ночи.

— Сережа, как ваш артрит? — сочувственно спросила я. — Нашли обезболивающее?

— Нет, не нашел. Медпункт еще закрыт, — пожаловался он. — Я хотел съездить в аптеку, тут недалеко есть поселок, но приключилась такая беда... Вы не поверите! Мою машину угнали!

— Этого не может быть! — воскликнула Валентина, с интересом прислушивавшаяся к нашей беседе. — Стоянка с машинами наших гостей находится на охраняемой территории! Угонщик не мог выехать за ворота, там шлагбаум и круглосуточный пост!

— Значит, он не выехал за ворота, — кротко согласился измученный Трофимов. — Однако факт остается фактом: моей машины на стоянке нет!

— А вы говорите — дежурство прошло без эксцессов! — с необоснованным укором сказала мне Валентина.

Она одернула халат и официально обратилась к удрученному мужчине:

— Господин Трофимов, я прошу вас подойти к стойке ресепшена и рассказать о случившемся мне и новой дежурной. Обещаю, нами будут предприняты все меры для обнаружения вашего автомобиля.

Твердый голос Валентины заставил понурого страдальца заметно приободриться. Он распрямил плечи и заторопился к входу в корпус.

— Колюша, пойдем, разбудим папочку и тетю Иру

с дядей Моржиком! — сказала я малышу, проводив взглядом злополучного Трофимова.

Признаться, мне не терпелось поделиться новостью об угоне машины нашего нового знакомого.

— Угнали машину?! — Моржик, услышав об этом, сильно разволновался и, едва надев штаны, убежал на стоянку проверять, на месте ли его собственный любимый «Пежо».

Присоединился он к нам уже за завтраком, одновременно успокоенный и возбужденный. Успокоило его то, что с «Пежо» ничего не случилось, а возбудила загадочная история исчезновения «Нексии» Сергея Трофимова. Она действительно исчезла со стоянки, хотя не выезжала за ворота. Дежурный охранник готов был присягнуть на всех священных книжках разом, включая собственную сберегательную! Администрация комплекса скрепя сердце вынуждена была признать факт пропажи со стоянки автомобиля гостя и вызвать милицию.

— Гибэдэдэшники сейчас работают на стоянке, а мы с ребятами договорились пробежаться по территории и поискать Серегину машину по закоулкам, — сообщил Моржик, жадно заглатывая завтрак.

Оглядев ресторанный зал, я насчитала с десяток мужчин, принимающих пищу с неприличной поспешностью. Это и были Моржиковы «ребята» — отдыхающие, прибывшие в пансионат на личном транспорте и организовавшие перед лицом угрозы угона некое братство автовладельцев.

Кое-как напитавшись, Моржик, провожаемый тоскливым взором Ирки, отправился с товарищами в поисковую экспедицию, а мы неторопливо закончили завтрак и переместились к бассейну. День, как и обещали синоптики, выдался теплый, солнечный, но море после вчерашнего шторма было такого же цвета, как пенная лужа на разбитом проселке, и не вызывало желания плескаться в волнах. Бассейн казался существенно гигиеничнее.

Отдыхая, я одним глазом присматривала за Масяней, а вторым за Коляном — и еще неизвестно, за кем я наблюдала внимательнее! Муж вел себя совершенно безукоризненно, на посторонних женщин не заглядывался, с блондинками не обнимался. Мне заметно полегчало. Мы с Иркой обсудили ситуацию и постановили считать мои ночные страхи необоснованными.

К вопросу о страхах и опасениях я упомянула о пропаже Иркиного одеяла, но подруга меня успокоила. Оказывается, она не просто так шумела в ночи, когда я уже легла в постель, а сбегала вниз и подобрала на клумбе свою беглую попону.

— К счастью, мне повезло: я вошла и вышла беспрепятственно. Наружная дверь корпуса была закрыта изнутри на самую обыкновенную задвижку, — сказала Ирка. — Будь там электронный замок, пришлось бы будить дежурную в ее каморке и просить магнитную карточку!

— Выходит, повезло не только тебе, но и дежурной, — заметила я. — Мало ей Сергея Трофимова с его замками и звонками, так еще ты явилась бы среди ночи!

У господина Трофимова, похоже, была удивительная манера появляться, едва назовут его имя. Стоило мне помянуть его, как он нарисовался за ограждением бассейна в сопровождении сотрудника ГИБДД. Мужчины деловито проследовали куда-то в сторону набережной.

— Может, Сережину машину утопили? — оживилась Ирка.

— Зачем кому-то топить новую «Нексию»? — удивилась я.

— А просто так! Из вредности и зависти!

Я внимательно посмотрела на подружку:

— Ты имеешь в виду классовую вражду пешеходов и автовладельцев, описанную еще Ильфом и Петровым?

— Это те, которые про стулья писали? — проявила похвальную эрудицию Ирка. — Молодцы, проницательные ребята! Я думаю, какой-нибудь юноша, страстно мечтающий о четырехколесном друге, мог угнать трофимовскую «Нексию» просто для того, чтобы покататься, а потом утопил ее в море.

— Сбросил со Скалы Ревнивицы? — ехидно спросила я.

— Ой, кстати, о Скале Ревнивицы! — всполошилась Ирка. — Мы же так и не узнали, состоялось ли самоубийство!

Она с намеком посмотрела на меня, и я покорилась:

— Ладно, схожу узнаю новости.

— За Колей я пригляжу! — пообещала Ирка.

— За двумя! — поправила я, имея в виду, что присматривать надо и за Масяней, и за его папочкой. На вякий случай, мало ли! Вдруг опять объявится прилипчивая блондинка!

Ирка понятливо кивнула. Я встала с шезлонга, на котором возлежала, комфортно греясь под нежарким октябрьским солнышком, и огляделась.

Экскурсовод Анна Алексеевна как раз раскладывала на своем столике в углу площадки глянцевые буклеты.

— Вот кто мне нужен! — сказала я себе и подошла

поближе. — Бог в помощь! Есть ли новости со Скалы Ревнивицы?

— К счастью, нет! — Женщина вздрогнула и судорожно дернула рукой, словно хотела перекреститься, но в последний момент удержалась.

— Что, самоубийцу так и не нашли? — понизив голос, спросила я прямым текстом.

— Нет! И, надеюсь, не найдут! — нервно ответила Анна Алексеевна.

— А ищут ли? В милицию заявили?

— Конечно, нет! Милиция принимает заявления о пропаже людей только через трое суток, к тому же — не от кого попало, а только от встревоженных родственников. Тут ситуация другая, у нас никто не терялся, просто брошенные кем-то вещи сами собой обнаружились, а с этим обращаются не в милицию, а в бюро находок. — Анна Алексеевна говорила так горячо, словно хотела убедить в справедливости сказанного не только меня, но и саму себя. — Наша администрация склонна считать, что вчерашняя тревога была ложной. Во всяком случае, достоверно установлено, что все гости пансионата живы и здоровы, никто не пропал.

— Никто? — Я огляделась.

Лично мне со вчерашнего дня не попадалась на глаза мультипликационная блондинка, но я об этом нисколько не жалела. Человеконенавистничество мне чуждо, но, если бы суицидальное настроение охватило не кого попало, а конкретно эту особу, я бы не стала особенно переживать. Впрочем, не было никаких оснований думать, будто несимпатичная мне белобрысая девица наложила на себя руки. Помнится, в лифте она топталась с полнозубой крокодильей улыбкой на устах, явно предвкушала что-то приятное!

— Думаешь, если она улыбалась, значит, не могла покончить с собой? — возразила Ирка, с которой я поделилась информацией, полученной от Анны Алексеевны, и своими соображениями. — Вспомни Афалину!

— При чем здесь афалина? — удивилась я.

— Она ведь улыбалась, когда топилась!

Я уставилась на подружку выпученными рыбьими глазами. О чем это она говорит? Может, успела посетить одну из местных достопримечательностей — дельфинариум? Морды у дельфинов и в самом деле улыбчивые, но глагол «топиться» применительно к дрессированной афалине вовсе не кажется мне подходящим. Да что это за дельфин такой плохонький, который топится в процессе представления? Одноразовый, что ли?!

— Дорогая, ты ничего не путаешь? — на всякий случай уточнила я. — Афалина — это черноморский дельфин!

— Ты шутишь? — Ирка тоже сильно удивилась. — Выходит, подружку Гамлета назвали в честь рыбы?!

— Афалина — это млекопитающее! — смешливо захрюкала я, искренне радуясь комичным ошибкам подружки.

— Ой, да плевать мне на ее диету! — Ирка обиделась. — Молоком она питается или бубликами, какая разница?! Главное, я точно помню: в пруд девчонка лезла, сияя, как весеннее солнышко!

— Это была Офелия! Офелия, а не Афалина!

— Это неважно! Главное, она улыбалась! — продолжала настаивать на своем упрямица.

— Потому что спятила! — Я покрутила пальцем у виска.

— Вот и со мной будет то же самое! — вздохнула Ирка.

— Ты тоже утопишься? — слегка испугалась я.

— Нет, я тоже сойду с ума! Ты меня сведешь!

— Я?! — от такой наглости я потеряла дар речи.

Ирка этим воспользовалась и забубнила:

— И путает меня, и путает! Офелия — это не афалина, и обе они не рыбы, хотя одна тонет, а другая нет, а кто улыбается — тот чокнутый, у меня уже мозги набекрень! Чииз! — И подружка жутко оскалилась, изображая в высшей степени ненормальную улыбку.

— Жуть какая! — содрогнулась я. — Ирка, тебе надо больше отдыхать! Может, останешься в пансионате еще на день-другой? Укрепишь нервную систему морскими ваннами и прогулками.

— Мы идем на прогулку? — живо обрадовался Колян.

За дурацким разговором мы с Иркой не заметили, что он вынырнул из бассейна и пришлепал к нам.

— На прогулку, на прогулку! — завопил Масяня и от полноты чувств длинной очередью от живота расстрелял всю нашу компанию из водяного автомата.

Я вопросительно посмотрела на подмоченную Ирку. Подружка не большая любительница ходить пешком. Она даже в магазин, расположенный за квартал от ее дома, отправляется на машине. Это про таких, как она, сказала в «Бриллиантовой руке» героиня Мордюковой: «Наши люди в булочную на такси не ездят!»

— Ладно, пойдем на прогулку, — неохотно согласилась Ирка, убрав с лица мокрые пряди волос. — Только, чур, ненадолго! Не пропустить бы обед.

— В этом никто из нас не заинтересован, — успокоил ее Колян. — Ну, куда мы идем?

— В лес! — предложила я, обласкав долгим взглядом окрестные холмы в золотом осеннем убранстве.

Мы переоделись, забросили в номер купальные принадлежности, прихватили фотоаппарат, сухой паек в виде пачки печенья и пакета пряников и отправились в поход. Вышли за территорию пансионата и прямо с набережной поднялись по крутой тропинке на лесистую горушку.

В лесу было сказочно красиво, только немного сыро после ночного дождика. Зато повышенная влажность способствовала бурному росту грибов, так что Колян с Масяней нашли себе увлекательное и полезное занятие. Они шуршали в подлеске, как пара голодных ежиков, и сообщали нам с Иркой о своих успехах такими громкими криками, что я только удивлялась — кто это придумал назвать грибную охоту «тихой»? Причем с каждой найденной сыроежкой грибники бежали к нам, чтобы сфотографироваться со своей добычей. Я порадовалась, что фотоаппарат у нас не пленочный, а цифровой, с гигабайтной карточкой памяти, позволяющей сделать практически неограниченное количество снимков. Сыроежек и лисичек в лесу было значительно больше, чем кадров на обычной фотопленке.

Ирку грибы не особенно интересовали, она вела активный поиск такого подножного корма, который можно было бы употребить в пищу сразу, без предварительной кулинарной обработки, и зорко высматривала на кустах орехи и ягоды. Фундуком и твердыми плодами шиповника подружка набивала карманы жакета, а кизил и барбарис съедала немедленно. И так увлеклась, что чуть не налопалась волчьих ягод!

— Не ешь! — Я вовремя стукнула обжору по руке,

помешав ей засунуть в рот пригоршню растительной отравы.

— Козленочком стану? — съязвила недовольная подружка.

— Да нет, просто помрешь.

— Ух ты! Вот здорово! Хочу! — восхищенно выдохнула дурочка.

Это заявление вновь заставило меня всерьез обеспокоиться состоянием ее рассудка, но тут же выяснилось, что бешеный восторг у Ирки вызвала не перспектива досрочно перейти в мир иной, а роскошный куст боярышника, густо усыпанный круглыми красными плодами. Подружка возжелала сломать красивую ветку и отважно полезла за ней сквозь колючки и валежник.

Самая красивая ветка, как водится, оказалась наверху, но Ирка не сплоховала, забралась на близлежащее поваленное дерево и дотянулась до вожделенной ветки в высоком прыжке. Глядя на то, как она скачет по мшистому стволу, словно безумный бурундук, я вскинула фотоаппарат. Тут и сама Ирка как раз закричала:

— Сними-ите меня-а!

— Сей момент! — пообещала я, старательно прицеливаясь.

Щелкнула камерой и за мгновение до вспышки успела увидеть, как попрыгунья-подружка оскальзывается и кособоко валится с бревна.

— Мне кажется, Иришка просила нас снять ее с коряги! — с запозданием подсказал мне подоспевший Колян.

Я машинально посмотрела на экран камеры, где застыла цветная картинка, запечатлевшая Ирку в недолгом, но эффектном полете. Вскинув руки, подружка валилась со своего спортивного бревна под углом градусов в тридцать. Фигура гимнастки вышла нечеткой, зато боярышник получился замечательно, можно было разглядеть каждую отдельную красную ягодку. Примечательно, что размазанная, как овсянка, Ирка оказалась на заднем плане, в падении спикировав за куст.

— Сохрани снимок! — посоветовал Колян и без промедления полез по завалам, спеша оказать помощь пострадавшей.

— Куда папа пошел? — забеспокоился Масяня.

— Папа пошел помочь тете Ире, она упала в канавку, — нарочито спокойно ответила я.

— Баловалась? — сочувственно спросил малыш.

Я не успела ответить. Из-под раскидистого куста в красном ягодном убранстве, пугающе шурша листьями, вылезла на четвереньках наша баловница тетя Ира. На щеке у нее багровела свежая царапина, в растрепанных волосах, образовав подобие засохшего лаврового венка, во множестве запутались опавшие листья, медная пуговица на жакете оборвалась и повисла на ниточке, как медаль.

— Я в порядке! — заявила подружка, жестом остановив пробирающегося к ней Коляна.

С учетом ее внешнего вида поверить в сказанное было трудно. На соседней с нами улице живет безобидная полоумная побирушка средних лет, так Ирка сейчас походила на нее, как сестра-близняшка! Довершил клиническую картину тихого помешательства крайне неуместный в сложившейся ситуации поступок: едва Ирка вылезла из оврага, как ей приспичило поговорить по телефону!

Мы с Коляном переглянулись. Муж сделал большие глаза и выразительно покрутил пальцем у виска.

— Сам дурак! — грубо обругала его приметливая Ирка. И деловито сказала в трубку: — Милый, у меня к тебе вопрос. Расскажи, какая машина у Трофимова.

— Какие необычные у тебя интересы, Ирусик! — молвил Колян, бочком-бочком приближаясь к сумасшедшей.

— Необычные и неожиданные! — добавила я.

Ирка покосилась на нас, но ничего не сказала, внимательно выслушала ответ Моржика и спросила еще:

— А награду тому, кто найдет пропажу, случайно не обещали?

Мы с Коляном снова переглянулись, но уже с другим чувством.

— Неужели? — недоверчиво пробормотала я.

А мой смышленый муж изменил направление движения и шустро погреб сквозь лиственные сугробы к оврагу, на краю которого притулился злополучный боярышниковый куст.

— Детка, посиди тут, покушай печенье! — торопливо сказала я Масяньке.

— Сядь на пенек, съешь пирожок! — вспомнив сказку, малыш послушно опустился на пенек и захрустел предложенным угощением.

Я влезла на ствол поваленного дерева, пробежалась по бревну и с него, как с мостика, заглянула в овраг. Он оказался неожиданно глубоким и несимметричным: с нашей стороны спуск был пологим, укрытым листвой, а вот противоположный чернел земляной осыпью, и по нему змеились обнажившиеся корни низкорослого кустарника, образующего на краю обрыва подобие живой изгороди. В одном месте она зияла широкой сквозной пробоиной.

А на дне оврага дохлым жуком лежал сгоревший автомобиль.

— Это «Нексия»? — с сомнением спросила я.

Аварийный транспорт мало походил на новую иномарку. В его внешности было гораздо больше общего с помятым мусорным контейнером.

— Гибэдэдэшники разберутся, «Нексия» это или нет, — рассудительно ответил Колян. — Меня больше другое волнует. Как думаешь, машина сама по себе в овраг слетела или с водителем? Сдается мне, горе-угонщик не успел выбраться!

— Пусть с этим тоже разбираются гибэдэдэшники! — Я вздрогнула.

— Пусть, — охотно согласился Колян.

Нас, конечно, разбирало любопытство, но не настолько сильное, чтобы лезть в овраг и изучать содержимое покореженного авто. Мы ограничились тем, что оставались на месте происшествия до прибытия оповещенных Иркой через Моржика гибэдэдэшников.

Специалисты подтвердили наши предположения. Во-первых, сгоревший автомобиль и в самом деле оказался «Нексией» Сергея Трофимова. Во-вторых, угнавший транспорт любитель быстрой езды действительно слетел в овраг вместе с машиной и в результате отправился в куда более далекое, а главное — безвозвратное путешествие, нежели собирался.

Впрочем, узнать, каковы были планы угонщика, уже не представлялось возможным. Ясно было только то, что он собирался вывести машину за пределы территории пансионата и воспользовался для этого заброшенной дорогой. До возведения в данной местности гостиничного комплекса она соединяла с трассой турбазу, от которой остались одни воспоминания. Хранили эти воспоминания, главным образом, жители соседнего поселка. По всей видимости, неудачливый угонщик был из их числа.

В пансионат мы вернулись переполненные впечатлениями и перегруженные дарами природы. Масяня нес пакет из-под пряников, в который они с папочкой сложили собранные в лесу сыроежки. Колян тащил самого Масяню. Ирка на ходу придерживала руками оттопыренные карманы, набитые орехами, каштанами и шиповником. У меня руки тоже были заняты: я держалась ими за голову, которая пухла от невысказанных вопросов и разного рода соображений, из коих наиболее отчетливым было следующее: ну и отдохнули же мы у моря! Как это выразился вчера Моржик? «Тихий, мирный уик-энд!»

Ха-ха-ха!

Право, лучше бы я сходила в кино на модный ужастик!

4.

Поздно вечером, уже в полной темноте, мое семейство выгрузилось из машины друзей у подъезда нашего дома. Ирка и безлошадный ныне Сергей Трофимов, которого Максимовы великодушно согласились подбросить в город, помахали нам ручками, Моржик посигналил, и утомленный «Пежо» покатил дальше.

— Боже, до чего же хорошо дома! — простонал Колян, шумно обрушившись на диван.

Сверху на него с радостным гиканьем прыгнул Масяня. Он единственный не выглядел и не чувствовал себя усталым.

— Ты с кем разговариваешь? — спросила я супруга.

— С тобой, — немного удивленно ответил Колян.

— Так, значит, это я твой боже? — обрадовалась я.

Приятно, когда тебя ценят по достоинству!

— Ты божество-о, ты мой кумир! — оперным басом взревел в ответ галантный супруг.

Чувствовалось, что принудительный массаж, который организовал папочке скачущий по его спине сынишка, заметно его взбодрил. Я оставила Коляна и Масяню заниматься лечебной физкультурой и пошла готовить поздний ужин. Помнилось мне, что в морозилке обрастает снегом пачка полуфабрикатных пельменей. Не самая лучшая еда, но в качестве перекусона на скорую руку вполне сойдет.

Вода в кастрюльке только-только вскипела, как в дверь постучали. Стук был решительный, если не сказать — грубый.

— Кыся, открой! — крикнул из комнаты Колян. — У меня руки заняты!

У меня в этот момент руки тоже были заняты — пачкой полуфабрикатных изделий, но я быстро освободила их, высыпав камушки пельменей в бурлящую воду, и пошла в прихожую, мимоходом заглянув в комнату и увидев Коляна в стойке на руках. В этой позе выполнять функции привратника действительно крайне затруднительно!

Я открыла дверь и увидела за ней незнакомую женщину, похожую на особо крупного пряничного человечка. На его изготовление ушло не меньше центнера сырого теста, причем повар использовал только ржаную муку, а сахара пожалел: лицо великашни было темным, пухлым, ноздреватым, а выражение его — чрезвычайно кислым.

Сказочная красота незнакомки так меня поразила, что я вопросила с несвойственной мне церемонностью:

— Что вам угодно, мадам?

— Я порты ищу! — мрачно рыкнула пряничная гигантша.

Голос у нее тоже был сказочный, настоящий драконий рев.

— Порты? — повторила я.

И тут же вообразила себе шумный морской порт — с танкерами и сухогрузами на рейде и у причалов, с могучими кранами, легко поднимающими железнодорожные контейнеры и штабеля бревен. Пряничная незнакомка вписывалась в эту картину идеально. Ей было самое место в трюме зерновоза или на его же палубе, на куче мешков с мукой, под кумачовым транспарантом с надписью: «Гуманитарная помощь голодающему населению Черного континента!» Может, сдобная великанша для того и ищет порт, чтобы внести свой вклад в решение проблемы питания какого-нибудь африканского племени? По методу капитана Кука, я имею в виду? Если в Африке не перевелись людоеды, они будут очень рады.

Незнакомка не показалась мне симпатичной, поэтому я не видела повода препятствовать ее благородному самоубийственному порыву. Вспомнила географию и любезно сообщила ей:

— Ближайший морской порт — Туапсинский. Это на Черном море, а на Азовском — Порт-Кавказ, он тоже достаточно близко.

— Вы что, издеваетесь?! — сердито гаркнула незнакомка. — Я спрашиваю вас, где порты!

«Похоже, сумасшедшая!» — испуганно подумала я.

На тот случай, если сумасшедшая нас посетила не простая, а буйная, я попятилась.

— Кыся, что тут такое? — На шум голосов из комнаты вышел встревоженный Колян.

Не на руках вышел, а нормально, на нижних конечностях. Это меня порадовало: если пряничная идиотка вздумает буянить, Колян освободившимися руками ее придержит. Я немного посторонилась, открывая супругу вид на незваную гостью и оперативное пространство, и объяснила:

— Вот тут женщина не может найти порты, просит ей помочь!

— А чего их искать-то? — Муж-программист искренне удивился глупому вопросу. — Посмотрите на свой бачок, если спереди ничего нет, тогда в заднице поищите!

— Чего, чего-о-о?! — опасно багровея, угрожающе протянул гигантский пряник в юбке.

— А вы, вообще, какое внешнее железо воткнуть хотите? — Колян честно старался помочь, но гостья, похоже, не понимала его профессионального жаргона и воображала какие-то непристойности. — Какие вам порты нужны — юэсбишные, оптические, последовательные или параллельные?

— Трикотажные! — гневно гаркнула баба. — Розовые трикотажные порты с начесом, почти совсем новые, всего один раз надеванные!

Колян удивленно моргнул и разинул рот. По его ошарашенному лицу было видно, что он очень старается представить себе компьютерный порт из розового трикотажа с начесом, но никак не может и тоже не прочь узнать, где можно найти такое чудо.

— Женщина, да вы о подштанниках говорите, что ли? — с запозданием смекнула я.

— А то о чем же? Конечно, о портках! — с достоинством подтвердила гостья, сердито сверкнув глазами на Коляна, физиономия которого расплывалась в широкой умиленной улыбке. — Куда вы их подевали?

Коли случайно с веревки сняли, так признайтесь и верните по-хорошему, а не то я в милицию заявлю, будете тогда отвечать за покражу моего личного имущества по всей строгости закона!

— У вас пропали подштанники, которые вы повесили сушиться на веревку во дворе? — Я терпеливо выясняла причину скандала, стараясь не отвлекаться на веселое хрюканье Коляна. — И вы думаете, что это мы их сняли?

— Конечно! — убежденно кивнула гостья.

— А зачем нам могли понадобиться ваши порты? — с интересом спросила я упертую женщину, имея в виду значительную разницу в наших габаритах.

— У нас и своих портов немало: и юэсбишные, и оптические! — радостно подсказал Колян.

Он оставил попытки сдержать смех, громогласно захохотал и убежал в комнату, где, судя по характерным звукам, снова рухнул на диван и спрятал физиономию в диванных подушках.

— Это что, не ваше? — Баба продемонстрировала зажатые в кулаке вещички — футболку и шортики моего сынишки. — Я свои порты аккурат между ними повесила! И где они теперь?

— А я почем знаю? — начала сердиться я. — Я ваши портки не трогала! Я, как видите, и наши-то вещи забыла снять с веревки, они там двое суток висели, аж с пятницы! Мало ли кому могло приглянуться ваше розовое дезабилье!

— Это точно, — неожиданно успокоившись, согласилась со мной пряничная женщина. — Порты были шикарные, такие кто угодно сопрет на раз-два-три! Эх, дала я маху! Надо было в доме повесить, да хотелось, чтобы протряхли на свежем воздухе. Под окном прицепила, думала — услежу... Ладно, извиняйте, если я на вас напрасно накинулась, давайте мирно жить, раз уж теперь вроде как соседями будем!

Баба тяжело вздохнула, повернулась и шагнула за порог.

— Постойте! — крикнула я вслед. — Как это — соседями? Я вас не знаю!

— Матрена я, — пряничная женщина остановилась на первой ступеньке лестницы и неловко шаркнула ножкой, обутой в чистую калошу. — Матрена Афиногеновна. Я в восьмой квартире жить буду, она мне после племяша в наследство осталась.

— Так вы тетя Балды?! — сообразила я. — В смысле, покойного Игоря Набалдашкина?

— Набалдашкина Матрена Афиногеновна, — чин-чином представилась новая соседка.

— А меня Леной зовут, — пробормотала я ей в спину, закрыла дверь и вернулась в квартиру, задумчиво почесывая в затылке.

— Кто была эта колоритная особа? — спросил Колян, оторвавшись от книжки, которую он начал читать Масяне.

— Тетя Балды, царство ему небесное, — коротко ответила я. — Набалдашкина Матрена Афиногеновна.

— Офигеновна? — по-своему услышал Колян. — Отчество подходящее! Весьма, весьма впечатляющая дама!

Он снова уткнулся в детскую книжку и забубнил что-то нелестное про глупых газелей, у которых сгорели качели-карусели, а я с подозрением посмотрела на супруга и мысленно сделала себе пометочку приглядывать за пряничной соседкой, которую муж нашел колоритной и впечатляющей. Я не поняла, понравилась она ему или нет, но в свете темной истории с белобрысой кралей мне уже были подозрительны абсолютно все женщины, сколько-нибудь интересные Коляну. Кстати, с белобрысой бестией не мешало бы разобраться до конца! Разумеется, не в том смысле, чтобы организовать ей скорый и мучительный конец. Хотя... Почему бы и нет?

— Ну, это как получится, — пробормотала я себе под нос и ретировалась в кухню.

Пельмени уже сварились и весело кувыркались в бурлящей воде, теряя лохмы теста. В другое время неэстетичный вид еды мог бы меня огорчить, но сейчас я была гораздо больше озабочена другим: как бы мне вывести на чистую воду загадочную блондинку. Решила сразу после ужина позвонить Лазарчуку. Наверняка оперативники ведут энергичные поиски девицы, которая нагло сбежала от них из квартиры Набалдашкина! Может, Лазарчук ее уже нашел?

— А почему это тебя интересует? — спросил Серега.

Как обычно, капитан не торопился делиться со мной информацией.

— Потому! — буркнула я, тоже не спеша открывать карты.

Для объяснения природы моего интереса к личности загадочной блондинки следовало упомянуть реальные факты, но не обязательно было выкладывать все как на духу.

— Просто я совершенно случайно видела, как эта особа спрыгнула с окошка, точно сказочный колобок! Только что не напевала при этом: «Я от зайца ушла, я от волка ушла, и от тебя, Лазарчук, тоже уйду»!

Серега зарычал, как вышеупомянутый волк.

— Сердишься? — подчеркнуто сочувственно спросила я. — Я тебя прекрасно понимаю! Опытные оперативники, а так глупо упустили какую-то девчонку!

Рассказать кому — ведь не поверят! Позор на твою ментовскую голову, капитан Лазарчук!

— Слушай, я тебя прошу, не надо об этом болтать! — смущенно и сердито попросил Серега.

— Так я и не собираюсь! — заверила я. — Зачем мне позорить доброго друга? Я же только с тобой, а с другими — ни-ни! Хотя, конечно, если ты не хочешь об этом говорить, придется поспрашивать других людей...

— Короче, я понял — это шантаж! — устало сказал Лазарчук. — Говори прямо, чего ты хочешь?

Не будь моя левая рука занята телефонной трубкой, я потерла бы ладони. Судя по голливудским фильмам, американские полицейские с шантажистами не торгуются. Хорошо, что капитан Лазарчук служит в другом ведомстве! Мне лично это на руку.

— Хочу узнать как можно больше об этой девице, — честно призналась я. — Кто она, где она и так далее.

— Хорошие вопросы задаешь! — судя по звуку, Лазарчук не то в затылке почесал, не то щетину поскреб. — Кто она, мы знаем: Лилиана Михайловна Марусенко, русская, совершеннолетняя гражданка без определенных занятий. А вот где она...

— Вы ее так и не нашли?! — удивилась я. — Эта Лилиана, она, случаем, не бомж? Если вы знаете ее паспортные данные, должны были установить и адрес, у вас же база данных есть!

— Кого ты учишь? Ясное дело, мы выяснили адрес этой Марусенко, — недовольно сказал Лазарчук. — Только дома ее нет, девчонка до смерти перепугалась содеянного ...

— Да ладно тебе, Лазарчук! Смотри веселей! — перебила я унылого ворчуна. — Что такого страшного сделала несознательная гражданка Марусенко? Подумаешь, сбежала от вашей опергруппы без объяснений и последнего прости! Ты же не посадишь ее за это в тюрьму, правда?

— Ты что, дурочкой прикидываешься? — рассердился Серега. — Да эта девица — подозреваемая номер один в деле об убийстве!

— Ты серьезно?! — ахнула я.

У меня лично гражданка Марусенко до сих пор была подозреваемой номер один всего лишь в деле о супружеской измене, притом еще даже не доказанной. Убийство — это гораздо серьезнее! Неужто мой неразумный муж связался с убийцей? Если так, я тем более должна защитить свое мирное семейство от этой опасной особы!

Я крепко задумалась и надолго замолчала, а Лазарчук решил, что разговор закончен, и положил трубку.

Я заглянула в комнату: Мася с папочкой сидели на диване и полуприкрытыми сонными глазами смотрели мультик про монстров. Вопли, несущиеся с экрана, не производили на них сколько-нибудь заметного впечатления. Оценив ситуацию, я предложила кинозрителям прервать сеанс и с опережением графика отправиться на боковую.

— Я — за! — сонно пробормотал Колян и прямо из сидячего положения мягко бухнулся на бочок.

Мася против досрочного отбоя возражал, но только на словах. Выторговав себе редкое право обойтись без вечернего омовения и принудительной чистки зубов, ребенок забрался под одеяло и затих, не закончив фразу:

— Спокойной ночи, м-м-м...

— Мамочка, — договорила я за него.

Меня одолевали тревоги, и я сомневалась, что смогу уснуть, но истина, как выяснилось, вновь глаголила устами ребенка: едва преклонив голову к подушке, я задрыхла, как ноябрьский мишка.

Небеса были благосклонны, и план действий на завтра благополучно явился мне во сне.

5.

— Елена! Опять опаздываете! Сегодня вы пришли последней! — заклеймил меня позором главный редактор Роман Геннадьевич.

— Ничего, это ведь промежуточный финиш, к пятнице я улучшу свой результат, — примирительно ответила я, змейкой ввинчиваясь в узкую щель между жирным боком начальника и дверным косяком.

Роман Геннадьевич Мамаев пришел в нашу маленькую телекомпанию всего пару месяцев назад. Прежде он трудился на государственном ТВ, где все строго регламентировано, и вольные нравы, царящие в нашей епархии, его шокировали. Новый начальник клятвенно пообещал закрутить гайки еще до Нового года. Поскольку в штатном расписании нашей студии нет и не было ни одного робота, угроза манипуляций с гайками никого особенно не испугала. Тем не менее Мамаев неутомимо борется с нарушителями трудовой дисциплины и уже жутко всем надоел. Взял моду, сатрап, отмечать время появления работников на трудовом посту!

На звук моих шагов из редакторской выглянул Вадик, широкая физиономия которого сияла, как начищенный медный таз. В первый момент я подумала, что сияние Вадиковой морды вызвано радостью от нашей встречи, но уже во второй момент поняла, что причиной тому стали жирные блинчики. Они аппетитной горкой высились на тарелке, которую наша практикантка Дашутка выставила на середину своего стола. Вадька тягал блинчики с блюда руками и замаслился, как красная икринка, которую долго катали по поверхности просторного бутерброда.

— Всем привет! — сказала я, внедряясь в помещение, спозаранку набитое телевизионным народом, как консервная банка шпротами.

Перед началом трудового дня мои коллеги имеют обыкновение собираться у нас в редакторской и там наливаться чаем-кофе и напитываться бутербродами-булками. Специально приносят из дома провиант для неспешного завтрака в стенах родной телекомпании. Я эту традицию очень одобряю. У меня дома по утрам такой бедлам, что я частенько остаюсь без завтрака, так что дежурное чаепитие на работе всегда кстати.

Я с опозданием вспомнила, что вновь вылетела из дома с пустым клювиком. Видно, поэтому у меня с утра все сравнения гастрономические — то икринка на бутерброде, то шпроты в банке...

— Ленчик, угощайся блинчиками, тут на всех хватит, — перехватив выразительный взгляд, брошенный мной на аппетитные блинчики, любезно предложила Дашутка. — Я вчера почти полночи стояла у плиты, осваивала новый рецепт.

— Нечего тебе, Дашенька, делать! — вздохнул неблагодарный Вадик. — Блинчики она пекла! Ночью можно было бы и чем-нибудь поинтереснее заняться!

— Чем, например? — захлопала глазами наивная Дашутка.

— Например, повторением текста! — укоризненным протоиерейским басом возвестил из угла комнаты наш режиссер Вячеслав. — Эх, Дарья, Дарья! Кто вчера в прогнозе погоды пообещал населению, что атмосферный фронт выпадет в осадок?

Девушка густо покраснела.

— Дашенька, чем же ты думаешь так впечатлить ко всему привычный атмосферный фронт?! — округлил глаза клоун Вадька.

— Да ладно вам, ребята, девочка просто оговорилась, с кем не бывает! — вступилась за Дашутку пожилая редакторша Любовь Андреевна. — Ерунда, это быстро забудется!

— А тот анонс медицинской программы, он тоже забудется?! — завелся наш режиссер.

— Ни-ког-да! — Вадик помотал головой и расплылся в улыбке. — Такое не забывается!

Мне было жаль Дашутку, но я тоже не удержалась от смеха. Работу на телевидении наша практикантка начала с изумительного ляпа. Приглашая телезрителей посмотреть очередной выпуск программы «Ваш доктор», она оговорилась и пообещала страждущим интервью со специалистом, который лечит «варикозное расширение конечностей». После этого телезрители два дня обрывали нам телефоны. Одни возмущались Дашкиной оплошностью, другие интересовались симптомами загадочной болезни, а третьи вообще по-своему поняли слово «конечности» и с искренним недоумением спрашивали, зачем вообще бороться с их расширением?

— Т-с-с! — выглянув в коридор, зашипел Вадик. — Все по местам! Идет Большая Мамочка!

Смешки мгновенно смолкли. Я пробралась к своему столу и села в ожидании планерки, скроив мину повышенной боеготовности. В редакторскую вплыл Роман Геннадьевич Мамаев — он же (по ситуации и настроению коллектива) Мамай, Мамаша, Большая Мамочка и Мать-его-так! В данный момент наш Мамусик был нарочито оптимистичен.

— Утро доброе, коллеги, без сомне-е-ения! — не соответствующим комплекции скрипучим голоском Серого Козлика проблеял он. — Начинаем новый трудовой день и новую трудовую неделю!

— И-раз, два, три! — издевательски прошептал Вадик. — Руки за спину, ноги на ширину плеч!

— Тихо! — не поворачивая головы, шикнула я. — Накаркаешь еще, поставят нас с тобой в какую-нибудь жутко неуютную позицию безотносительно Камасутры!

Мы с Вадиком напарники: я журналист, он оператор, вместе — съемочная группа. Ударная единица, способная успешно решать боевые задачи, которые ставит перед нами телевизионное начальство в лице главного редактора Мамая, мать его так! И ведь вечно какую-нибудь гадость подсовывает! То дай ему сюжет об успехах санэпидстанции в борьбе с подвальными крысами, причем дохлых крыс извольте пересчитать поштучно и представить крупным планом, то вынь да положь специальный репортаж о полночном шабаше сатанистов — и непременно с места событий!

Предчувствия меня не обманули, работенка нам с Вадиком досталась гадкая, причем не только на сегодня, но и на всю неделю. В преддверии скорых выборов в городскую Думу на нас возложили почетную обязанность записать и подготовить к выходу на экран предвыборные выступления кандидатов. Список из тринадцати фамилий Мамай начертал собственноручно и вручил мне торжественно, как дворянскую грамоту.

— Накапливайте материал, готовые выступления

понадобятся к следующему понедельнику, — сказал Мамай.

— Опять мы в накопителе! — стенал мой напарник, переставляя софиты в студии. — Ну почему мы? Почему не Дашка с Женькой, например?

— Ты что, разве можно Дашку подпускать к такой ответственной работе?! — искренне ужаснулся Слава.

Он самолично ворочал столы и стулья, выстраивая в студии деловой интерьер.

— Дашка как сморозит что-нибудь, так депутата кондрашка хватит!

— Подумаешь, одним меньше будет! — пробормотал Вадик, недоброжелательно покосившись на мамайский свиток с фамилиями политиков. Он пришпилил эту бумаженцию к дверному косяку, чтобы вычеркивать наших клиентов из списка сразу после записи. — Так, первым номером у нас идет некто Бекумбетов Равиль Иоганнович.

— Офигенович, — поддакнула я.

— Ох, не нравится мне ваше настроение! Ребята, я вас очень прошу, сделайте над собой усилие! — забеспокоился Слава. — Кандидаты — это деньги, деньги — это наши зарплаты, вы понимаете? Ленка, я очень рассчитываю на твой профессионализм!

С этими словами он удалился из студии, а Вадик, у которого женский профессионализм ассоциируется совсем не с той профессией, которая значится в моем университетском дипломе, гнусно захихикал. Я не стала его цукать. Произнеся отчество тетушки покойного Балды, я вспомнила, что собиралась сегодня продолжить свое частное расследование, и мысленно переключилась на проблему поисков белокурой бестии Лилианы Марусенко. План, который явился мне во сне, как Менделееву — его знаменитая таблица, был гениально прост и не сильно отличался от того, который мы с Иркой пытались реализовать ночью в пансионате. Я решила встретиться с барышней Марусенко лицом к лицу, взять ее за жабры и предметно расспросить, какие-такие отношения связывают ее с моим любимым мужем. Если никакие не связывают — извинюсь и в знак примирения отдам Лилиане сережку, которую она потеряла под окном Балды.

— Равиль Иоганнович! Похоже, татарин с немецкими корнями. Эх! На дворе золотая осень, девчонки щеголяют в мини-юбках и высоких сапогах, а я сижу в студии в ожидании германо-татарского нашествия! — Вадька тоскливо вздохнул и преклонил буйну голову к штативу видеокамеры.

— Мечтаешь о прогулке на свежем воздухе? — Я внимательно поглядела на понурившегося напарника и внесла рационализаторское предложение: — Давай так: обслужим сына немецкоподданного господина Бекумбетова, а потом я пойду к Большой Мамочке, навру с три короба о необходимости срочно организовать натурные съемки и выбью нам машину и чистую путевку на пару часиков.

— Два часа свободного времени и машина с водителем? Можно многое успеть! — Обрадованный Вадька сладко облизнулся.

— Успеешь, — кивнула я. — Только с тебя причитается ответная услуга.

— Могу кого-нибудь убить! — с готовностью предложил он. — Вот Славку, например!

Режиссер, заглянувший было в студию, поспешно прикрыл дверь и уже из коридора обиженно провозгласил:

— Опять Славку! Можно подумать, у нас больше некого убить!

— Набросай список! — крикнул ему в ответ оператор.

— Не надо списка! Не дай бог, перепутаешь его с кандидатским! — Я кивнула на свиток, пришпиленный к дверному косяку, и протянула Вадику вырванный из своего блокнота листок с короткой записью.

— Это что, список? Так быстро? — удивленный моей оперативностью Вадик пробежал глазами записку. — Марусенко Лилиана Михайловна. Я не понял, это ее надо убить?

— В очередь встань! — пробормотала я. — То есть не надо ее убивать. Мне просто нужен ее адрес, а ты, я знаю, имеешь опыт получения такой информации.

— Имею — очень точное слово! — самодовольно осклабился Вадька.

Мой напарник — неутомимый бабник, меняет подружек, как носки — ежедневно по будним дням и вдвое чаще по выходным и праздникам. Такая ротация кадров исключает затяжную процедуру знакомства, поэтому Вадик первым делом узнает ФИО новой кандидатки, а вторым — скачивает ее адресок и телефончик из соответствующей компьютерной базы данных. Подозреваю, что в этом ему оказывают содействие знакомые парни из ГУВД. У Вадика несчетное количество приятелей, которых привлекает не только веселый нрав моего напарника, но и наличие у него свободной жилплощади и не менее свободных денег. После смерти матушки-банкирши Вадик остался один в четырехкомнатной квартире и наследство получил такое, что мог бы жить припеваючи. Материально он в нашей собачьей телевизионной работе не заинтересован, но она дарит ему так много новых интересных контактов!

— Считай, договорились! — Вадик спрятал мою

бумажку в карман и с новыми силами принялся за работу.

К урочному прибытию господина Бекумбетова все было готово. Гость явился без опоздания, один, так что предсказанное Вадиком германо-татарское нашествие не состоялось.

— Ну и хорошо! — сказал по этому поводу Вадька. — Не больно и хотелось! У нас тут свой Мамай есть, тот еще басурманин!

Роман Геннадьевич словно почувствовал, что его вспомнили. Примчался в студию и строго-настрого наказал нам обеспечить кандидату в депутаты телевизионное обслуживание по высшему разряду.

— Двести двадцать вольт годится? — простодушно уточнил мощность высшего разряда Вадик, поигрывая электрическим шнуром.

Мамаев сначала пошел пятнами, а потом и заперся в своем кабинете — писать директору кляузу на непочтительного и безответственного видеооператора Вадима Рябушкина. Я выяснила это, когда уже после записи кандидатского выступления пришла к главреду клянчить машину и карт-бланш на съемки электората в его естественной среде обитания. Роман Геннадьевич мой трудовой энтузиазм одобрил и дал нам все, что я просила, и сверх того — свое начальственное благословение, хотя уж без него-то мы могли обойтись запросто!

Вадька тоже не подвел, честно выполнил свою часть нашего договора и уже к обеду достал адресок Лилианы Михайловны Марусенко, так что вытребованным у шефа служебным транспортом я воспользовалась как такси. Отправилась прямиком к белокурой бестии Лилиане — незваной гостье, которая, по известной русской поговорке, хуже Р.И. Бекумбетова.

Хотя кто может быть хуже него, я не знаю! Уважаемый Равиль Иоганнович хотя и выучил свой текст наизусть, но перед камерой бекал и мекал, как типичное движимое имущество кочевника — зловредный мелкий рогатый скот. Так что я заранее предвидела, сколь мучителен будет монтаж этого кандидатского выступления. Резать его придется мельче, чем овощи в салат оливье! Однако кровожадные мысли о шинковке кандидата я оставила «на потом».

— Тебе сюда, — прервав мои размышления, сказал водитель Саша.

Он остановил машину у подъезда облупившейся пятиэтажки в тихих Черемушках.

— Тебе нужна пятнадцатая квартира, — напомнил мне Вадик. — Думаю, это на третьем этаже.

— Разберусь, — сказала я, вылезая из машины. — Увидимся на студии! Спасибо, что подвезли!

— Не за что! — Вадик поспешил захлопнуть дверцу.

Он явно не собирался терять ни минуты из двух часов, отпущенных нам на натурные съемки. Я нисколько не сомневалась, что Вадик успеет за это время снять не одну симпатичную деваху, и вряд ли при этом будет задействована видеокамера.

Оптимистично красный служебный «жигуленок» укатил, рычанье мотора смолкло в отдалении, во дворе вновь стало тихо и сонно. Толстая полосатая кошка, дремлющая на лавочке, открыла один глаз и посмотрела на меня с подозрением.

— Хорошая кыся! — заискивающе сказала я ей и направилась в подъезд.

На сей раз предсказание Вадика сбылось: пятнадцатая квартира и впрямь нашлась на третьем этаже. Не торопясь стучать и звонить, я критично осмотрела дверь. Бронированная, с двумя внутренними замками и мутно поблескивающим глазком, она позволяла предположить, что хозяйка квартиры осмотрительна и не расположена свободно впускать в помещение незнакомых граждан.

Я почесала в затылке. Если Лилиана откроет дверь всего лишь на ширину стальной цепочки, взять ее за жабры будет затруднительно! Что бы такого сказать, чтобы меня впустили в квартиру? Может, соврать, что я с почты, принесла заказное письмо?

Пока я раздумывала, в подъезд кто-то вошел, внизу послышались постепенно приближающиеся шаги, и вскоре из-за поворота лестницы вывернула моложавая гражданочка в кожаной тужурке комсомолки-доброволки. Присмотревшись, я поняла, что фасон кожанки вполне соответствует возрасту этой дамы. Судя по морщинам, ей было лет семьдесят, не меньше. При этом пожилая комсомолка отличалась легкой поступью, стройностью стана и отсутствием комплексов, что в совокупности позволяло ей щеголять в узких вельветовых бриджах и шикарных высоких сапожках. Алый шелковый платок на голове революционной старушки был повязан точь-в-точь как у кинодивы с журнальной обложки.

— Вы к кому? — вынув изо рта длинную тонкую пахитоску, спросила меня эта яркая личность.

— Лилиану ищу, — честно ответила я, не успев придумать никакого другого ответа.

— Я тоже, — сообщила модная пенсионерка, вынимая из кармана тужурки связку ключей.

По-прежнему не зная, что сказать, я молча посторонилась, пропуская барышню-старушку к бронированной двери. Она ловко справилась с замками, открыла дверь, бросила мне:

— Заходите! — и целеустремленно проследовала в глубь квартиры.

Я нерешительно вошла в прихожую, огляделась, отметила свежий качественный ремонт и заглянула в комнату. Она была светлой, просторной, меблированной скудно, но симпатично. Судя по обстановке, комната совмещала функции спальни и гостиной, а легкая дырчатая перегородка в углу символически ограничивала рабочую зону — что-то вроде кабинета, несомненным украшением которого служил современный компьютер.

— Как вас зовут? — спросила шустрая бабушка.

Стоя ко мне спиной, она методично обшаривала открытые полочки аккуратной мебельной стенки.

— Я Елена.

— Ты не та Ленка, которая летала отдыхать на Кипр с любовником? Лилька мне все уши прожужжала, как это классно, когда мужик возит свою подружку за границу! — насмешливо сказала модная старушка, окинув меня внимательным взглядом.

— Подумаешь, Кипр! Ничего особенного! — пожав плечами, пренебрежительно ответила я.

О том, что я, в отличие от незнакомой мне тезки, летала на Кипр не отдыхать, а работать, я умолчала. Тем более что никакой любовник мое путешествие не оплачивал, спонсором выступала турфирма, которой мы делали рекламу, а кормились я и оператор за счет гостеприимства киприотов. Козьего и овечьего сыра мы тогда наелись так, что едва сами руном не поросли.

— Я Меланья Трофимовна, Лилькина бабушка, — хмыкнув, сообщила старушка и снова отвернулась к полочкам. — Давно ты ее видела?

— Кого?

— Да Лильку же! — Старушка покончила с открытыми полочками и перешла к застекленным.

Она открыла дверцу шкафа и стала один за другим

вынимать и энергично перелистывать книжные томики.

— Опять исчезла куда-то, зараза, а я бросай работу и беги, ищи!

— А что вы ищете? — осмелилась спросить я.

— Да Лильку же! — повторила старушка, сердито встряхнув сборник сказок Пушкина.

Я приподняла брови. Лилиана Марусенко, которую я искала, была девицей низкорослой, но объемистой, так что за книжную закладку сойти не могла. Может, у Меланьи Трофимовны потерялась какая-то другая Лилька? Скажем, стрекоза или ящерка?

— Как я устала от этой девчонки! — пожаловалась старушка, опровергнув тем самым мое последнее предположение. — Она позвонила в субботу, хотела поговорить, но я была очень занята, нужно было срочно закончить перевод с английского рассказа для журнала «Мир фантастики»... Вы любите фантастику?

Меланья Трофимовна перестала сотрясать Пушкина и посмотрела на меня, ожидая ответа.

— Очень, — твердо сказала я. — Все эти граблы, простирающие к нам из космоса свои жадные трямпы, это так интересно! Между нами говоря, я чертовски переживаю за миссию Козявского.

Меланья Трофимовна удовлетворенно кивнула и сказала:

— Вот именно! Не могла же я оторваться от перевода в тот момент, когда над нашей галактикой нависла реальная угроза захвата! Я попросила внучку не отрывать меня от работы и перезвонить попозже, и она так и не перезвонила. И куда пропала, ума не приложу!

— Я видела ее как раз в субботу, — осторожно подбирая слова, сказала я. — Она... Она прыгала. А потом бегала.

— В фитнес-клубе? — моложавая бабуся понимающе кивнула. — Да, о своей фигуре Лилька заботится, не то что о старой бабушке. Похоже, на сей раз она даже не оставила мне записки!

— Так вы записку ищете? — сообразила я. — Знаете, я бы посмотрела в другом месте!

Взгляд мой устремился к компьютеру. С тех пор как я познакомилась с этим чудом техники, в моем доме напрочь повывелись допотопные шариковые ручки и карандаши. У нас в семье никто не создает рукописные тексты, даже трехлетний ребенок учится письму исключительно на клавиатуре.

— Вы думаете?..

Меланья Трофимовна проследила направление моего взгляда, покачала головой и вздохнула:

— Ах, до чего же я все-таки старомодна!

— Никогда бы так не сказала! — искренне возразила я.

Старушка приняла комплимент с благодарной улыбкой, оставила в покое Пушкина и направилась к компьютеру.

— Надеюсь, эта машина запускается так же, как моя собственная, потому что в технике я не сильна, — обеспокоенно пробормотала она, прижимая аккуратно наманикюренным пальцем большую круглую кнопку на системном блоке.

— Я думаю, сначала надо включить бесперебойник, — подсказала я.

— Это где такое? — Меланья Трофимовна обернулась и беспомощно заморгала.

— Это вот здесь, — сказала я, шагнув из прихожей прямо в клетушку с компьютером. — Нажимаем эту кнопочку, загорается зеленый огонечек, теперь запускаем машину и... Готово!

Оживленный моими прикосновениями компьютер уютно загудел. Монитор щелкнул, засветился, изобразил «рабочий стол», но рассмотреть его содержимое я не успела. На экране незвано-непрошено возникло окно «Блокнота» — изображение бумажного листочка с двумя строчками текста.

— А вот и записка! — обрадовалась Меланья Трофимовна. — Вот спасибо вам, Леночка, что бы я без вас делала!

— Не за что, — промямлила я.

В отличие от близорукой бабушки, которой, чтобы прочесть записку, требовалось достать из сумки очки, я проблем со зрением пока не знаю. Я охватила текст одним взглядом, и у меня возникло сильнейшее сомнение в том, что содержание внучкиной записки успокоит встревоженную бабушку. Черным по белому было написано следующее: «Я совершила смертный грех. Ревнивая дура! Жить с этим нельзя. Простите меня и прощайте! Лиля».

— Какой еще смертный грех? — хмурясь, спросила Меланья Трофимовна. — И что значит — «с этим нельзя жить»?

— Может, под смертным грехом имеется в виду прелюбодеяние? А местоимением «этот» Лилиана обозначила какого-то мужчину, настолько неподходящего, что вместе с ним нельзя жить? — Я добросовестно попыталась придумать такую трактовку текста, которая не производила бы пугающего впечатления.

— Да, но почему — «прощайте»? — встревоженная Меланья Трофимовна дрожащими пальцами потянула из пачки сигарету.

Я молчала. Сами собой вспомнились дурацкие Иркины речи про Афалину-Офелию, которая топилась с улыбкой на устах, и еще бесхозная женская одежда и обувь на Скале Ревнивицы, и пустовавший ночью гостиничный номер...

— Я сейчас же звоню в милицию! — постановила Меланья Трофимовна, уронив на ковер горящую сигарету и даже не заметив этого.

— Могу подсказать номерок, — пробормотала я, затоптав источник воспламенения.

Бабушка меня не услышала и решительно набрала «02». Объясняясь с дежурным, она забыла о моем присутствии, а я не стала о себе напоминать. Тихо вышла за дверь и удалилась, вполне резонно опасаясь, что по звонку с сообщением об исчезновении Лилианы Михайловны Марусенко стартует не какая попало опергруппа, а именно та, в составе которой будет мой добрый друг капитан Лазарчук. Попадаться ему на глаза совсем не хотелось.

Я спустилась по лестнице и на нижней площадке притормозила, пропуская вперед женщину с большой сумкой на плече. Она вышла на крыльцо, и я увидела, что это почтальон. Без всякой задней мысли, чисто машинально, я дернула дверцу почтового ящика пятнадцатой квартиры — она была заперта. Я заглянула в бокс и увидела белую бумажку почтового извещения. И тут у меня сработал рефлекс!

Мы с Коляном частенько получаем заказные письма и ценные бандероли, а наш почтовый ящик всегда заперт, так как единственный ключик от него был безвозвратно утерян еще прежними владельцами квартиры. Однако мы научились вытаскивать бумажки из ящика, ловко манипулируя подходящими веточками и щепочками. Я, например, для этой цели ношу в сумке пару палочек от мороженого и, как только вижу в черном нутре закрытого бокса знакомый бланк, действую автоматически, не теряя времени на размышления.

Вот и теперь я не раздумывала ни секунды. Напрочь позабыв о том, что передо мной совершенно чужой ящик, к содержимому которого я не имею никакого отношения, я достала из сумки палочки-выручалочки и сунула их в щель под металлической дверцей, шепотом приговаривая стишок из Масянькиного репертуара:

— Палка, палка-выручалка, теперь будешь доставалка!

Палки-доставалки сработали как надо, и я успешно выловила из ящика листок почтового извещения на имя Лилианы Михайловны Марусенко. Повертела бумажку в руках, подумала немножко и... сунула ее в карман. Судя по всему, Лилиане Михайловне почтовые отправления в данный момент без надобности, а я еще не наигралась в детектива, мне по-прежнему интересна личность этой белобрысой девицы. Кто она такая, чем занимается, какие бандероли получает и от кого именно?

— Мя-а! — укоризненно сказала мне полосатая киса, переместившаяся с лавочки в темный уголок подъезда.

Я обернулась, мужественно выдержала недовольный взгляд пары круглых желтых глаз и, маскируя свое смущение, сказала:

— Чтоб ты знала, милочка, любопытство погубило кошку! А на профессиональных журналистов это проклятие действует сугубо избирательно! Чур меня! — и с этими словами вышла из подъезда.

Возвращаться на работу раньше времени не следовало, иначе начальство догадается, что мы с Вадиком не снимали избирателей, а занимались своими личными делами, причем порознь. Я посмотрела на часы, прикинула, сколько времени мне нужно скоротать за стенами родной телекомпании, и позвонила Ирке.

— Привет! — обрадовалась мне подруга. — Ты не поверишь, но я как раз думала о тебе!

— И что думала?

— Что ты нипочем не стала бы есть эклеры с селедочным маслом! Я же знаю, ты равнодушна к рыбе.

— И рыба отвечает мне взаимностью, — усмехнулась я. — Ты никак трапезничаешь?

— Имею право, сейчас как раз обеденный перерыв. А ты, судя по всему, голодная и злая? Дуй ко мне, я в суши-кафе на Зеленой. У меня сегодня рыбный день, я ем только деликатесные морепродукты, — похвасталась Ирка. — А тебе закажу рис с овощами. Будешь?

— Буду, — согласилась я. — И очень скоро буду, потому что я тут недалеко, всего в паре кварталов.

Минут через пятнадцать я уже сидела за столиком кафе, без особого интереса ковыряя вилкой рассыпчатую рисовую кашу с вкраплениями непонятных разноцветных кусочков. Эта мешанина неприятно напомнила мне ритуальное блюдо, традиционно подаваемое на поминках. Ирка, видимо, тоже подсознательно уловила сходство, потому что перестала размеренно метать в рот деликатесные морепродукты и с беспокойством спросила:

— Ты что сидишь, как на поминках?

— Сдается мне, глупая девчонка действительно наложила на себя руки, — посетовала я. — Помнишь, я рассказывала тебе про белобрысую девицу, которая вешалась на шею Коляну?

— И что, вешаться у нее до такой степени вошло в

привычку, что она полезла в петлю? — недоверчиво прищурилась подруга.

— Скорее утопилась. Сдается мне, это именно она бросилась позавчера со Скалы Ревнивицы!

— Но зачем? Ведь жизнь так прекрасна! — И Ирка кивнула на свою тарелку с морепродуктами, словно она олицетворяла собой ту самую прекрасную жизнь, о которой еще говорят — «полная чаша».

— Кажется, это она пристукнула Балду, — я вспомнила, что Лазарчук вчера назвал Лилиану Марусенко подозреваемой номер один в деле об убийстве, и соединила эту информацию с той, которую я сегодня почерпнула из компьютерной записки.

Лилиана самокритично назвала себя ревнивой дурой и написала, что совершила смертный грех. Это вполне можно было считать завуалированным признанием в убийстве!

— Минуточку... Ты, часом, ничего не путаешь? — Ирка натужно сморщила лоб. — Я помню эту сказку, там все наоборот, Балду никто не пристукнул, это он звезданул в лоб попу!

Я обалдело посмотрела на подругу. Потом ее слова проассоциировались у меня с томиком Пушкина, который жестоко сотрясала Меланья Трофимовна, и я сказала:

— Дорогая, ты не устаешь поражать меня своей эрудицией! Я говорю не про работника Балду из пушкинской сказки, а про нашего покойного соседа сверху, Игоря Набалдашкина по прозвищу Балда! Все сходится на том, что его грохнула белобрысая самоубийца Лилиана Марусенко. Зачем только она это сделала, я никак не пойму?

— Расскажи все толком, — попросила Ирка. — А то у меня в голове все перемешалось, как морепродукты в тарелке!

С этими словами она вернулась к трапезе. Я пересказала чавкающей подружке свой вчерашний телефонный разговор с Лазарчуком и результаты своего сегодняшнего похода на квартиру Лилианы.

— Ну что я тебе скажу, подруга? — философски сказала наевшаяся Ирка. — По статистике, наши российские бабы убивают обычно не чужих мужиков, а своих собственных мужей или бойфрендов. Видно, Лилиана и Балда были любовниками.

— Я знакома с подругой Балды, ее зовут Катя, она то ли воспитательница детского сада, то ли учительница начальных классов! — возразила я.

— Вот! А я о чем говорю? — Ирка нисколько не смутилась. — Лилиана узнала, что у Балды есть и другая подруга, приревновала к воспитательнице и убила неверного возлюбленного! А потом ее совесть замучила, и она сиганула со Скалы Ревнивицы, потому что лучшего места для самоубийства в данном случае и придумать нельзя!

— Так-то оно так, но кое-что в твоей версии меня смущает, — задумчиво молвила я. — Помнишь, я рассказывала тебе, как Лилиана явилась к нам субботним утром?

— И вешалась на шею Коляну! — с удовольствием поддакнула Ирка.

— Вот именно, вешалась, называя его при этом своим милым. Допускаю, что в прихожей после ярко освещенной улицы было темновато и девица элементарно обозналась. Но! — Я воздела указательный палец, призывая подружку к вниманию. — Колян на голову выше Балды! Таких разных мужчин трудно перепутать!

— Может, эта Лилиана кошмарно близорука, — пожала плечами Ирка. — Кроме того, ты сама говорила, что она очень мелкая, стало быть, ей любой мужчина выше среднего роста должен казаться великаном.

— Сомнительно, но допускаю, — кивнула я. — Однако как ты объяснишь бумажку с адресом Балды? Напоминаю: когда Лилиана поняла, что прыгнула не на того парня...

— Буквально — не на того напала! — поддакнула Ирка.

— Она полезла в карман за шпаргалкой и с листа прочитала адрес Набалдашкина! По-моему, если бы Лилиана была его любовницей, она должна была бы знать, где живет ее милый! — закончив это стройное логическое умозаключение, я отсалютовала подружке чашкой и хлебнула зеленого чаю.

— Ах, как ты старомодна! — посетовала Ирка, вынудив меня поперхнуться. — Любовники вовсе не должны были встречаться именно в квартире Балды, у них могло быть какое-то особое гнездышко. Тем более, что в своей квартире, ты говоришь, Балда принимал воспитательницу Катерину. Очень логично получается! Для каждой подружки у него было свое место встречи, которое изменить нельзя.

— Да, это сойдет за объяснение, — подумав, признала я правоту подруги. — И все же, все же... Что-то не дает мне на этом успокоиться, какая-то мелочь, не могу сообразить, какая именно...

— Слушай, а Лазарчуку ты обо всем этом рассказала? — спросила Ирка.

Ответ читался на моем лице.

— Вижу, что не рассказала, — вздохнула подруга. — Ну, как знаешь, не мне тебя учить.

Словно присоединяясь к сказанному, зазвенел мой мобильник.

— Да? — отозвалась я.

— Где моя половинка? — замурлыкала трубка голосом Вадика. — Мой напарник, мое, так сказать, второе я?

— Твое второе я в суши-кафе на Зеленой. А что у нас с первым я, оно, часом, не пьяно? — насторожилась я.

Если я верну в телекомпанию поддатого оператора, мне трудновато будет убедить начальство, что мы занимались исключительно работой!

— Оно захмелело исключительно от счастья! — заверил меня Вадик. — Съемки, знаешь ли, удались!

— Избавь меня от интимных подробностей, — попросила я. — Лучше заберите меня из этого притона любителей морепродуктов, нам уже пора возвращаться в студию.

— О том и речь! — Вадик вздохнул, посопел немного, отчаянно скорбя, а потом нормальным голосом, без всхлипов и завываний сказал:

— Выходи на перекресток, мы будем там через пять минут.

— Все, дорогая, мне пора бежать, — сказала я Ирке, вставая со стула и поправляя на плече сумку. — Увидимся-услышимся!

— Я позвоню, — подруга величественно кивнула и помахала мне ручкой.

Пробегавшая мимо официантка приняла этот жест на свой счет, притормозила у столика, и Ирка воспользовалась оказией, чтобы заказать себе еще тазик морепродуктов. Когда я выходила из раздвижных дверей заведения, она уже перелопачивала содержимое глубокой емкости большой ложкой. Рахитичные деревянные палочки подружка высокомерно игнорировала.

Мне, однако, заброшенные Иркой кормежные палочки напомнили свежий опыт потрошения почтовых ящиков. Встав на перекрестке, я вытащила из кармана чужое извещение и, дожидаясь появления Вадика и Саши, внимательно изучила его.

Это извещение приятно отличалось от тех неразборчиво заполненных бланков, которые обычно приносят мне и которые я разгадываю, как шпионские шифровки. Дамы, служащие в нашем почтовом отделении, вечно трудятся в неполном составе, и постоянный некомплект рабочих рук сказывается, в частности, в крайне небрежном заполнении извещений. По рунам, начертанным на них скупыми штрихами, практически невозможно понять, кто, что, когда и откуда мне прислал. Причем, что интересно, расчет по порядку номеров почему-то никогда не начинается с единицы, мне всегда приносят извещения с пометкой «вторичное»! Куда деваются первые экземпляры, я не знаю. Колян предполагает, что кто-то на почте их коллекционирует — как марки или фантики.

Адресат Лилиана Михайловна Марусенко пользовалась у почтовых работников гораздо большим уважением. Возможно, это объяснялось тем, что извещение ей принесли не с местного почтового отделения, а с главпочтамта. Чувствовалось, что это более серьезная контора, работники которой сознают важность и ответственность своей миссии. Во-первых, все записи были сделаны аккуратными печатными буквами, в высшей степени удобочитаемыми. Во-вторых, ФИО адресата почтовики написали полностью, без сокращений и ошибок. В-третьих, без труда можно было определить характер почтового отправления — заказная бандероль, весом 1 кг 600 г. И, наконец, в графе «Отправитель» имелся не корявый китайский иероглиф, а полноценная запись, при прочтении которой единственную трудность составляло то обстоятельство, что она была сделана латинскими буквами.

К счастью, годы обучения на филологическом факультете не прошли для меня даром. Не скажу, что я приобрела глубокие знания английского, польского, болгарского и старославянского языков, да и трудные случаи офографии и пунктуации родного по большей части прошли мимо меня, однако и кириллический, и латинский алфавиты я затвердила как «Отче наш». Поэтому мне не составило труда прочитать запись: «Fishhook, Thoronto, Canada». Канада, стало быть, город Торонто. А «Fishhook» — это либо фамилия человека, либо название фирмы. Если мне не изменяет память, хранящая зачаточные знания английского, Fishhook в переводе означает «рыболовный крючок». Мистер Рыболовнокрючковский, конечно, звучит странновато, хотя каких только фамилий не бывает! Я лично, например, знакома с Катей Крутокобыльской, Викой Белоцерковской и Сашей Древоломовым. Господин Рыболовнокрючковский прекрасно дополнил собой эту компанию!

— Впрочем, надо еще будет посмотреть «Fishhook» в Интернете, — сказала я.

Продолжить разговор с таким приятным собеседником, как я сама, не удалось, потому что к моим ногам лихо подкатила красная «семерка», из открытого окошка которой несся богатырский посвист. Вадька, надув щеки, свистел в два пальца, чтобы привлечь мое внимание. Водитель Саша неизобретательно нажимал на клаксон. В паре парням удалось привлечь внимание не только мое, но и широкой общественности, так что я усаживалась в машину под взглядами множества прохожих, некоторых водителей, а также одного регулировщика, которого мои веселые товарищи заметили слишком поздно.

— Смываемся побыстрее! — сказал Саша, придавливая педаль газа и испуганно косясь на регулировщика, который хмуро таращился на нашу машину и уже сунул в рот свисток, но пока еще не свистел. Раздумывал, наверное, сможет ли он тягаться с лихим соловьиным свистом, который Вадик исполнил без всякого инструмента, лишь с помощью комбинации двух пальцев!

Через десять минут мы уже входили в нашу телекомпанию, заранее изобразив на лицах выражение усталой удовлетворенности мифическими трудовыми подвигами. Впрочем, Вадька для отвода начальственных глаз на самом деле поснимал немного гуляющий народ в городском парке, однако использовать этот материал при монтаже выступления кандидата Бекумбетова не представлялось возможным.

— Вадюша, солнце мое! Ты, похоже, совсем не слушал нашего утреннего гостя! — ласково пожурила я напарника, бегло просмотрев рабочий материал. — Равиль Иоганнович говорил о проблемах ветеранов труда и военных пенсионеров, а ты снял исключительно юных красоток, которым до пенсии дальше, чем до луны!

— Ты имеешь в виду стриптиз-клуб «Луна»? — оживился непробиваемый Вадик. — Да, там девочки что надо!

— А к Бекбуметову надо бабушек, а не девочек!

— Да ладно тебе, расслабься! — отмахнулся напарник. — Пенсионеров я тебе прямо из окна наснимаю, погода хорошая, во дворе все лавочки забиты, как поезда времен Гражданской войны!

Он взял камеру и отправился на натурные съемки

в нашу курилку, из окна которой открывается прекрасный вид на просторный двор в окружении жилых многоэтажек.

— Только не забудь — через час придет на запись следующий кандидат! — крикнула я ему вслед.

— Ах, вот ты где! — услышав мой голос, из коридора в монтажную заглянул Женька, наш второй оператор. — Ленка, у тебя совесть есть? А ну, отдавай мою кружку со спирохетами!

— Не брала я твою кружку, — ответила я, нисколько не удивившись упоминанию в одном контексте с чайным прибором возбудителя заразной венерической болезни.

Чистые чашки в нашей конторе всегда в дефиците. Чай-кофе гонять любят все, а вот посуду за собой мыть никому неохота, да и времени нет. В результате приходящая уборщица, некультурно матерясь, регулярно выбрасывает кружки с намертво засохшими разводами кофе и заварки на помойку, а наше нечуткое телевизионное начальство не желает смириться с круговоротом чашек в природе и отказывается покупать нам новую посуду. Однотипные «фирменные» чайные и кофейные пары, сделанные по бартеру в дружественном агентстве сувенирной продукции, повывелись у нас за пару месяцев, и народ начал таскать посуду из дома. Теперь у каждого есть своя кружка, но это не мешает несознательным гражданам, испачкав собственную посудину, цапать первую попавшуюся чужую.

Борясь с несанкционированным использованием своих чашек, наши парни придумали хитрый трюк. Они пишут на своих кружках разные страшилки вроде коротких предостережений «Опасно, туберкулез!», «Разносчик СПИДа» или развернутых устрашающих посылов типа: «Не пей, козленочком станешь, рога обломаю!» Это не очень помогает, но ребята уже втянулись в игру и теперь соревнуются в том, кто придумает угрозу позаковыристее и хворь пострашнее. Женька, например, наклеил на свою кружку картинку, вырезанную из какого-то медицинского журнала. На ней изображена какая-то бяка, снятая под микроскопом, а под фото имеется познавательный текст: «Бледная спирохета — возбудитель сифилиса». До сих пор Женькину чашку со спирохетами расхитители чистой посуды обходили стороной, и вот на тебе!

— Сперли спирохету? — сочувственно спросила я. — Могу предложить напрокат одноразовый пластиковый стаканчик, у меня есть парочка таких, держу специально, чтобы поить гостей. Хорошие стаканчики, крепкие, уже второй месяц исправно служат.

Женька неуверенно поскреб подбородок. Чувствовалось, что мои одноразовые стаканчики, из которых уже второй месяц пьют посторонние граждане, не охваченные регулярными медосмотрами, привлекают его гораздо меньше, чем родные спирохеты.

— А ты точно не брала мою чашку? — снова спросил он. — После утреннего чаепития с Дашкиными блинчиками я оставил ее на твоем столе.

— Поленился сам помыть и понадеялся на меня? — догадалась я. — А фигушки тебе! Не мыла я твою чашку и вообще не трогала!

— Может, кто-то другой помыл? — без особой надежды изрек Женька и вышел из монтажной.

Следующий час мы с видеоинженером Митей резали, потрошили и препарировали Равиля Иоганновича, делая из него аккуратное чучело, которое не стыдно было бы показать людям. В натуральном виде господин Бекумбетов не смог бы произвести на телезрителя и особенно телеслушателя сколько-нибудь приятное впечатление. Привычный для нас с Митей практикум кройки и шитья видеоматериала увенчался относительным успехом. Настоящего Цицерона из косноязычного кандидата мы не сделали, но добились от него вполне связного изложения мыслей.

— Как огурчик! — порадовался, приняв нашу работу, Роман Геннадьевич. — Молодцы, ребята! Принимайте новую гостью!

— У нас на очереди дама? — женолюб Вадик оживился и побежал смотреть на кандидатку, но вскоре вернулся, разочарованно кривясь.

Генетически модифицированный огурчик Бекумбетов на фоне новой гостьи смотрелся спелым персиком. Мария Николаевна Прахова оказалась высокой, угловатой дамой, чрезвычайно похожей на особо прочную конструкцию из армированного железа. Баллотирующаяся в городскую Думу по сорок пятому избирательному округу, она гораздо лучше проявила бы себя в сорок пятом году. Во время исторической переправы через Днепр госпожа Прахова запросто могла заменить собой понтонный мост.

В отличие от мягкотелого Равиля Иоганновича, эта несгибаемая женщина изложила свою предвыборную программу коротко и ясно, с военной прямотой, но под конец выступления все-таки позволила себе легкое женское кокетство, откровенно заявив в камеру:

— В случае моего избрания я обязуюсь быть открытой и легко доступной для каждого избирателя сорок пятого округа!

— Какое счастье, что я живу в другом районе! — перекрестился Вадик.

Его вкусы относительно внешних данных легко

доступных женщин давно устоялись, и он явно не собирался их менять.

Отпустив с миром игривую железную леди Марию Прахову, остаток рабочего дня я занималась монтажом ее выступления, а потом поисками костяного брелочка Любови Андреевны, который моя пожилая коллега посеяла где-то в редакторской, да так и не нашла. Безделушка была симпатичная, но копеечная, и искала ее Любовь Андреевна с моей помощью только для того, чтобы никто не мог сказать, что она сдалась возрастной болезни — склерозу — без борьбы. Ничего особенно интересного больше в тяжелый день понедельник не произошло — во всяком случае, у меня на службе.

А вот дома, как водится, было нескучно. Едва вернувшись с работы, я угодила на тризну: оказывается, днем состоялись тихие похороны Игоря Набалдашкина, а после тетя усопшего Матрена Афиногеновна устроила в его квартире поминальный обед. Все соседи были званы в обязательном порядке, так что мы с Коляном не посмели проигнорировать это мероприятие и посетили поминки по очереди — сначала муж, а потом я. Кому-то ведь надо было оставаться дома, чтобы присматривать за ребенком!

Дисциплинированно откушав рисовой каши и пирожков, а также выпив за упокой души Набалдашкина, я подсела поближе к раскрасневшейся Матрене Афиногеновне и завела разговор об обстоятельствах смерти ее племянника. Матрена не была убита горем, а горячительные напитки сделали ее общительной, так что тетя Балды легко и с удовольствием рассказала все, что знала сама.

— Убили моего Игорешу, — пугающе тараща глаза, сообщила она. — Девка его убила, полюбовница.

— Катя?! — я вскинула голову и оглядела сидящих за длинным столом.

То ли учительницы, то ли воспитательницы детского сада Катерины среди них не было.

— Не, Катерина хорошая девка, она сегодня на кладбище так убивалась, любо-дорого смотреть! Пришлось на «Скорой» домой ее свезти! — с людоедской радостью сказала простодушная Матрена. — Катерина чувствительная! Видно, Игореше чувствительные-то и нравились, потому как та девка, что его убила, опосля, как поняла, что натворила, совсем голову потеряла и руки на себя наложила! Кинулась со скалы в бурное море и утопла!

Матрена размашистыми жестами показала, как именно чувствительная девка кинулась со скалы, и бурное море тоже изобразила, заодно смахнув со стола ложку.

— Откуда вы это знаете? — спросила я, быстро подняв ложку с пола, чтобы Матрена не отвлекалась от рассказа.

— Мне следователь рассказал, — с гордостью молвила она. — Мы с ним как раз на похоронах переговорили, я же Игорешина единственная родня, кому, как не мне знать, как он умер!

Как умер Балда, я тоже знала, сейчас меня гораздо больше интересовала личность его убийцы.

— Так что же это за девка была, чувствительная убийца-самоубийца? — я постаралась вернуть собеседницу к интересующей меня теме.

— Ну, имени ее я не спрашивала, оно мне ни к чему, я лично за упокой ее грешной души молиться не собираюсь, — заявила Матрена. — А если ты про наружность ее спрашиваешь, то при жизни девка, говорят, красоткой была, а вот после смерти...

Матрена покачала головой и сморщила пряничное лицо, показывая, что после смерти экстерьер красотки непоправимо подурнел, а потом еще объяснила свою пантомиму словами:

— Ее больше суток по волнам мотало, о прибрежные камни било! Следователь сказал, опознали девку только по приметной родинке на спине да по зубам.

— Жуть какая! — Я передернула плечами.

Аппетит у меня пропал напрочь, я почувствовала, что даже из вежливости не смогу впихнуть в себя ни крошки поминальных яств. Пробормотав тете покойного Игоря слова соболезнования, я поспешила удалиться, но, выйдя из восьмой квартиры, спустилась не на один этаж, а ниже, и вышла во двор.

Прежде чем воссоединиться со своим мирным семейством, я должна была привести себя в нормальное расположение духа и обдумать полученную от Матрены информацию.

Что же это получается? Получается, Лазарчук был прав, когда подозревал Лилиану Марусенко в убийстве Игоря Набалдашкина. И Ирка была права, когда аргументировала версию о любовной связи между Балдой и Лилианой, и раньше, когда болтала про улыбчивую самоубийцу Офелию. Получается, все вокруг умные, одна я дура?! Убийцу не угадала, самоубийцу не распознала да еще и мужа своего совершенно напрасно подозревала в супружеской измене!

Не подтвердившаяся супружеская измена меня ничуть не огорчала, однако в целом нелестный вывод о собственных умственных способностях мне очень не понравился, но сказать что-нибудь в свою защиту в данный момент было нечего. Сокрушенно вздыхая, я посидела немного на лавочке, подышала свежим вечерним воздухом и постепенно успокоилась. То есть перестала переживать по поводу жуткого рассказа Матрены Афиногеновны. А вот огорчаться от того, какая я тупица, не перестала, наоборот: решила, что при случае просто обязана «умыть» окружающих умников!

В том, что случай блеснуть перед Иркой и Серегой своими умственными способностями мне еще представится, я нисколько не сомневалась.

Поздно вечером, уже уложив спать сынишку, я включила компьютер, залезла в Интернет и запустила поиск на слово «Fishhook». Машина выдала два десятка ссылок, но только одна из них имела непосредственное отношение к канадскому городу Торонто. Сбегав на указанный в ссылке сайт, я выяснила, что «Fishhook» — это действительно имя собственное, но принадлежит оно не человеку, а фирме. «Fishhook» — это не Мистер Рыболовнокрючковский, а компания «Рыболовный Крючок», знаменитая производством нестандартных и уникальных орудий рыбного лова.

Ассортиментный перечень фирменных изделий занимал на сайте пять страниц, и я пробежала эту информацию глазами, не пытаясь вникать в технические тонкости. По-настоящему меня заинтересовал только один момент: продукцию марки «Fishhook» желающие могли заказать непосредственно в Интернете и получить по почте!

Это заставило меня призадуматься.

Судя по всему, Лилиана Марусенко заказала в канадской фирме какой-то особенный рыболовецкий прибамбас. Интересно, для кого? Сама она мало походила на рыбачку Соню, способную ловко управляться с шаландой, полной кефали. Этот песенный персонаж мне лично виделся дюжей девахой в тельняшке с обрезанными рукавами, открывающими мускулистые загорелые руки, и обветренной физиономией. С другой стороны, хитроумная рыболовная снасть в стиле хай-тек наверняка проще и легче в управлении, чем допотопная мелкоячеистая сеть с грузилами, так что современной рыбачке атлетическое телосложение и не требуется. Значит, версию о том, что Лилиана была любительницей рыбной ловли, исключать нельзя.

Но в таком случае ее субботняя поездка на море могла иметь совсем другое объяснение! Может, она спешила на дикий пляж вовсе не для того, чтобы утопиться? Может, она просто хотела опробовать там свое новое канадское удилище?!

— Так-так-так! — пробормотала я, нервно взлохматив волосы. — Во всяком случае, эта версия объясняет радостную улыбку, с которой девчонка бежала к морю! Вот только... Была ли у нее при себе удочка?

Я честно попыталась припомнить, какой ручной кладью была отягощена Лилиана. Сумка у нее на плече болталась, это точно, я эту суму неплохо запомнила, потому как и сама заглядывалась в магазине «Сударь Сундук» на такую же торбу из мягкой коричневой кожи, с горловиной, затягивающейся грубой веревкой. В принципе, в этот просторный заплечный мешок вполне можно было впихнуть складное удилище, если длина его отдельных сегментов не превышала сорока сантиметров.

И тут мне пришла в голову одна прелюбопытная мысль, имевшая непосредственное отношение к сумке Лилианы: а куда же подевалась эта модная коричневая торба? Когда девица бежала к морю, сумка болталась у нее на плече, я видела ее своими глазами. А на парапете Скалы Ревнивицы были обнаружены только одежда и обувь предполагаемой самоубийцы! Неужели Лилиана пошла топиться голышом, но при этом с сумкой? Даже Офелия была не настолько сумасшедшей!

Я еще немного подумала и прикинула, что могу предпринять, чтобы прояснить эти смутные моменты. Получалось, что внести ясность в судьбу сумки пока нельзя, а вот с рыболовной снастью разобраться можно.

— Значит, так. Первое: попытаться выяснить, какое именно изделие торонтовской рыболовнокрючковой фабрики заказала Лилиана. Второе: узнать, успела ли она его получить.

Я не поленилась залезть в собственную сумку, чтобы еще раз рассмотреть почтовое извещение, и не зря! Заметила деталь, на которую не обратила внимания сразу. Извещение, выписанное на имя Лилианы, тоже имело пометку «вторичное»! Стало быть, нельзя было исключать вероятности, что адресат получил почтовое отправление по оригинальному, первому извещению.

— Третье: хорошо бы все-таки выяснить, имела ли Лилиана пагубную страсть тягать карасей и плотвичек!

Я закончила составлять краткий список-руководство к действию на завтра и усилием воли заставила себя забыть о всяческих криминальных загадках как минимум до утра. Как максимум хотелось бы забыть о них во веки веков, аминь, но я знала, что все равно не получится. Моего природного любопытства хватило бы на то, чтобы погубить всю популяцию городских кошек.

6.

Я тряслась в переполненном троллейбусе, направляясь на службу, когда раздался требовательный телефонный звонок.

— Слушаю! — гаркнула я в трубку, как новобранец.

— Слушай и не говори, что не слышала! — засмеялась Дашутка. — Ленусик! Ты, наверное, забыла, что на этой неделе твоя очередь быть кошачьей кормилицей? Васита кушать просит!

— Ой, забыла! — повинилась я. — Скажи Васите, пусть потерпит, я сейчас привезу ей завтрак!

Васита — это телевизионная кошка. Она у нас не живет, но приходит в студию, как на работу, каждый день и на самом деле трудится не покладая лап. Она ловит мышей, которые, как ни странно, водятся в нашем вполне современном и благоустроенном офисе в немалом количестве. Видимо, эти мыши тоже вполне современные грызуны, и их живо интересуют обмотки компьютерных шнуров и разных-прочих проводов и кабелей, коих на телевизионном производстве полным-полно. Ставить мышеловки у нас не принято, потому что эти примитивные ловушки стилистически диссонируют с пижонским евроремонтом. На бумажки, политые антимышиным клеем, наши гениально рассеянные телевизионные деятели попадаются чаще, чем целеустремленные и собранные грызуны. А ядовитые приманки как способ борьбы с мышами наш директор в приказном порядке запретил с тех пор, как симпатичный мясной кусочек, фаршированный отравой, слопала любимая моська любимой жены любимого спонсора. Директор тогда чуть не помер вместе с собачкой! Теперь антимышиные мероприятия у нас проводит исключительно Васита. Делает она это эффективно и совершенно бесплатно, мы только снабжаем ее пищей, потому что отловленных мышей Васька не ест.

Сухой кошачий корм для нашей мышеистребительницы мы с девчонками покупаем по очереди. Вчера, в понедельник, наступило мое дежурство, о чем я напрочь забыла. Спасибо, Дашка напомнила!

Я выскочила из троллейбуса, не доехав до работы трех остановок, и зашла в магазин, украшенный вывеской с надписью «Дружок» и изображением сосредоточенно питающихся младенцев разных пород — котенка, щенка и человеческого детеныша. Очевидно, владелец этого торгового заведения трактует понятие «дружба» достаточно широко. Меня это не коробит, мне идеи равенства и братства людей и животных (за исключением гадов и рептилий) вполне симпатичны. Я только для пущей понятности приписала бы на вывеске благородный девиз: «Ребенок — друг человека!»

В магазине имени дружбы людей и зверей я купила сухого кошачьего корма для Васиты и детского печенья для себя и своих коллег. Сегодня я еще успевала к ритуальному утреннему чаепитию и хотела внести свой вклад в искусство. Легко усваиваемые печеньица, обогащенные кальцием и витаминами, это прекрасный здоровый завтрак не только для детей, но и для их родителей, а также для тех, кто планирует стать папами и мамами в более или менее отдаленном будущем — как Вадик, например. Он частенько повторяет, что копит силы, чтобы со временем мужественно вынести все тяготы отцовства. Эта довольно туманная фраза очень располагает к нашему оператору молодых женщин с развитым материнским инстинктом, хотя я лично, зная Вадика, думаю, что он имеет в виду исключительно муки зачатия.

Затолкав погромыхивающие пачки с кошачьим и ребячьим питанием в сумку, я выскочила из магазина и уже хотела запрыгнуть в троллейбус, когда сообразила, что нахожусь всего в двух шагах от главпочтамта. Такой случай нельзя было упустить.

С чужим извещением в руке я вошла в просторный зал, по периметру которого были установлены барьеры из дерева и стекла. За прорезанными в стекле окошками рядком сидели вечно занятые, утомленные и сердитые почтовые дамы. Я легла грудью на свободную амбразуру и в меру сварливым тоном сказала тощей тетке в вязаной кофте с таким количеством затяжек, что она казалась махровой, как полотенце:

— Девушка! Нам опять принесли извещение!

Эту фразу можно было понимать как угодно: снова «нам» и «опять» делали ее семантически многовариантной.

— А вы что, уже получили свою посылку? — уточнила служащая, забрав у меня бумажку.

Я не собиралась ничего уточнять, поэтому сказала в том же тоне, с легкой претензией:

— А вы что, не ведете учет врученных отправлений?

Служащая посмотрела на меня без всякой приязни, встала со стула и отошла за перегородку. Я терпеливо ждала. Послышались раздраженные голоса, один из них принадлежал тетке в кофте.

— Наталья, где твои глаза, сказано же было — смотри в журнал! — устало, без страсти, ругалась она. — Бандероль еще в пятницу вручена, а ты в субботу повторное извещение выписываешь!

Тонкий девичий голос уныло бубнил что-то оправдательное.

— Никакой пользы от таких помощников, кроме вреда! — сердито заключила тетка.

Она вынырнула из-за перегородки, широко размахивая руками, бухнулась на свой стул, скомкала и бросила в урну мое извещение и уткнулась в какие-то бумаги, бубня что-то крайне нелестное про дурочек-практиканток, которые ничего не знают, не умеют и не хотят знать и уметь.

Я приятно отличалась от дурочек-практиканток неутолимой жаждой знаний, а посему не удовольствовалась тем, что услышала, и снова сунулась к окошку с вопросом:

— Простите, если извещение выписали в субботу, почему его нам только в понедельник принесли?

— Потому что в воскресенье почтальон почту не разносил! Совсем обнаглел народ! — потеряв терпение, вызверилась на меня служащая. — Мы тут тоже люди, имеем право на выходной день! Вы свою бандероль получили, что вам еще нужно?!

Я удержалась от ответа, что получила гораздо больше, чем бандероль: большой заряд отрицательной энергии.

Впрочем, ее избытки благополучно удалось сбросить уже в переполненном троллейбусе. Там я как следует поработала локтями, вспотела, вылезла на остановке изрядно помятая, но зато появилась на рабочем месте без опоздания, снискав этим одобрительную улыбку Большой Мамочки.

— Молодец, Елена! Меняетесь к лучшему! — похвалил меня шеф.

— То ли еще будет! — пообещала я.

— А как насчет передачи с биоэнергокармокорректором, вы еще не передумали?

— Нет, настолько я никогда не изменюсь! — чистосердечно призналась я, обходя толстяка Мамая по широкой дуге.

Шеф уже вторую неделю пытается выжать из меня согласие на ведение в прямом эфире передачи с ушлой дамой, которая называет себя биоэнергокармокорректором, а мы со здравомыслящими коллегами за глаза зовем ее бэккорректором, потому что по-английски «бэк» — это задница. По-моему, люди, которые отваливают бешеные деньги за штопку прохудившегося биополя и демонтаж заклинившей кармы, думают не чем иным, как пятой точкой! Я упорно сопротивляюсь желанию начальства посадить меня в эфир с бэккорректоршей, так как убеждена, что все эти инфернальные лекари и астральные знахари облегчают не столько страдания граждан, сколько их кошельки. По-моему, Дашка, которая провела в эфире одну-единственную передачу, с младенческим простодушием выдала совершенно гениальное определение деятельности этой аферистки от псевдонародной медицины, назвав ее — цитирую — «целительством по методу наложения рук на больного»! И на его кошелек — добавила бы я.

В редакторской я первым делом сбросила с плеча сумку, вторым — отыскала в шкафчике пару чистых блюдец и наполнила одно кошачьими сухариками, а второе печеньем, приготовив таким образом угощение и для Васиты, и для своих коллег. Все они задерживались, так что у меня еще было время, чтобы вытащить из тайника в книжном шкафу свою собственную священную чистую чашку (с незатейливой надписью «Бубонная чума») и приготовить чай.

— А вот и я! — в редакторскую вломился Вадик — тоже помятый, а также лохматый и, судя по смазанному отпечатку помады на скуле, неумытый. — Привет! Это у тебя что?

Похоже, сегодня в распорядке дня моего напарника отсутствовали не только водные процедуры, но и завтрак. На блюдечки с сухарями и печеньем Вадик уставился с нескрываемым интересом.

— Угощайся, — пригласила я. — Это детское печенье с кальцием и витаминами «Мелюзга».

— С витаминами? — капризно повторил Вадик. — А с мясом нету? Я с мясом люблю.

Он придирчиво рассмотрел содержимое тарелочек, сделал свой выбор и потянулся к кошачьему корму. Очевидно, эти маленькие кусочки в представлении Вадика больше соответствовали названию «Мелюзга».

Я с интересом наблюдала за тем, как приятель перемалывает челюстями крепкие кошачьи сухарики, и дождалась вопроса:

— Это для каких же детей печенье? Для младших Симпсонов?

— Почему — для Симпсонов?

— Потому что у них зубки острые, как у акулят, и тоже в три ряда! — объяснил Вадик. — Удивительно твердое печенье! Наверное, на фабрике с кальцием здорово переборщили!

— Доброе утро! — в редакторскую одна за другой вошли Дашутка и Любовь Андреевна.

Пожилая редакторша сразу прошла к своему столу, а практикантка остановилась, загляделась на Вадика, хрустящего сухим пайком Васиты, и сердито сказала:

— Ах, так вот почему у нас так быстро заканчивается кошачий корм! Вадька, как тебе не стыдно объедать бедное животное?!

— Какое бедное животное? — Вадик перестал трескать сухари и оглянулся на меня.

— Сам ты животное! — ответила я на его невысказанный вопрос. — Трескаешь кошачий корм! Детское печенье, чтоб ты знал, не делают в форме берцовых косточек!

— Это кошачий корм? А где же печенье? — Сообразив, что к чему, Вадик поменял руку и потянулся к другому блюдцу. — Ну, и это ничего! Хотя тоже без мяса, это упущение.

— Мясо у нас есть! — торжественно сказала Любовь Андреевна, выкладывая на стол кольцо домашней колбасы и пол-литровую бутылку без наклейки, с интригующим кисельно-белым содержимым и пробкой из сухого кукурузного початка.

— О, самогоночка! — обрадовался Вадик. — Ух ты! А по какому поводу намечается пирушка?

— В обед будем обмывать нашу новую машину, — с гордостью сказала Любовь Андреевна. — Зять вчера оформил покупку иномарки, в кредит взял, теперь три года на банковские платежи работать будет.

Голос ее, в начале фразы бодрый, к финалу заметно погрустнел.

— Это вовсе не обязательно, — сквозь хруст и чавкание сказал в утешенье Вадик, неутомимо пополняющий свои внутренние запасы кальция и витаминов. — Могу подсказать, как быстро избавиться от банковских долгов и еще заработать пару тысяч баксов. Надо продать новую машину куда-нибудь в Адыгею, лучше всего — на запчасти, и сразу заявить об угоне. Машину поищут, но не найдут, и ваш зять получит страховку. Ее хватит, чтобы расплатиться с банком и купить в кредит новую машину, да еще кое-что останется!

— Но ведь это, наверное, незаконно? — неуверенно моргнула Любовь Андреевна.

— Абсолютно незаконно! — заверил ее Вадик. — Но очень, очень выгодно! У меня есть приятель, знакомый с работой страховых компаний, он может рассказать множество таких трюков.

— Интересная тема, — задумчиво сказала я. — И, похоже, актуальная! У одного моего знакомого как раз на днях угнали новую иномарку.

— В Адыгею? — с интересом спросила Любовь Андреевна.

— Нет, в лесной овраг. Машина сгорела и угонщик тоже, — ответила я. — Любопытно, получит ли владелец автомобиля страховку?

— Хочешь, дам тебе телефончик моего приятеля? — предложил Вадик. Он обожает оказывать услуги друзьям и знакомым, это у него прямо хобби какое-то! — Сведешь своего знакомого с моим, и со страховкой все устроится лучшим образом.

— Ну, давай, — я пожала плечами. — Почему нет?

Наверное, мне стоит поучиться у Вадьки отзывчивости. Надо помогать людям не только тогда, когда это выгодно мне, но и вполне бескорыстно! К тому же двойник Гагарина Сережа Трофимов произвел на меня хорошее впечатление, так что мне будет даже приятно ему помочь.

Я добросовестно списала на бумажку телефончик Вадькиного страхового приятеля.

— Гоша его зовут, — сказал оператор. — Отчества не знаю, фамилию не помню, так что ты так просто и называй его Гошей. Он парень молодой и не заносчивый, не обидится.

В редакторской постепенно стало многолюдно, народ зазвенел чашками и ложками, захрустел печеньем, загомонил. Потом электронные часы печально пискнули, оповещая об урочном наступлении девяти часов по московскому времени, Мамай в коридоре протрубил сигнал к началу трудового дня, и посторонние темы пришлось оставить до обеденного перерыва.

К этому моменту мы с Вадиком успели записать в студии выступление очередного кандидата в депутаты, некоего господина Суслопарова. Он шел в Думу под простым, как лапоть, лозунгом «Кубань для кубанцев!» и буквально потряс Вадика широтой и размахом. Живописуя родные кубанские просторы, господин Суслопаров так широко размахнулся, что нечаянно заехал оператору кулаком в ухо. Вадька сильно обиделся и нарочно перекосил камеру так, что кандидат на экране накренился, как Пизанская башня. Было ясно, что отснятый материал безнадежно испорчен и нам придется насладиться обществом господина Суслопарова еще раз.

Сокрушаться по этому поводу я не стала, некогда было. Дождавшись законного обеденного перерыва, я вежливо отказалась принять участие в обмывании новой машины зятя Любови Андреевны и устремилась к трамваю, а на нем — в микрорайон, где еще недавно жила Лилиана Марусенко.

Найдя уже знакомый дом, я поднялась на третий этаж и постояла немного на резиновом коврике под дверью, чутко прислушиваясь. Никаких звуков, говорящих о том, что в квартире кто-то есть, я не уловила и только после этого придавила кнопку звонка. Потрезвонила немного, а потом принялась энергично стучать.

Конечно, я не надеялась, что мне кто-то откроет, потому что уже выяснила, что Лилиана жила одна. Шумную демонстрацию я устроила в расчете на привлечение внимания соседей, потому что именно с ними мне хотелось побеседовать. Конечно, в современном городе люди зачастую годами живут бок о бок и ничего друг о друге не знают, и все же соседи бывают разные. На лестничной площадке четыре квартиры, звукоизоляция в старой пятиэтажке никудышная, мой стук и звон слышны на два этажа вверх и вниз, стало быть, шансы познакомиться с классической любопытной бабушкой-соседкой у меня есть, и немалые!

Рассуждая таким образом, я усилила натиск и очень быстро добилась успеха. Мягко щелкнул замок соседней квартиры, и в щели приоткрытой двери заинтересованно блеснула оптика: меня почтил своим вниманием какой-то очкарик. Судя по уровню расположения линзы, ребенок или карлик.

— Что вам нужно-о? — нараспев спросил скрипучий тонкий голосок — первое сопрано.

«Старушка», — поняла я и набрала в грудь побольше воздуха, чтобы заорать погромче. У древних старушек, как правило, плохо не только со зрением, но и со слухом.

— Да-да, что вам нужно? — эхом повторил скрипучий бас.

«Старушка и старичок» — я внесла поправку и усилила голосовую мощь сверхрасчетной:

— Добрый день! Я к соседке вашей, Лилиане!

Бум! Дверь захлопнулась.

— Не поняла... — Я растерянно хлопнула ресницами.

Может, я перестаралась с криком и старички сбежали, опасаясь акустического удара? Или же они спрятались потому, что не хотят иметь ничего общего с Лилианой и ее гостями?

Оказалось, все совсем наоборот! Звякнула цепочка, дверь открылась настежь. Старички приняли мои слова как правильный отзыв на пароль и приготовились к основательной беседе. Я развернулась всем корпусом и с доброжелательным интересом рассмотрела пожилую чету соседей Лилианы.

Старичок и старушка застыли в проеме, как в раме картины. Оба маленькие, кругленькие, с седыми головами, в старомодных круглых очках и в одинаковых трикотажных штанах с начесом, при виде которых мне живо вспомнились безвременно утраченные порты Матрены Афиногеновны Набалдашкиной. Сверху на дедушке был белый мохеровый свитер и черная жилетка, а на бабушке — черный свитер и белая пушистая шаль. Вместе старички до изумления походили на пару императорских пингвинов!

— А Лильки дома нет! — пискнула бабушка.

— Уже третий день как нет! — пробасил дедушка.

— Как унеслась куда-то с охами-ахами еще в субботу поутру, так и не возвращалась! — сообщила бабушка.

— Небось загуляла! — предположил дедушка. — Лилька, она такая! Хвост задерет — и фьюить!

— Потому что нигде не работает! — подхватила эстафету старушка. — Только ест, спит до полудня, морду мажет и тряпки меняет.

— Денежки-то есть, богатая бабушка любимой внучке завсегда копеечку подбросит! — поддакнул дедушка. — Чего ж не гулять?

На мои глаза навернулись слезы умиления. Какие славные старички, буквально — белые и пушистые! Образцово внимательные соседи, пенсионеры высокой степени коммуникабельности! О таких замечательных собеседниках я и не мечтала! Им даже реплики подавать не нужно, разве что время от времени направлять поток сознания в нужное русло наводящими вопросами!

— А с кем Лиля гуляет? — спросила я, ловко вклинившись в паузу между репликами. — Любимый человек у нее есть?

— Любимый зверь у нее был, кошка. Лысая, как колено, и страшная, как смертный грех! Ужасти просто! — Дед потряс костями, ненатурально изображая ужас.

— Кошка сдохла, — с удовлетворением добавила бабуля.

Я подавила настойчиво рвущееся с губ «кошка сдохла, хвост облез» и спросила:

— А друзья у Лили есть?

— У таких фиф друзей не бывает, только подружки пустоголовые да любовники толстомордые! — уверенно заявила старушка.

— Вот, например, Анютка Рязанцева из седьмой квартиры, дура дурой! — подтвердил старичок. — Никудышная девка! В двадцать пять годков — ни мужа, ни детей, ни работы!

— Поест, поспит до обеда, морду намажет, хвост задерет — и фьюить на гулянку! — сказала бабушка.

— А потому что не работает!

Похоже, у старичков заело пластинку. Следовало ожидать, что сейчас мне расскажут, кто подбрасывает копеечку Анютке Рязанцевой — любимая бабушка или толстомордый любовник. Источник материального благополучия этой особы меня не интересовал, поэтому я оборвала пингвинье лопотание, громко сказав:

— Спасибо! Я позже зайду!

Пушистики разочарованно смолкли. Не дожидаясь, пока они вновь разинут клювики, я помахала им ручкой и легко сбежала вниз по лестнице, но не во двор, а только до второго этажа, где располагалась седьмая квартира.

Посмотрела на часы: тринадцать двадцать. Пушистики сказали, что пустоголовая подружка Лилианы

Анютка Рязанцева спит до обеда. Обед — понятие растяжимое, но, на мой взгляд, в половине второго вполне может встать и Спящая Красавица!

Я решительно придавила кнопочку звонка. Он с готовностью исторг из себя долгую мелодичную руладу, финальным аккордом которой прозвучало тоскливое ругательство.

— Что за хрень? — сквозь мучительный зевок сердито вопросил приятный женский голос.

Вадику он понравился бы.

— Телевидение! — ответила я, по опыту зная, что это волшебное слово открывает двери квартир пустоголовых девиц эффективнее, чем отмычка профессионального медвежатника.

Хотя нашего Мамая хватила бы кондрашка, если бы он узнал, что у штатного сотрудника ТВ-студии «телевидение» напрямую ассоциируется со словом «хрень»!

— Телевидение, серьезно? — приятный женский голос перестал быть сердитым и обогатился ласковым мурлыканьем. — Вы ко мне?

Дверь открылась.

— Здравствуйте! — приветливо улыбнулась я. — Вы Анна Рязанцева, подруга Лилианы Марусенко?

— Ну? — Симпатичная девчонка в банном махровом халате, завязанном на манер кимоно, нетерпеливо притопнула босой пяткой.

— Лилиану давно видели?

— Ну?

Я поняла, что такой малины, как с разговорчивыми старичками-пушистиками, тут не будет, и приготовилась взять дело в свои руки:

— Можно я войду?

— Ну! — Анна попятилась, пропуская меня в прихожую.

Я вошла и огляделась.

Однокомнатная квартира, точно такая же, как у Лилианы. То есть планировка помещений такая же, а вот обстановочка не в пример проще. Допотопные бумажные обои с розочками, больше похожими на краснокочанную капусту. Полированный платяной шкаф, сервант с откидным столиком, узкие кресла с деревянными подлокотниками, круглый стол, на стене — ковер «Русская красавица», такой аляповато-цветастый, что в эстетической ценности русской красоты можно было серьезно усомниться. Чувствовалось, что эти непрезентабельные апартаменты знавали лучшие времена, исторически совпавшие с периодом застоя. У Анюты Рязанцевой явно не было состоятельной и модной бабушки.

Не получив особого приглашения, я обошлась без него. Опустилась в продавленное кресло, дождалась, пока хозяйка квартиры присядет на диван, и только тогда сказала:

— Анюта, я хочу поговорить с вами о вашей подруге.

— Ну?

— Вы хорошо знаете Лилиану Марусенко?

Я надеялась, что моя собеседница еще не в курсе, что о Лилиане Марусенко уже нужно говорить в прошедшем времени.

— Ну?

— Давно ее видели?

— Ну...

Анюта почесала всклокоченную спросонья голову и надолго задумалась.

Я вздохнула. Не потому, что меня очень сильно огорчала трагическая судьба белокурой Лилианы, а потому, что меня жутко нервировала ее неразговорчивая подружка. Что бы ей такого сказать, чтобы девушка изменила свою чрезмерно лаконичную манеру выражаться? Даже у Эллочки-Людоедки был более богатый лексикон!

Я с прищуром художника посмотрела на Анюту и вдохновилась. Даже спросонья, не при параде, девчонка выглядела симпатичной, особенно хороши были глаза. Голубизной и прозрачностью они напоминали тихие воды высокогорного озера и не были замутнены ни единой мыслью, но ведь эмоции испытывают даже идиоты! Значит, мне следует сыграть на чувствах Анюты. А какие чувства может испытывать одна глупенькая юная красавица по отношению к другой такой же? Ясное дело, зависть!

— Объясню вам, в чем дело, — я приготовилась талантливо и убедительно врать. — Наша телекомпания объявила конкурс на замещение вакантных должностей. В частности, нам нужны телеведущие, молодые и красивые ду...

Засмотревшись на Анюту, я едва не ляпнула — «дурочки», но в последний момент поправилась:

— Душечки! Лилиана Марусенко заполнила анкету, ее приглашают на кастинг, но она не отвечает на телефонные звонки и не появляется дома. Не подскажете, как с ней связаться?

Войти в контакт с покойницей могла разве что нелюбимая мной биоэнергокармокорректорша, подключенная к космосу по персональной беспроводной линии. Если бы Анюта знала о трагической гибели подружки, она предложила бы мне связаться с Лилианой с помощью медиума (если бы знала такое слово). Она ничего такого не знала, но мои слова произвели на нее столь глубокое впечатление, что Эллочка-Людоедка мобилизовала все внутренние резервы и заговорила по-человечески, пусть и с легким оттенком каннибализма:

— Ну?! Лилька умудрилась пристроиться на телевидение?! Обалдеть! Пролезла-таки!

— Вы хотите сказать, что Лилиана уже участвовала в подобных конкурсах? — уточнила я.

— Ну! Крутилась во всех тусовках, массовках и подтанцовках! Она же спит и видит себя актрисой! Мерилин Мурло! — Анюта хмыкнула, недвусмысленно давая понять, что она думает об актерских талантах подружки. — Да она убьется, лишь бы в телике покрасоваться!

По моим сведениям, Лилиана Марусенко уже убилась, причем вне всякой связи с теликом. Теперь ее могли показать разве что в криминальных новостях, это у нас вроде пока единственная программа, в которой снимаются посмертно, но глагол «покрасоваться» к героям пугающих сюжетов не подходит никак! Невольно поежившись, я вернулась к теме былых пристрастий и интересов покойницы.

— А чем она вообще занимается? Что ее еще интересует, кроме работы на телевидении?

— Ну, театр, кино, реклама, модельный бизнес — все, что имеет отношение к торговле мордой! — уверенно сказала Анюта. — А также сиськами, попкой и ножками! Тут у Лильки талантов — хоть отбавляй, лифчик третьего размера, это при росте, как у мелкого мопса!

Девчонка завистливо вздохнула. Я мотнула головой, отгоняя некстати возникшее видение мелкого мопса в лифчике третьего размера, и спросила прямо:

— А рыбалкой Лилиана интересуется?

— Чем?!

— Рыбалкой, охотой, горными лыжами, дайвингом?

Каюсь, мысли о дайвинге мне навеял лихой прыжок Лилианы в морскую пучину!

— Она ведь претендует на место ведущей программы «Активный отдых», а у нас первая запланированная программа будет посвящена рыбной ловле, — выкрутилась я.

— Ну какая рыбная ловля, вы че? — Анюта, забывшись, покрутила пальцем у виска.

Я не стала обижаться.

— Рыбалка — это грязная одежда, комары, брезентовые сапоги по пояс, червяки всякие гадкие!

Анюта проявила такое знание материала, что ей впору самой было претендовать на место ведущей телепрограммы «Активный отдых».

— Да на рыбалку на зорьке ходят, а Лилька не дура поспать! И потом, какая рыбалка с маникюром?! Хотя почему нет? На Лилькины акриловые когти сома поймать можно! — Анюта засмеялась, потом задумалась. — Или вы про рыбалку в другом смысле говорите? Типа поймать на крючок жирного карася?

Девчонка хитро подмигнула, в ответ я двусмысленно улыбнулась. Тема взаимоотношений Лилианы Марусенко с мужчинами по понятным причинам также была мне очень интересна.

— Нет, насчет ловли мужиков на живца Лилька не спец, это не по ее части, — заявила Анюта. — Денежки у нее есть, кое-что папа с мамой оставили, да и бабуля, знатная переводчица, заработками делится, так что спонсоры в постели Лильке не нужны, а секс в чистом виде ее вообще не интересует. У нее одна страсть — искусство!

— Одна, но пламенная страсть! — пробормотала я, здорово озадаченная услышанным.

Выходит, напрасно я подозревала Лилиану Марусенко в связи с моим мужем! Это, конечно, хорошо, но... Если девчонка совсем не интересовалась мужчинами, какого черта она тогда грохнула Балду? Ведь официальная версия мотивирует убийство ревностью любовницы!

Это нужно было как следует обдумать, поэтому я не стала затягивать визит. Поскольку разговор с Анютой я начала с вопроса, как связаться с ее подружкой, то для проформы еще поинтересовалась родственниками Лилианы. Узнала, что у нее есть только бабушка и двоюродный брат с очень смешным именем Лесик, записала адресочки и той и другого, после чего быстренько откланялась.

Официальный обеденный перерыв в телекомпании уже закончился, я опаздывала к станку, и потому не стала жаться, поймала такси. Примчалась на работу, крадучись, на цыпочках прошмыгнула мимо открытой двери кабинета Большой Мамочки и ломанула прямиком в студию. Там Вадик трудился за двоих, готовясь записывать выступление очередного кандидата. Я потихоньку заглянула в список на дверном косяке и выяснила, что сегодня нас почтил присутствием Архип Петрович Деревянко.

Имя мне понравилось — такое надежное, основательное, в старорусских традициях, но оценить, соответствует ли оно внешнему облику гостя, удалось не сразу, поскольку кандидат пришел с помощником.

— Здрасьте! — вежливо сказала я всей честной компании, после чего подошла к Вадику и, улыбаясь из-за его широкого плеча заметно нервничающим гостям, зашептала:

— Вадька, ты какого черта два стула поставил?

Предвыборное кандидатское выступление — это тебе не фигурное катание, оно всегда одиночное!

— Да ни фига! — грубо ответил Вадик, правда, смягчив сердитый рык до свистящего шепота. — Деревянко велел посадить помощника рядом с ним. Сказал, без него не может.

— Как эротично! — Я фыркнула. — Но мы не можем позволить ему суфлировать в кадре!

— Деревянко сказал, помощник будет молчать.

Я отцепилась от Вадика и загляделась на гостей — красномордого дядьку с купеческой бородой и молодого бледнолицего задохлика. Его лицо имело поразительное сходство с кукурузным початком: длинное и узкое, оно было обрамлено спутанными пегими волосами. Жмурясь в свете софитов и нервно ерзая, гости устраивались на стульях, словно собирались позировать для семейного фото в старинном стиле. Потеснив Вадика, я заглянула в видоискатель и едва не расхохоталась. Деревянко со товарищем здорово смахивали на старорежимную супружескую чету! До полноты картины в кадре недоставало младенца в пеленках на руках у длинноволосого и еще одного отпрыска постарше, который встал бы за спиной бородатого, трогательно положив ему ладошку на плечо.

— Они не педики? — снова шепнула я на ухо напарнику.

— Я не проверял! — слишком громко ответил Вадик.

— Господа, господа! — видя, что гости распереживались, я лебедушкой поплыла к ним. — Я понимаю ваше желание поддержать друг друга в трудный момент, но считаю нужным вас разлучить. Понимаете, запись телевизионного выступления — это дело интимное, в этот момент кандидат остается наедине со своим избирателем, а помощник кандидата, при всем к нему уважении, становится третьим лишним!

С этими словами я легонько ухватила за локоток лохматого доходягу и попыталась поднять его со стула, за который он уцепился, как вьюнок, заблажив при этом, как осел:

— Это я! Я! Я!

— Ленка, это он Деревянко! — гаркнул Вадик, видя, что я упорно не понимаю ослиного языка.

— Вы Деревянко? — Я удивилась, отпустила лохматого и потянулась к бородачу. — Тогда, уважаемый, я попрошу вас...

— Оставьте его! — взвизгнул нервный Деревянко. — Без него я не буду записываться!

— Но почему?

— Потому что он мой талисман!

Я обалдела. За годы работы на телевидении я повидала десятки разных неврастеников, у каждого из которых была своя фишка. Один не мог говорить, не промочив горло водочным настоем алоэ, другой непременно должен был сжимать в ладони камешек-оберег, третий вообще притащил в студию чучело говорящего (при жизни) попугайчика, призванного, по замыслу придурка, добавить ему красноречия... Но талисман в виде живого и здорового мужика весом в пять пудов я видела впервые!

— Ленка, оставь их, пусть делают, что хотят! — сердитым шепотом воззвал ко мне Вадик. — У нас время не резиновое, надо заканчивать эту тягомотину!

— Хорошо...

Я откашлялась и громко хлопнула в ладоши:

— Хорошо! Мы начинаем запись. Кандидат готов?

Господин Деревянко кивнул веретенообразной головой, едва не пронзив острым подбородком свою грудную клетку. То-то жуть была бы!

— Талисман готов?

Бородач затряс щеками и поднял подобие деревянной лопатки — дощечку на палочке с изображением рыбы, кажется, карася. Я поняла, что от темы рыбной ловли мне сегодня никуда не уйти, и покорилась судьбе.

К моему великому удивлению, кандидатское выступление мы записали легко и быстро, обошлись всего одним дублем, потому что Архип Петрович оказался дивно красноречив. Наверное, ему помог талисман, который добрых десять минут молча таращился в камеру, держа, как флажок, карася на палочке. Правда, нам с Вадиком так и не удалось понять, какое отношение к теме выступления имел нарисованный карась, потому что про рыб и их проблемы не было сказано ни слова.

— Может, сонная рыба укоризненно символизировала собой вялого и пассивного избирателя? — предположил Вадик, когда Деревянко с его талисманом ушли, а мы переместились в редакторскую, чтобы снять стресс кофе с коньяком.

— Вообще-то, рыба — это древний знак христианства, — вспомнила я. — Ты не заметил в речи кандидата пассажей на религиозную тему?

— В речи — не заметил, а в облике его что-то такое действительно было! — охотно согласился оператор. — Эта костлявая физиономия аскета, длинные, нестриженные волосы, не знающие гребешка...

— Вы ошибаетесь, друзья! — покачала головой Любовь Андреевна, примкнувшая к нашему антистрессовому кофепитию. — Художественный беспорядок на голове этого кандидата был создан искусственно, с применением не одного гребня, а целого набора расчесок, а также лака для волос сильной фиксации. Лак, кстати, был взят из твоего ящика, — сказала она мне.

— Это не мой, мне Дашутка в пятницу одолжила и забыла забрать, — ответила я, выдвинула ящик и с большим неудовольствием убедилась, что лака там больше нет. — Надо же! Кандидаты, радетели за народные интересы! Свистнули наш лак!

— Вот и верь после этого политикам! — поддакнул Вадик.

Любовь Андреевна ушла, а мы с оператором с горя допили коньяк, который не поместился в кофе, еще немного поругали политиков, а заодно чиновников и прочих представителей власти, после чего пришли к выводу, что доверять нельзя никому, кроме проверенных боевых товарищей, едва не всплакнули и торжественно поклялись в верности законам телевизионного братства и друг другу. Затем Вадик тоже куда-то ушел, а я так глубоко прониклась идеями товарищества, что надумала сейчас же позвонить Сереже Трофимову и рассказать о Гоше, который на раз обделывает всякие страховые делишки. Решила по-дружески поддержать хорошего человека в борьбе с нечуткими страховщиками, банкирами и прочими чинушами!

Телефончиками мы с Трофимовым обменялись еще в машине Моржика, по пути с моря: надумали дружить семьями. Правда, Сережа еще не обзавелся семьей, даже не собирался жениться, но Ирка, обожающая устраивать людские судьбы, пообещала быстренько подобрать новому знакомому подходящую пару.

— Двойника Валентины Терешковой! — засмеялся Колян.

Гагарин и Терешкова — это была бы звездная пара покруче распавшегося альянса Пугачева—Киркоров! Я развеселилась и на сдержанно-приветливое «алло» Трофимова ответила радостным криком:

— Сережа, привет! Это Лена Логунова, мы вместе отдыхали на море!

— На каком море?

Похоже, ни морской отдых, ни Лена Логунова не произвели на Трофимова незабываемого впечатления, но я не стала на него обижаться. Мало ли, может, я просто не вовремя позвонила! Время-то рабочее, человек мог быть занят какими-нибудь ответственными процессами. Кем он там работает? Шутом каким-то, не помню, как точно профессия называется... Правильно, по опыту знаю, что профессиональные комики в большинстве своем вовсе не весельчаки, помню, как тих и скорбен был в нашем эфире знаменитый Хазанов — не юморист, а распорядитель похорон!

— Сережа, я чего звоню?

Судя по долгой выразительной паузе, Трофимова этот вопрос тоже интересовал.

— Я звоню, чтобы узнать, что там с делом об угоне твоей машины? — Не сбавляя темпа и веселья, продолжила я. — Страховку тебе выплатят или нет? Если есть проблемы, могу посоветовать толкового человечка, он как раз спец по страховым вопросам, будут трудности — обращайся. Пиши телефон. Зовут Гоша. Записал? Алло? Алло, Сережа, ты меня слышишь?

— Слышу, слышу, — после долгой паузы ответил Трофимов потусторонним голосом.

— Тогда у меня все. Пока! — я положила трубку и освободившейся рукой погладила себя по голове. — Какая я все-таки умница, хорошая девочка, добрая душа!

Легкий массаж головы, видимо, способствовал

улучшению мозгового кровообращения, потому что в извилинах у меня чуток прояснилось, и я подумала, что при совершении доброго дела допустила одну оплошность. Надо было сначала самой позвонить этому Гоше, а потом уже давать его телефон Сереже! Мало ли, вдруг борьба со страховщиками потребует партизанской войны, каких-то не вполне законных действий, станет ли Гоша тогда помогать абсолютно незнакомому человеку? Я-то хоть могу сослаться на общего знакомого, Вадик, если что, за меня поручится!

— Ничего, еще не поздно, — успокоила я себя, вновь снимая телефонную трубку и набирая номер Гоши. — Позвоню, отрекомендуюсь, сошлюсь на Вадика, а потом попрошу помочь одному моему другу!

— Алле? — спросила трубка женским голосом.

Женщина сказала не «алло» или «алле», а именно «алле», как в цирке: «Алле, оп!» Голос у нее был громкий и строгий, как у дрессировщицы тигров. Он показался мне знакомым, но я не сразу обратила на это внимание. Я поздоровалась и вежливо просила:

— Простите, можно услышать Гошу?

— Игорешу-то? — по-своему сказала женщина. И голос ее построжал пуще прежнего: — Это как же вы его услышите? Вам что, голоса являются?

— Какие голоса? — Я опешила.

Разговор приобретал какой-то совершенно неожиданный оборот.

— Загробные, — не без ехидства подсказала женщина.

— Простите, я, наверное, номером ошиблась! — пробормотала я и положила трубку, снова набрала номер Гоши и приклеила трубку к уху.

— Алле!

— Оп! — ляпнула я. — Это снова вы? Знаете, мне Гоша нужен. А вы, простите, ему кто будете?

— Не буду, а была! — сурово молвила укротительница тигров. — Тетей я ему была! Матрена меня зовут, Матрена Афиногеновна! А вы-то кто?

— Так, никто! — Я быстро положила трубку.

Вот это номер! Оказывается, Вадиков приятель Гоша — это Игорь Набалдашкин, мой покойный сосед! Ошибиться я не могла, Матрена Афиногеновна — имя редкое, да и голосок у тетушки Балды запоминающийся. Имя «Игорь» вполне можно сократить в «Гошу», и служил Набалдашкин в самом деле в какой-то страховой компании.

Выходит, я по доброте душевной адресовала Сережу Трофимова с его страховыми делами к покойнику?! Мило, ничего не скажешь!

Тяжело вздохнув, я снова набрала номер Сергея Трофимова, чтобы объяснить ему ситуацию и извиниться.

— Алло?

— Сережа, привет еще раз, это снова я, Лена! — бойко зачастила я. — Извини, я немного напутала. По тому телефончику, который я тебе дала, звонить не надо! Оказывается, этот Гоша — мой покойный сосед Игорь, и он тебе уже ничем не поможет. Прости, пожалуйста!

— А за что ты просишь у меня прощения? — с подозрением спросил Трофимов.

— Э-э-э... Наверное, за то, что напрасно обнадежила! Я, видишь ли, не знала, что страховщик Гоша и убиенный Набалдашкин — одно и то же лицо.

— Убиенный? — голос Сергея не стал спокойнее.

— Ох, это такая жуткая история! — почти весело сказала я, радуясь, что мы сменили тему. Заговорю

Сереже зубы рассказом о гибели Балды, и он не будет сердиться на меня за напрасное беспокойство. — Гоша, он же Игорь Набалдашкин, — это мой сосед сверху, в минувшую субботу его пристукнули! — оживленно затарахтела я. — Буквально пристукнули, оконной рамой! Покойник застрял в окне и затопил нас водой из переполнившейся ванны, Колян — ты помнишь Коляна, это мой муж? — отправился бить Балде переднюю часть головы, нашел труп, мы вызвали милицию в лице знакомого опера и уехали к морю отдыхать. А когда вернулись, я узнала, что следствие считает убийцей одну такую белобрысую нахалку, прости, господи, что так говорю о покойнице, царство ей небесное...

— Погоди! — взмолился Трофимов. — Все это интересно, но совершенно непонятно! Почему ты называешь убийцу покойницей?

— Да потому, что она наложила на себя руки, прыгнула в море со Скалы Ревнивицы! Помнишь, как раз в субботу в пансионате была большая суматоха, искали и не нашли хозяйку вещей, оставленных на парапете смотровой площадки? Так вот, хозяйкой была эта самая белокурая бестия! — с удовольствием объяснила я.

Хоть с кем-то я могу поделиться распирающей меня информацией!

— То есть девчонка покончила с собой, по официальной версии, — добавила я. — Я лично не думаю, что она шла к морю топиться.

— Откуда ты можешь знать, зачем и куда она шла? — вполне резонно удивился Сережа.

— Здрасьте! Я же видела ее, когда она чапала на дикий пляж, улыбаясь, как невеста, идущая под венец! С таким выражением лица на смерть идут только блаженные и сумасшедшие!

— Может, девица как раз была сумасшедшей? — Собеседник радовал меня неусыпным вниманием к моему рассказу.

— Не исключено. Особенно если учесть новый канадский спиннинг.

— Если учесть — что?!

— Какую-то рыболовную снасть, которую девчонка заказала по Интернету в одной канадской компании и получила за день до смерти, — объяснила я. — В упор не пойму, зачем ей понадобились рыболовные прибамбасы, если она терпеть не могла рыбалку?! Кстати, мне рассказали, что она и мужиков терпеть не могла, так что вообще непонятно, какого черта она пристукнула Балду да еще вешалась на шею Коляну!

— Вешалась на шею Коляну? — тупо повторил Трофимов.

Кажется, я уже основательно заморочила ему голову.

— А, это отдельная история, не буду ее рассказывать, — отмахнулась я. И, противореча себе, тут же рассказала: — Эта белобрыска в субботу утром бежала на свиданье к Балде, перепутала этажи, вломилась в нашу квартиру и в потемках приняла Коляна за своего милого. Честно говоря, я была в шоке! А когда потом увидела эту девчонку в пансионате, решила провести следствие, то есть — мы вместе с Иркой его провели — залезли ночью в соседний номер... А, ладно, это уже не имеет никакого значения! — я решила, что достаточно запудрила Сереже мозги, и он уже нипочем не вспомнит, с чего начался наш разговор. —

Извини, мне тут работать надо, рада была с тобой поболтать! Пока!

— Пока! — озадаченно повторил Трофимов.

Трубку я положила первой. Не удивлюсь, если Сережа еще пару минут обалдело слушал длинные гудки. Кажется, получать сложную для переваривания информацию такими порциями парень не привык, он явно вскормлен на ассорти из морепродуктов. Пожалуй, мне следовало выплеснуть поток сознания на более подготовленного человека — мою дорогую подруженьку. Я уже собралась ей позвонить, но тут пришел видеоинженер Митя и позвал меня на монтаж выступления Архипа Деревянко с его рыбным талисманом.

Ирка словно почувствовала мое желание пообщаться и объявилась сама. Я уже закончила работу и сидела в редакторской, размышляя, допустимо ли покинуть рабочее место за сорок минут до конца трудового дня. Я-то считала, что это не просто уместно, а в высшей степени правильно, во всяком случае, очень гуманно по отношению к работнику, но Мамай, отнюдь не страдающий гуманизмом, мог со мной не согласиться. Поймает на нарушении трудовой дисциплины и опять начнет пилить, или, чего хуже, стращать вычетом из зарплаты, шантажом и угрозами добиваясь согласия на ведение программы с бэккорректором!

Я уже приготовилась скучно отбывать время, оставшееся до финального свистка, когда дверь редакторской широко распахнулась и на пороге выросла знакомая дородная фигура.

— Привет! — вскричала Ирка. — Угадай, что у меня тут?

— А чего тут угадывать? — я прищурилась на обувную коробку, которую она нежно прижимала к груди, и без труда прочитала разборчивую надпись на ярлычке. — У тебя там полусапоги женские замшевые, цвета охры, сорок первого размера.

— Ошибаешься! — торжествующе вскричала подружка, сняла крышку и бережно поставила коробку на мой стол: — У меня тут новый член семьи!

Я заглянула внутрь. Содержимое по ряду параметров вполне соответствовало заявленному на этикетке: цвет охра, замша, размер сорок первый или около того. Только это были не сапоги, а щенок. Если я не ошибаюсь, шарпей.

— Нравится? — с гордостью спросила Ирка.

— Нравится, — кивнула я. — Только я полагала — новым членом вашей семьи будет ребенок, а не шарпеенок!

Ирка уже несколько недель при каждом удобном случае намекала, что у них с Моржиком скоро будет пополнение. Естественно, я думала — они наконец-то собрались стать родителями!

— Нет, что ты, к ребенку мы еще не готовы! — замахала руками подружка.

— Разве? Вы так замечательно ладите с Масянькой! — нисколько не кривя душой, напомнила я.

— Ты же понимаешь, одно дело — замечательно ладить с чужим малышом, и совсем другое — день и ночь налаживать контакт со своим собственным, — рассудила Ирка. — Мы с Моржиком решили сначала потренироваться на собаке. Если благополучно пройдем испытания на животном, перейдем к опытам на людях!

— Разумно, — согласилась я, с интересом и симпатией рассматривая нового члена семейства друзей.

Занятно, но щенок был здорово похож на Ирку:

рыжий, с толстой складчатой мордахой и курносым носом. Только очи у него были не голубые, а желтые, и разрез глаз другой, отчетливо монгольский. Я озвучила свои мысли, и Ирка кивнула:

— Я думаю назвать его Чингисханом!

Маленький Чингисхан что-то пискнул, но смысл его заявления от нас ускользнул.

— Ну, ладно, ждем вас сегодня на крестины, — деловито сказала подружка, вновь накрывая коробку крышкой. — Мы с Чином сейчас отправимся готовить праздничный ужин, а за тобой через полчасика заедет Лазарчук. Заберете Масяню и Коляна и сразу — к нам. Хотя нет, не сразу!

Ирка что-то вспомнила и остановилась на пороге.

— Подскочите по пути к офисному зданию на углу Зеленой и Южной и заберите в фойе Сережу Трофимова.

— Он тоже зван на щенячьи крестины? — удивилась я.

— Можно сказать, сам напросился, — добродушно усмехнулась подруга. — Позвонил мне ни с того ни с сего, спрашивал, как мы поживаем. Между прочим, твоим здоровьем интересовался!

— Душевным, надо полагать? — пробормотала я, краснея под испытующим взглядом подруги. — Я ему, Ир, по глупости всучила телефончик покойного Балды. Хотела помочь решить вопрос со страховкой за разбитую машину. Когда поняла, что сморозила глупость, пришлось перезванивать и извиняться, и вышло так сумбурно, что парень вполне мог принять меня за идиотку.

— Не он первый, не он последний! — съязвила подружка.

И пока я искала, чем в нее запустить, она со смешком испарилась.

Лазарчук приехал за мной ровно в восемнадцать ноль-ноль и не поленился подняться в офис. Дежурная охранница, семидесятилетняя девица-вохровица Бабулина, которую капитан здорово взволновал, предъявив на входе свое служебное удостоверение, примчалась в редакторскую с выпученными глазами с криком:

— Елена, вставай, ты свое отсидела! Давай на выход с вещами! За тобой милиция пришла!

Я выглянула в коридор, увидела шкодно ухмыляющегося Лазарчука, кивнула ему и, сказав взбудораженной Бабулиной:

— Моя милиция меня бережет! — отправилась, как было велено, на выход с вещами.

По пути к моему дому Серега попытался меня допросить:

— Колись, подруга, зачем потащилась на квартиру Марусенко? — строго спросил он. — Бабка тебя сдала с потрохами.

— То есть сказала, что я присутствовала при том, как она обнаружила послание Лилианы в ее компьютере? — уточнила я, желая общаться нормально, а не на жаргоне. — Было такое, верно.

— Значит, факт существования этой записки ты подтверждаешь? А текст помнишь?

— Дословно — нет, конечно, наизусть я его не заучивала.

Лазарчук выжидательно поглядывал на меня, и я постаралась напрячь память.

— В общих чертах — там было написано что-то вроде «Я совершила страшный грех, мне нет прощения, прощайте, люблю-целую, навеки ваша — Лилиана».

Серега заглянул в свою записную книжку и кивнул:

— Вроде близко к тексту. Конечно, если верить бабке.

— Если тебе нужна точность, залезь в домашний компьютер Лилианы и спиши слова, — досадливо посоветовала я.

— К сожалению, не могу, — тоже с досадой сказал Серега. — Бабуля, темная женщина, умудрилась что-то грохнуть во внучкиной машине, от записки не осталось и следа. От всех других текстовых файлов, впрочем, тоже. Приходится верить на слово одной старой клюшке и одной молодой... Тебе, в общем. Так была такая записка, точно?

— Не стану скрывать, была, — подтвердила я.

— Правильно, от милиции и медицины ничего скрывать не нужно, — согласился довольный Лазарчук. — Обещаю, что все твои страшные тайны умрут вместе со мной.

— Да живи ты, ради бога, хватит вокруг меня покойников! — Я перекрестилась. — Никаких страшных тайн у меня нет. Я пошла к Лилиане домой, чтобы доверительно поговорить с ней с глазу на глаз и выяснить, нет ли у нее романа с Коляном.

— Ты в чем-то подозреваешь своего мужа?! — Лазарчук удивился так, словно мой муж был святым, канонизированным еще при жизни.

— Уже нет, — успокоила его я.

— Потому что гражданка Марусенко умерла?

— Это тоже аргумент, — кивнула я. — Кроме того, я узнала, что Лилиана была равнодушна к мужчинам.

— А чего ж она тогда убила своего любовника Набалдашкина?

— А это я у тебя хотела бы спросить! Ты же у нас

профессиональный сыщик, знаток криминальной психологии, людовед и душелюб! — съязвила я.

Серега крякнул и заткнулся. Тут мы как раз подъехали к дому. Няня сдала мне малыша, ребенок с удовольствием принял предложение прокатиться в гости к тете Ире, дяде Моржику и незнакомой собачке, и мы резво покатили дальше.

По дороге Масяня отличился. Наш водитель допустил какое-то несерьезное нарушение правил дорожного движения и был остановлен некстати подвернувшимся инспектором. Пока наш капитан и сержант-гаишник довольно мирно, по-свойски беседовали, обсуждая досадный водительский промах Лазарчука, Мася высунулся в окошко и, указав пальчиком на полосатый жезл инспектора, громко и с выражением процитировал стишок:

— Палка, палка-выручалка, теперь будешь отнималка! — на что сержант закономерно обиделся и в сердцах едва не оштрафовал Лазарчука.

Серега кое-как решил дело миром, но потом еще долго бубнил что-то нелестное про законы наследственности, согласно которым длинный язык и манера лезть не в свое дело передаются из поколения в поколение как доминантный признак. Я предпочла сделать вид, будто не понимаю прозрачного намека, и вступать в перепалку не стала.

Мы заехали за Коляном в редакцию «Партизанской правды», где он применяет свои таланты на поприще газетной верстки и вебмастеринга, а потом подрулили к офисной многоэтажке на перекрестке двух оживленных центральных улиц. Остановиться непосредственно у крыльца Серега не смог, протянул машину чуть дальше, и кому-то надо было сбегать за Трофимовым. Мне так надоело ворчание Лазарчука, что я вызвалась добровольцем.

В конце рабочего дня в холле офисной башни было многолюдно, сотрудники многочисленных контор спешили на волю, запруживая лестницы и перегружая лифты. К тому же в конференц-зале, расположенном на первом этаже, как раз закончился какой-то семинар. Семинаристы и штатные сотрудники разных компаний образовали плотный поток, и я с трудом пробивалась сквозь него, двигаясь против течения. Чтобы найти Трофимова, мне пришлось позвонить ему на мобильник.

Сережа прятался за колонной. Я увидела его, когда он совершенно по-гагарински взмахнул свободной от мобильника рукой.

Держа курс на колонну, как на маяк, я подгребла поближе. Трофимов помог мне выбраться из толпы, и мы очень уютно, даже интимно, устроились в тихом закуточке за колонной.

— Привет! — проорал мне в ухо Сережа, перекрикивая общий гвалт. — Извини, что из-за меня тебе пришлось толкаться в толпе!

— Выбираться наружу будет легче, двинемся по течению! — прокричала в ответ я. — Придется немного пройтись, наш бравый капитан не сумел припарковать машину у здания.

— Какой капитан? — поинтересовался Сережа.

— Милицейский капитан Сергей Лазарчук, оперуполномоченный западного УВД, — важно ответствовала я. — Вообще-то он хороший парень, наш добрый друг, только немного занудлив иногда, особенно если совмещает личные дела со служебными. Ну что, поплыли?

Трофимов кивнул и галантным жестом пропустил даму вперед. Вообще-то в данной ситуации было бы лучше поставить в авангарде крепкого мужика, а не хрупкую женщину, но я как-то об этом не подумала, и Сережа, видно, тоже. Впрочем, в роли ледокола я оказалась недурна, локти у меня острые и орать стервозным голосом: «Поберегись! Краску несу!» — я умею не хуже других. Трофимов мягко, но решительно подталкивал меня сзади, и мы прорвались на крыльцо без особых потерь, разве что помялись немного.

— Фу-у-у! — выдохнула я, оправляя на себе перекрутившуюся куртку. — А теперь марш-бросок по пересеченной местности!

Я зайчиком запрыгала по тротуару, обходя лужи, но вскоре сообразила, что бегу в одиночестве, и оглянулась. Трофимов, стоя в просторной луже имени безвестного африканского бегемота, прижимал к уху телефонную трубку.

Договорив, он развел руками и виновато улыбнулся:

— Вот незадача! Похоже, ты зря рисковала здоровьем, разыскивая меня в толпе! Для меня праздник отменяется, я должен срочно вернуться на работу! — договорив, он развел руками и виновато улыбнулся.

— Ну что поделаешь! — Я не стала его отговаривать. Сама отчасти трудоголик, понимаю, когда работа требует, чтобы ее поставили во главу угла. — Если освободишься пораньше, приезжай на такси.

Трофимов кивнул, развернулся и поскакал по лужам в обратном направлении. Я пожала плечами, продолжила свой путь и вскоре присоединилась к компании в капитанской «Ауди».

Сколько раз замечала, что неприятности бывают заразными, как ветрянка! Едва я успела объяснить Коляну и Лазарчуку, почему со мной нет Сережи Трофимова, а они дружно посочувствовали невезучему парню, как затрезвонил мой собственный мобильник. Вадик, скрежеща зубами, поведал о новой подлости Мамая.

Этот нехороший человек-редиска, посмотрев материалы выступления перекошенного кандидата Суслопарова, потребовал, чтобы его немедленно переделали, и самолично вызвонил вышеупомянутого господина на перезапись. Дисциплинированный кандидат пообещал примчаться сегодня к семи часам вечера, из-за чего я должна была отказаться от удовольствия погулять на собачьих крестинах и немедленно лететь обратно в студию. Утешало только то, что Мамай, по словам Вадика, обещал компенсировать расходы на такси. Я тут же решила, что удвою эту сумму, чтобы после перезаписи тоже на такси поехать к Ирке.

Несмотря на то, что рабочий день официально закончился, в студии было шумно и многолюдно. Оставались на своих местах дежурный выпускающий прямого эфира, видеоинженеры, занятые срочным монтажом новостной программы, режиссер и ведущая прогноза погоды. Главред Мамаев общался в своем кабинете то ли со спонсорами, то ли с заказчиками. Да один Вадик, в гневе бегающий по стенам, шумел за троих! У моего напарника были свои планы на вечер, а Мамай коварно их нарушил, и Вадик громогласно проклинал его, нисколько не смущаясь, что шеф может его услышать. Впрочем, проклиная начальника, оператор называл его не по имени-отчеству, а исключительно ругательствами, содержащими слово «мама».

Торопясь разбежаться и продолжить вечер в более приятной обстановке, повторную запись мы провели с рекордной скоростью, и я присоединилась к родным и друзьям на празднике собачьей жизни, когда еще не было девяти. Погуляли мы неплохо и домой вернулись уже за полночь на такси. Поразмыслив, я решила, что Мамай не треснет, если я увеличу сумму своих транспортных расходов втрое.

7.

Утром нового дня церемония чаепития в редакторской была скомкана. Едва я успела надкусить ломоть пирога, испеченного бессонной Дашуткой, как в комнату вломился наш беспокойный главный редактор. Видок у Мамая был примерно такой же, как у его ордынского тезки после одноименного побоища. Народ с испугу начал давиться пирогом и чаем, и редакторская огласилась мучительным кашлем и перханьем.

— Вы слышали? — Мамай с опрокинутым лицом застыл посреди комнаты на одной ноге.

Мы прислушались, но единственным новым звуком, который добавился к общему аудиофону после вопроса шефа, было змеиное шипение Вадика, который облился горячим чаем.

— Какой ужас! — вскричал меж тем Мамай, трагически заломив руки.

Мы насторожились и дружно выказали желание узнать, о каком конкретно ужасе идет речь.

Леденящее душу предположение, что нам опять задержат зарплату, к счастью, не подтвердилось.

— Орлик взлетел на воздух! — сообщил главред.

Это не вызвало в массах бурной реакции. Жизнь пернатых наше телевизионное сообщество интересовала как-то поверхностно. Мы же не Би-би-си, фильмов о живой природе не делаем!

— Вы не поняли? — Мамай огорчился черствостью вверенного ему коллектива. — Орлов взорвался!

Это уже было гораздо занимательнее.

— Это который Орлов? — спросил Женька, с усилием проглотив забытый во рту кусок пирога. — Который прихвостень бэккорректора?

— Био-энерго-кармо-корректора! — по слогам произнес Мамай, обиженный пренебрежением к его любимому клиенту.

— Венька-Веник, шустрое помело? — вставил словечко Вадик.

Мамай смирился с нелестной оценкой дорогого его сердцу Орлова и молча кивнул.

Веньку-Веника мы знали, но никогда особо не жаловали. Этот не в меру ушлый парниша работал в паре с бэккорректоршей, как рыба-лоцман с акулой. Охмурял пациентов, договаривался о рекламе, ублажал суровых налоговиков — в общем, всячески суетился.

— И как же Веник взорвался? — хладнокровно поинтересовалась я.

Живой или мертвый, Орлов не вызывал у меня никакой симпатии. Он вместе со своей прилипчивой бэккорректоршей надоели мне хуже горькой редьки.

— Бам! Тарарам! Бу-бух! — экспрессивный Мамай с готовностью показал, как именно взорвался Веник.

— Лопнул от жадности? — уточнил Вадик, намекая на бессовестно высокие гонорары, которые брали акула и ее лоцман.

— Нет! Подорвался на бомбе!

— Глубинной? — ляпнула я, живо представив себе сладкую рыбную парочку, разлетающуюся после столкновения с шипастым черным шаром на множество порционных кусочков более или менее деликатесных морепродуктов.

— Пластиковой! — Шеф решительно не желал видеть в случившемся комические моменты.

— На настоящей пластиковой бомбе? — вздрогнув, переспросила Дашутка. — Которая сделана из пластиковой взрывчатки?

— И именно поэтому она взрывается: бум! — Мамай охотно повторил свою пугающую пантомиму, а затем по просьбе публики развил тему более членораздельно.

Трагизм ситуации доходил до народа медленно, с трудом. Казалось совершенно невероятным, чтобы Венька Орлов стал жертвой киллера, однако на данный момент уже было достоверно известно, что в заплечном рюкзачке Веника сработало взрывное устройство, эквивалентное пятидесяти граммам тротила. Судя по малой мощности заряда, о террористическом акте речи не было, к уничтожению предназначался именно Венька, таскавший свою сумку на левом плече.

— Совсем, как я! — невольно вздрогнув, пробормотала я.

Бомба рванула у сердца приговоренного Орлова, когда он бодрым шагом топал от автопаркинга, где оставил свою машину, в сторону нашей телекомпании. Кроме самого Веньки, никто не пострадал, зато сам он пострадал так, что дальше некуда.

— Предлагаю почтить память нашего товарища минутой молчания! — предложил Мамай, стянув с лысины воображаемую шляпу.

— Гусь свинье не товарищ! — шепотом вякнул непримиримый Вадик.

— Мы в этой твоей версии кто — гуси или свиньи? — тоже шепотом поинтересовалась я.

Вадик задумался, а я ждала ответа, оба мы замолчали и потому вполне органично влились в общее траурное мероприятие. Минута молчания закончилась, Мамай нахлобучил на макушку воображаемый головной убор и вполне нормальным сволочным голосом поинтересовался, долго ли мы будем уклоняться от трудовых обязанностей, к которым должны были приступить ровно в девять ноль-ноль?

Мы с Вадиком пошли и приступили. Милым образом записали выступление очередного кандидата, который ничем особенно не запомнился, кроме банального дефекта речи. Кандидат так пришепетывал и подсвистывал, что с закрытыми глазами его болтовню запросто можно было перепутать с кипящим чайником, у которого из носика валит пар и излишки воды выплескиваются на раскаленную плиту. В связи с этим пить чай мне расхотелось, и в обеденный перерыв я унеслась кормиться в стейк-бар «Пекло». Ирка, которую я вызвонила, обещала составить компанию и не обманула. Сегодня у подружки был не рыбный день, так что ничто не мешало считать его мясным.

Уплетая вкусное жареное мясо, мы разговаривали о том, что занимало мои мысли все последние дни.

— Как думаешь, почему Лилиана приехала в тот же пансионат, что и мы? — спросила я.

— Потому, что в окрестностях именно этого пансионата расположена знаменитая Скала Ревнивицы, с которой эта Лилиана собиралась прыгнуть, — не задумываясь, ответила подруга.

— Забудь о прыжке со Скалы Ревнивицы, — попросила я. — Вот чует моя душа, она вовсе не собиралась прыгать со скалы!

— Чем докажешь? — заинтересовалась Ирка.

— Пока ничем, но я уверена, что самоубийство в планы гражданки Марусенко не входило!

— Хм... Тогда почему она приехала именно в этот

пансионат? — подружка повторила мой собственный вопрос.

— Если бы знать! — Я пожала плечами, подтерла остатки соуса на тарелке хлебной корочкой, съела ее, прожевала и спросила: — А почему мы сами приехали именно в этот пансионат?

Признаться, этот вопрос пришел мне в голову с сильным запозданием, я вполне могла задать его и раньше. Место для отдыха выбирали Ирка с Моржиком, и они же выступали спонсорами мероприятия.

— Потому что администрация этого заведения закупила в нашей фирме большую партию саженцев декоративных растений, цветочных семян и садовых аксессуаров и настоятельно просила нас взять часть оплаты бартером, то есть путевками! — легко ответила Ирка.

— Так... А ведь Лилиана приехала не по путевке! — вспомнила я. — Она не была постоялицей отеля, потому что в субботу вечером, когда Лилиана уже предположительно сиганула со скалы, администрация пансионата пересчитала всех гостей и обнаружила полный комплект!

Ирка немного подумала, скосив глаза на пустую тарелку и забыв за щекой непрожеванный кусок мяса. Это придало ей вид страдалицы, мучимой флюсом и косоглазием одновременно.

— Значит, она приехала в гости к кому-то, кто был постояльцем! — рассудила она наконец.

Я кивнула:

— А к кому?

— Чего проще узнать! — Ирка потянула из сумки мобильник. — Телефон пансионата в памяти моего сотового, звони и спрашивай, на кого был оформлен номер, соседний с нашим. Ведь это из него вышла Лилиана, так?

— Знаешь, я теперь не уверена, что она вышла из этого номера, — призналась я. — Возможно, она просто стояла у двери. Может, хотела войти, стучалась, но ей не открыли, тогда она повернулась и ушла.

— Так давай хотя бы выясним, к кому именно она стучалась и кто ей не открыл! — Видя, что я не спешу взять мобильник, подружка начала действовать сама.

Через полминуты она уже вовсю болтала с кем-то, кто представлял администрацию отеля и при этом знал и высоко ценил роль фирмы «Наше Семя» в ответственном деле озеленения территории пансионата.

— Я попросила узнать, за кем числился одноместный номер «24» в субботу и воскресенье. Человечек наведет справочки и перезвонит, — пообещала она, выключив телефон. — Ну, какие еще есть неразрешимые вопросы? Говори, пока я расположена помогать!

Я посмотрела на часы и сказала, что проблемой, настоятельно требующей разрешения, в данный момент является транспортная, потому как я опаздываю на работу.

— Да подвезу я тебя, подвезу, не волнуйся! — милостиво кивнула подруга. — «Шестерка» стоит за углом, ехать всего ничего, так что успеешь в свои рудники, не сомневайся!

Зная ее незаурядное водительское мастерство, я и не усомнилась, а зря! На подъезде к оживленному перекрестку случилась большая неприятность: у верной Иркиной «шестерки» вдруг отказали тормоза!

— Что за черт? — без испуга, просто с недоверием пробормотала подруга, когда ее белый конек понесся, как закусивший удила скакун, абсолютно не реагируя на команду «Тпру-у!», тщетно подаваемую Иркой посредством неисправных тормозов.

— Ты куда летишь, Шумахерша?! — взвизгнула я. — Мы сейчас в «мерс» врежемся!

— В «мерс», положим, не врежемся, — пробурчала Ирка, закусив губу и обойдя упомянутый автомобиль справа по крутой дуге. — А вот в «бэху» вполне можем влупить, если она не подвинется!

«Бэха», спасибо ей, предупредительно подвинулась, и мы обошли ее слева, а потом заскользили между автомобилями в режиме слалома. Этот маневр у Ирки получался лихо, просто на загляденье. Я бы и загляделась, если бы от страха не зажмурилась!

Светофор на перекрестке крайне не вовремя зажег желтый глаз, и Ирка грязно выругалась, затейливыми словами изложив одну простую, как портянка, мысль: нам конец. Она, правда, употребила другое слово, условно синонимичное. Вообще же она сказала что-то вроде того, что на такой-то зеленый свет эти такие-растакие машины остановятся, и мы сделаем того-этого кому-нибудь в это самое, после чего нам будет полное то-се, так их всех разэтак!

Пока подружка перебирала буквы родного алфавита, я открыла один глаз, увидела стремительно приближающуюся громадину тормозящего впереди «КамАЗа», ахнула и снова зажмурилась, втянув голову в плечи, вжавшись в спинку сиденья и судорожно вцепившись в правый подлокотник. «Боже, пронеси!» — мелькнуло в мозгу.

И боже пронес! Вернее, он сподобил Ирку вовремя заметить справа разбитую глинистую колею, сворачивающую на пустырь к котловану стройки. Матерно поблагодарив господа нашего, Ирка круто заложила вправо. Из среднего ряда, подрезав маршрутку на крайней полосе, «шестерка» на двух колесах влетела в поворот и плюхнулась на все четыре посреди большой грязной лужи (я снова некстати вспомнила африканских бегемотов, ведущих на зависть спокойную жизнь!). Машина сквозь бурую завесу высоко взметнувшихся брызг взлетела на большую кочку, ухнула вниз, дребезжа, как посудный шкаф во время землетрясения, прокатилась по пологому длинному склону, по собственной инициативе развернулась и, двигаясь юзом, аккуратно приткнулась к земляной стене котлована.

Скорчившись и зажмурившись, я еще ожидала удара, а Ирка весело выругалась и сказала:

— Катились опасно, но припарковались безупречно!

Я разлепила ресницы и посмотрела в окошко. За ним был вертикальный откос, с него с тихим шорохом осыпались комочки земли и мелкие камешки. Я придавила ладонью сильно бьющееся сердце и начала считать до десяти, чтобы успокоиться, но сразу после тройки сбилась, вдохнула побольше воздуха и заорала на блаженно улыбающуюся подружку:

— Ты чего лыбишься, гонщица чокнутая?! Мы чуть не разбились, мать твою так!

И я тоже походя осуществила ревизию наиболее выразительных букв кириллического алфавита.

— Не ругайся, — поковыряв пальцем в ухе, попросила Ирка. — Я не виновата, у нас тормоза отказали!

— С чего это они вдруг отказали? Ты только на прошлой неделе в автосервисе была, проверялась по полной программе! — напомнила я.

— Вот именно! — перестав улыбаться, сказала Ирка.

Она завозилась, открыла дверцу и вылезла из машины, бросив мне через плечо:

— Слышь, подруга? Не нравится мне это!

Дверца с моей стороны не открывалась, ее подпирал откос, так что пришлось мне выбираться следом за Иркой в левую дверь. Когда я, возмущенно сопя, вылезла наружу, Ирка уже сидела на корточках перед передним бампером «шестерки», скривив шею и с неудовольствием глядя машине под брюхо.

— Что там? — спросила я.

— Капает, — коротко ответила она.

Ирка поднялась, отряхнула руки, оглядела линию горизонта, обозначенную дальним краем котлована, и задумчиво сказала:

— Знаешь, или я ничего не понимаю в машинах, или мне перерезали тормозной шланг!

— Я бы предпочла, чтобы ты ничего не понимала в машинах! — проворчала я. — Потому что если тебе перерезали тормозной шланг, значит, тебя хотели угробить!

— Интересно, кто? — призадумалась подружка.

Мы увлеченно перебирали всех ее явных врагов и тайных недоброжелателей, включая бывшую свекровь и отвергнутого ухажера из пятого «Б» класса, когда к нам в котлован прикатила патрулька ГИБДД. Инспектор хладнокровно выслушал мой эмоциональный рассказ и Иркины сухие комментарии, после чего не поленился повторить опыт подружки, изучил автомобильное подбрюшье и убежденно сказал:

— Кирдык тормозам!

— Хорошо, что нам не кирдык! — передернув плечами, как танцовщица, исполняющая «Цыганочку», заметила я.

— Хорошо, — согласился инспектор. — Хорошо, но странно!

Со странностями предстояло разбираться специалистам. Для нетранспортабельной «шестерки» вызвали эвакуатор, Ирку пригласили проехаться в патрульке, а я была вынуждена вызвать себе такси.

Прежде чем сесть в наемный экипаж, я с подозрением спросила водителя:

— А как у вас с тормозами?

И, получив заверения, что с тормозами у такси все в полном порядке, на всякий случай все-таки заставила шофера заглянуть под машину. Там ничего не капало, поэтому я более или менее успокоилась и уже через десять минут на ватных ногах вползала по лестнице, ведущей в офис нашей телекомпании.

— Елена, стой! — рявкнула на меня Бабулина. — Ты где шастала, на погосте? С такими ногами в помещение не пущу!

Вздрогнув при упоминании погоста, я опустила глаза и посмотрела на свои ноги, желая узнать, чем они не понравились строгой вахтерше. Вообще-то ноги у меня очень даже ничего, достаточно длинные и стройные, и высокие кожаные сапоги, которые я обула, чтобы немного порадовать Вадика и подобных ему ценителей прекрасного, только подчеркивают их красоту.

Оказалось, что Бабулиной не приглянулись именно мои сапоги. В настоящий момент они больше походили на калоши с гетрами, потому что были по щиколотку испачканы рыжей грязью.

— Ладно, пойду помою! — Я развернулась и поплелась на первый этаж.

Запершись в туалетной комнате, я стянула с ног сапоги и старательно вымыла их чистой тряпочкой с мылом, а потом досуха вытерла мягкой бумагой и полезла в сумку за коробочкой со средством для обуви. Этот пластмассовый пенал с губкой, пропитанной бесцветным кремом, я положила в свою торбу еще вчера утром, когда надумала обуться в сапоги. Чтобы они смотрелись максимально эффектно, их приходится регулярно чистить и наводить на черную кожу классический сапожный блеск.

Увы, коробочка из сумки исчезла! То ли я ее где-то посеяла, то ли ее нахально свистнули. Ничего удивительного, моя сумка то и дело сиротеет на столе в редакторской в отсутствие хозяйки. Хотя очень странно, что у меня стащили именно сапожный блеск, а не бумажник с деньгами и кредитками или карманный компьютер!

Подумав так, я быстренько перешерстила сумку и проверила, на месте ли все остальное барахло и более или менее ценные вещи. Вроде ничего больше не пропало.

Я натянула сапоги, которым огорчительно недоставало сияния, и снова потопала на второй этаж.

— Вот теперь совсем другое дело! — одобрительно сказала Бабулина, уже не препятствуя моему продвижению в коридор.

Я прошла в редакторскую, шлепнула сумку на стол, сама шлепнулась на стул и подперла голову кулаками.

— В чем дело? — спросил Вадик, с трудом отклеив взгляд от выреза кофточки Дашутки, с которой они увлеченно разгадывали кроссворд.

То есть это простушка Дашка увлеченно разгадывала кроссворд, а нахал Вадька нависал над ней, увлеченно разглядывая девичье декольте.

— У меня пропал сапожный крем, — грустно ответила я.

— Возьми мой, — предложила девушка.

— А еще я попала в автомобильную аварию, — не ответив на любезное предложение коллеги, я продолжила перечисление своих бед. — У Иркиной машины на перекрестке отказали тормоза, и мы с подружкой уцелели только чудом.

— Так чего же ты куксишься? Радоваться должна, ведь тебе повезло! — заявил оператор.

Я подумала немного и признала, что он в чем-то прав.

— Судьба сохранила тебе жизнь, чтобы ты могла закончить свою миссию! — возвестил Вадик.

— Какую именно? — Я напряглась.

Не люблю героический пафос! У нас как историческая миссия, так непременно гадость какая-нибудь!

— Главную миссию! — Вадик подошел, взял меня за руку и сдернул со стула: — Пойдем, подруга! Мы должны записать еще одного кандидата, или родина в лице Большой Мамочки нас не простит!

Большая Родина-Мамочка — это был аргумент. Я оставила попытки сопротивления и поплелась за напарником в студию, где уже гнездился очередной гость.

Он устраивался за столом хлопотливо и основательно, словно собирался остаться у нас надолго по принципу «я к вам пришел навеки поселиться». Разложил на столешнице ручки, карандаши, блокноты, зачем-то пристроил под левой рукой карманный календарик, а под правой — луковицу секундомера. Это меня насторожило. Ладно, я еще могу понять, к чему тут секундомер — человек боится, что не уложится в регламент. Но календарик ему зачем? Мы ж ему десять минут даем, а не десять лет!

Я оглянулась на Вадика.

— Чемоданов Юрий Вадимович, — подсказал он, пожав плечами.

Типа, что возьмешь с Чемоданова! Я подумала, что человек с такой фамилией действительно может себе позволить идти по жизни с грузом больших и мелких вещей, и с новым интересом оглядела гостя.

Вполне симпатичный дядька, в хорошем костюме, с виду — абсолютно нормальный, чего это его в депутаты несет?

Вадька пошел цеплять на гостя аудиопетличку, а когда вернулся, шепотом спросил:

— На нем значок. Что он означает, не знаешь?

Я пригляделась и увидела на лацкане чемодановского пиджака золотой кружочек размером с десятикопеечную монету или чуть меньше с изображением крутой спирали, напоминающей символическое изображение улиточного панциря. Если я не ошибаюсь, математики называют такую кривую «эвольвента».

— Не знаю, но обязательно спрошу! — пообещала я.

Значок, красиво поблескивающий на фоне темного габардина, был точной копией той сережки, которую потеряла, спасаясь бегством из квартиры Балды, Лилиана Марусенко.

— Значит, то была не сережка, — пробормотала я.

— О каком Сережке ты говоришь? — ревниво поинтересовался Вадик. — Нашла время думать о посторонних мужиках! Все внимание на господина Чемоданова! Ахтунг! Пишемся!

Каюсь, речь кандидата Чемоданова я пропустила мимо ушей. Таращилась, как загипнотизированная, на его нагрудный знак и нетерпеливо ждала окончания записи.

— Это все! — сообщил оратор, завершив выступление и не дождавшись рукоплесканий.

— Отлично! — опередив Вадика, я пошла избавлять гостя от петлички и как бы между прочим спросила: — А что это за значок у вас такой красивый? Партийный, наверное?

— Скорее, корпоративный, — охотно ответил польщенный вниманием Чемоданов. — Отчасти это сувенир, отчасти награда от руководства компании, в которой я работаю.

— Дайте, я угадаю! — Азартный Вадик зажегся, как бенгальская свеча.

Он нарисовал пальцем в воздухе крутую спираль и предположил:

— Это звукозаписывающая компания, да? Спиралька напоминает о звуковой дорожке граммофонной пластинки?

— Нет, нет! Это...

— Молчите! — осадил гостя разошедшийся оператор. — Я сам! Это... м-м-м... Сахарный завод? А спиралька напоминает рисунок на срезе свеклы? Нет? Тогда это бумажный комбинат, а спираль символизирует свиток пергамента! Тоже нет?! Кондитерская фабрика и рулет!

— Нет, это...

— Я сам!!! Мясокомбинат и поросячий хвостик? Производство покрытий для пола и скрученный ковер? Опять нет?! Да что за черт!

Я с интересом наблюдала за напарником. Он не на шутку завелся, пытаясь решить задачку. Похоже, недавнее разгадывание кроссворда все-таки оказало на Вадика определенное влияние, и он втянулся в процесс.

— Компания «Рога и копыта» и бараний рог, да? Нет? Швейная фабрика и катушка ниток! Снова нет?!

— Вадик, пойди, попей водички, ты что-то слишком разгорячился! — посоветовала я.

— Водичка, точно! Вы производите питьевую воду или оборудование для бассейнов, а на значке нарисована волна!

— Нет, это просто...

— Тихо!!! — Вадька топнул ногой. — Ваша компания — это сеть парикмахерских, и на значке нарисован локон! Так или нет? Так, я вас спрашиваю?!

Разбушевавшийся оператор выглядел пугающе, и господин Чемоданов явно робел ему возражать, но и врать ему не хотелось — должно быть, депутатская совесть не позволяла. Возникла неловкая пауза, до краев заполненная угрожающим сопением Вадика. Ее в высшей степени удачно оборвало появление в студии режиссера.

— Вы закончили? — вежливо поинтересовался Слава, которому наше руководство вменило в обязанности вежливо встречать и выпроваживать гостей-кандидатов.

По лицу Вадика было видно, что, когда он закончит, его руки будут обагрены кровью. Славе хватило ума просечь ситуацию, он заговорщицки подмигнул мне и сказал:

— Вадька, тебя к телефону. Приятный женский голос!

Приятные женские голоса мой напарник никогда не игнорирует. Мужской интерес возобладал над кровожадностью, и Вадик унесся из студии, едва не опрокинув застрявшего в дверях Славу.

— На самом деле наша компания производит матрасы! — опасливо покосившись на дверь, почему-то шепотом сказал мне господин кандидат. — Матрасы на пружинном блоке, отсюда и спираль.

— Понятно, — кивнула я.

Мне было абсолютно все равно, что там нарисовано — диванная пружина или земляной червяк. Меня интересовало другое: как корпоративный значок матрасников попал к Лилиане Марусенко? Любезный господин Чемоданов по собственной инициативе подсказал мне способ найти ответ на мой невысказанный вопрос.

— Это золотой знак, личный, именной, — с гордостью поведал он. — Как медаль или орден!

— У орденов есть номера, — быстро сказала я.

— У наших значков они тоже есть, вот тут, на обороте, — Юрий Вадимович кивнул и хотел было отцепить с пиджака свой золотой матрасный знак, но я вежливо отказалась.

Под предлогом необходимости правильно подписать его в титрах я попросила у гостя визитку и бережно спрятала ее в карман. Выдастся свободная минутка, позвоню в матрасную компанию господина Чемоданова, назову номер значка Лилианы Марусенко и спрошу, кому и за что он выдан. Жутко интересно, за какие-такие матрасные заслуги наградили золотой медалькой белокурую бестию?

Свободная минутка выдалась у меня сразу после убытия восвояси господина Чемоданова. Прогнав прочь Вадика, который шумно сердился оттого, что не нашел ни в одном служебном телефоне достаточно приятного ему женского голоса, я достала из кармана визитку Ю.В.Чемоданова, заместителя директора ООО «Соня», выбрала из столбика телефонных номеров тот, который был особо отмечен как факс, и позвонила по нему. Обиженный Вадик тем временем убежал искать обманщика Славу, громогласно обещая его убить.

Как я и ожидала, телефон-факс был установлен в приемной директора. Барышня-секретарша, поначалу не слишком любезная, заметно подобрела, когда я назвала свое имя и место работы. Трудовой коллектив ООО «Соня» был в курсе того, что их замдиректора идет во власть, и путь его при этом пролегает через нашу телекомпанию. Дождавшись, пока женский голос в трубке станет настолько приятным, что это устроило бы даже придиру Вадика, я объяснила секретарше ее задачу. Она обещала навести справочки и перезвонить.

В ожидании обещанного звонка я съела шоколадку, завалявшуюся в ящике стола, и выпила кофе. Вернулся по-прежнему сердитый Вадик. Славу он не нашел и, соответственно, не убил, зато обнаружил, что я в одиночку, не поделившись с напарником, съела целый шоколадный батончик, и начал кричать, что убьет меня. Жить стало веселее, а тут еще позвонила Ирка с хорошей новостью.

— Все не так плохо, как мы думали! — сообщила она. — Специалисты посмотрели тормозную систему. Говорят, нельзя с уверенностью сказать, что ее умышленно вывели из строя!

— Разве ты могла повредить ее сама? — удивилась я. — Как, интересно? Ездой по сильно пересеченной местности, включая заградительные сооружения — колючую проволоку и противотанковые ежи?

— Я такого за собой не помню, но специалистам виднее, — сказала упрямая Ирка. — А мне хочется верить, что поломка случилась сама по себе. Очень, знаешь ли, неприятно думать, что кто-то хочет меня убить!

— Верю, — согласилась я, покосившись на беснующегося Вадика.

— Ой, слушай! — Ирка ойкнула и надолго замолчала.

— Ой, слушаю! — напомнила я, не дождавшись продолжения.

— Слушай, а что, если убить хотели не меня, а тебя? — неприлично радостно молвила оживившаяся Ирка. — Мы с тобой вместе сидели в кафе, было ясно, что я подвезу подругу на работу, и злоумышленник нашел превосходный способ тебя грохнуть!

— Знаешь, версия специалистов нравится мне гораздо больше, чем твоя! — подумав, сказала я. — Давай все-таки будем считать, что тормоза сломались сами.

— Давай, — охотно согласилась подружка. — Зачем нам себя нервировать? Знаешь, зачем я тебе звоню?

— Чтобы меня нервировать, — буркнула я.

— Да нет же, чтобы сказать, что мне перезвонил человечек из пансионата! Одноместный номер, соседний с нашим, в минувшие выходные по бартеру оккупировала фирма «Пингвин».

— Фамилия и имя конкретного пингвина? — деловито спросила я, придвигая к себе блокнот.

— Конкретную фамилию мой человечек не узнал, — с сожалением сказала Ирка. — Он, человечек этот, больше по коммерческой части, а за размещение не отвечает. Сказал — ООО «Пингвин», и все.

— Вот интересно, чем может заниматься фирма «Пингвин»? — задумалась я вслух.

Вадик, услышав мои слова, встрепенулся, как старая полковая лошадь при звуках трубы.

— Может, это птицефабрика? — предположила Ирка.

— Птицефабрика? Нет, вряд ли.

— Почему это — вряд ли? — уперлась она. — Сейчас, когда повсюду свирепствует эпидемия куриного гриппа, морозоустойчивая заполярная птица с хорошим иммунитетом как никогда в цене!

— Насчет морозоустойчивости — это ты хорошо придумала, — согласилась я. — В принципе, «Пингвин» — это отличное название для холодильного комбината или фабрики мороженого!

— Или для швейной фабрики, производящей куртки на пингвиньем пуху! — завелся Вадик. Похоже, гаданье на спиральке не истощило его интеллектуальный потенциал. — Или даже не куртки, а перины!

— Ага, матрасы! — ехидно сказала я.

— Убью тебя! — угрюмо пообещал Вадик, разом растеряв весь свой пыл.

— Ленка, я не ослышалась, там кто-то грозится тебя убить? — заволновалась Ирка.

— Это просто Вадик, его не стоит принимать всерьез, — успокоила я ее.

Вадик снова недовольно забубнил, но я закрыла свободное от трубки ухо ладошкой и спросила подружку:

— Ирусик, а Моржику ты рассказала про наше сегодняшнее приключение с тормозами?

Имя Иркиного супруга пришло мне на ум в связи с упоминанием морозоустойчивой заполярной живности. Подружка, вновь помрачнев, призналась, что Моржика она тревожить не стала и теперь сомневается, правильно ли поступила.

— Правильно, — сказала я, не особенно, впрочем, уверенно. — Мужчины — существа нежные, их надо лелеять и беречь.

Ирка приободрилась и выразила желание закончить разговор, чтобы сей же момент начать лелеять нежного Моржика. Мы распрощались, условившись созвониться завтра.

Часы показывали половину шестого, до конца рабочего дня оставалось еще полчаса, но наглый Вадик уже собрался на выход. Строгая охранница Бабулина указала ему на явное нарушение трудовой дисциплины, но оператор проникновенно сказал ей, что мужчины — существа нежные, их надо лелеять и беречь, и удалился, демонстративно обнимая сам себя за бока. Я тоже наплевала на Трудовой кодекс и последовала примеру напарника, разве что не стала заключать себя в объятия. Нарциссизмом я не страдаю.

Мимо Бабулиной, которая продолжала осмысливать программное заявление Вадика, я проскользнула без проблем, но на первом этаже меня решительно тормознули.

— Стой, кто идет! — весело прокричала, выступив из-под лестницы, Лизавета Галкина по прозвищу Коробейница.

Лизка со своей коробушкой опять устроилась в чуланчике, подстерегая потенциальных покупателей.

— Лиза, мне некогда! — взмолилась я, попытавшись на полной скорости прорваться мимо Коробейницы.

С таким же успехом можно было в одиночку штурмовать линию Маннергейма! Лизавета, что паучиха — рук у нее явно больше, чем у среднестатистического человека! Одной правой Лизка удержала дверь, одной левой схватила за рукав меня, и еще какими-то запасными конечностями выцепила из пре-огромной сумы ярко-красный предмет, напоминающий спасательный жилет.

— Ленчик, взгляни сюда, это именно то, что тебе нужно! — с апломбом заявила Коробейница.

— Ладно, показывай, что там у тебя, только быстро!

— Это потрясающая вещь — суперкорректор осанки! — торжественно сказала Лизавета. — Изумительный ортопедический прибор, приобрести который можно только у меня, потому как в нашем регионе я единственный официальный дилер завода-производителя!

— Вот это потрясающая вещь? — Я без особого восторга посмотрела на изумительный суперкорректор и нашла, что он похож одновременно и на кургузую жилетку дорожного рабочего, и на массивный лифчик исполнительницы танца живота.

— Надевай, — непререкаемым тоном велела она, бесцеремонно расстегивая «молнию» моей куртки.

— Ты спятила?!

— Надевай, говорю! — повторила Коробейница, стягивая куртку с моих плеч. — За примерку денег не беру!

— О господи! — беспомощно простонала я, понимая, что от прилипчивой Лизаветы так просто не избавишься. — Ладно, я эту штуку примерю, но не надейся, что куплю!

Она проворно избавила меня от куртки и взамен напялила свою ортопедическую фигню. После легкой стеганой курточки супержилетка показалась мне неимоверно тяжелой.

— Там что, свинцовые пластины?

— Не свинцовые пластины, а кармашки с песком, — невозмутимо ответила Лизка, хлопотливо оправляя на мне красное безобразие. — Смотри-ка, а ведь отлично сидит!

— Я бы и сама присела, — пожаловалась я. — Этот твой корректор тяжелее туристического рюкзака с полным снаряжением!

— Не преувеличивай, — отмахнулась Коробейница. — Вес суперкорректора строго рассчитан и распределен таким образом, чтобы не травмировать позвоночник, а только прижимать крыловидные лопатки и провоцировать правильный разворот плеч. Будь тут зеркало, ты сама увидела бы, что в суперкорректоре у тебя осанка, как у примы-балерины, хотя обычно ты сутулишься!

— Вовсе я не сутулюсь! — обиженно возразила я.

— В суперкорректоре действительно не сутулишься! — согласилась Лизка.

Она оглядела меня, с преувеличенным удовольствием цокнула языком и великодушно предложила:

— Проверь, каков прибор в носке.

— Спасибо, не надо! — Я попыталась снять жилетку на подкладке из перемежающихся кубиков поролона и мешочков с песком, но Коробейница мне воспрепятствовала.

— Суперкорректор достаточно надевать два раза в день на полчаса, — сообщила она, выкручивая мне руки во всех смыслах, включая прямой. — Ты можешь носить его утром и вечером, по дороге из дома на работу и обратно! Под стеганой курткой прибор совершенно незаметен!

— Ладно, черт с тобой! — сердито сказала я. — Так и быть, поползу домой, сгибаясь под тяжестью твоего суперкорректора! Отдай куртку и не держи дверь!

— Вовсе и не сгибаясь! — победно улыбнувшись, молвила Коробейница. — Сейчас ты стройна, как пирамидальный тополь!

— Чтоб ты знала, пирамидальный тополь — самое неустойчивое дерево в наших широтах, у него корневая система слабая! — язвительно ответствовала я, поспешно натягивая и застегивая куртку.

— Тебе нужно укрепить корневую систему? — по-своему поняла Лизавета. — Без проблем! У меня есть превосходный прибор для стимуляции опорно-двигательного аппарата, сейчас покажу!

Коробейница потянулась к сумке, а я ударила своим опорно-двигательным аппаратом в дверь, вывалилась на крыльцо и убежала, даже не попрощавшись. Еще легко отделалась!

Заскочив за угол, я затормозила, собираясь снять тяжелую песочную жилетку, но увидела поспешающий к остановке трамвай номер четыре и снова побежала. Зная по опыту, что интервал движения «четверок» в час пик составляет двадцать пять минут, я не хотела упустить свой транспорт.

Упустить, однако, пришлось. Я уже почти настигла не в меру резвый трамвай, когда затрезвонил мой мобильник. Пропускать звонки я не люблю, а разговаривать по телефону на бегу не умею, так что волей-неволей пришлось остановиться.

Звонила секретарша из фирмы «Соня». Она выполнила мою просьбу и узнала, что почетный золотой знак с номером, который я назвала, руководство компании торжественно презентовало директору рекламного агентства «Ю-лайн» Семену Крюкову.

Агентство «Ю-лайн» мои коллеги-смишники попросту называют «Юла». Что-то в этом есть: в рекламном бизнесе приходится крутиться, как волчок. С Семеном Крюковым я не была знакома, но в «Юле» бывать приходилось, так что адрес агентства я знала.

Поколебавшись немного, я решила не откладывать дела в долгий ящик и навестить господина Крюкова на его рабочем месте прямо сейчас. Кстати, подошел подходящий трамвайчик, я села в него и, пока ехала в «Юлу», звякнула Коляну, попросила не задерживаться на работе, поскольку сегодня немного задержаться придется мне.

— Куда это ты едешь? — недовольно спросил муж, безошибочно распознав фоновый трамвайный шум.

— Забегу по делам в рекламное агентство «Юла» на Парковой, — не сильно кривя душой, ответила я. — А ты, пожалуйста, поторопись домой, надо Масю у няни принять.

Офис рекламного агентства располагался на первом этаже старинного особнячка. Над стеклянной дверью светились красным буквы вывески: «Ю-лайн». «Ай» почему-то не горело ровно, а размеренно моргало, что выглядело неуютно. Заходить в дверь, над которой нервно и болезненно дергалось это «ай-ай-ай», не очень хотелось, но я сделала над собой усилие и нырнула в помещение.

— Здрасьте, Семена можно увидеть? — показав свое телевизионное удостоверение, спросила я на диво долговязую девицу, выглядывающую из-за стойки ресепшена.

— Сема у себя, — напевно ответила барышня и красным акриловым ногтем, как стрелкой, указала мне нужную дверь.

Я бесцеремонно толкнула ее, сказала:

— Тук-тук! — и вошла в кабинет. — Добрый вечер! Кто тут Семен Крюков?

— Я тут Семен Крюков, — охотно ответил молодой человек, перелистывающий страницы иллюстрированного журнала для девушек.

Это меня насторожило. В мире шоу-бизнеса и массмедиа мужчины нормальной сексуальной ориентации встречаются не так часто, как того хотелось бы нормально ориентированным женщинам. Честно говоря, я с «голубыми» общаюсь с некоторым трудом. Их интимные дела мне до лампочки, просто я все время забываю, что с ними надо разговаривать не как с мужиками, а как с девчонками, кокетливыми и обидчивыми!

— Я с телевидения, — сообщила я Крюкову, настороженно разглядывая его.

Для директора Семен был слишком молод, ему вряд ли перевалило за двадцать. Смазливое лицо, ухоженные руки, крошечные бриллиантовые сережки в ушах... И совершенно потрясающий пиджак!

— Отличный прикид! — машинально молвила я, с опасливым интересом рассматривая одеяние Семена.

Длиннополый пиджак оригинальным кроем напоминал камзол, сшитый из тонкой замши, рыжей, с черными и белыми пятнами, а также многочисленными проплешинами, густо замазанными золотой краской. Выглядело это так, будто материал для пошива пиджака посмертно предоставил теленок, страдавший при жизни стригущим лишаем в очень запущенной форме.

Я призадумалась. Будучи человеком весьма далеким от высокой моды в ее экстремальных проявлениях, я лично надела бы такой пиджак только в крайнем случае. Скажем, если бы плешивый телятя был моим близким четвероногим другом и, умирая, взял с меня страшную клятву хранить вечную и нерушимую память о нем и об опасности инфекционных заболеваний!

На тот случай, если зараза, доконавшая бычка, еще не выветрилась, я уселась подальше от владельца пятнисто-лишайного пиджака.

— А я тебя знаю! — весело сказал Семен, отбросив в сторону «Космополитен». — Ты ведешь программу нескучных городских новостей, то и дело сидишь у меня в телевизоре!

И Сема кивнул на плазменную панель, закрепленную на стене. Я оценила размеры экрана и подумала, что в таком телевизоре могла бы не только сидеть, но и лежать, вытянувшись во весь рост.

— Чего хочешь, коточек? — ласково спросил Сема.

— Дорожный каточек! — так же ласково срифмовала я.

— В смысле? — Крюков нахмурил подбритые брови.

— В смысле, я готова раскатать в блинчик любого,

кто откажется помочь мне в проведении небольшого журналистского расследования! — широко улыбаясь, заявила я.

— А что мы расследуем? — поинтересовался ничуть не оробевший Сема.

Употребленный глагол множественного числа, вероятно, должен был подчеркнуть его готовность мне помочь.

— Мы расследуем запутанную историю, в которой есть одно убийство и одно предположительное самоубийство.

— А я тут при чем? — удивился он. — Я еще вроде живой!

— Это ты мне скажи, коточек, при чем ты тут! — Я тоже перешла на панибратский тон. — Видишь этот значок? Помнишь его?

Сема перегнулся через стол и длинными подкрученными ресницами поморгал на золотую бирюльку со спиралевидным узором.

— Вроде видел где-то, — почесал он в мелированном затылке. — Абсолютно беспонтовая хренька, мне не нравится!

— Твоя собственная, между прочим! — ехидно сказала я.

— Серьезно? — Крюков еще раз посмотрел на значок, гримасой выразил отвращение и возвысил голос: — Марианна! Подь сюды!

— Аюшки? — пропела длинномерная Марианна, сунувшись в кабинет.

— Маруська, глянь на эту фиговинку! Моя или не моя?

— Твоя, Сема, твоя! — подтвердила Маруська-Марианна, взглянув на значок. — Не помнишь разве?

Тебе ее клиент подарил за отличную организацию рекламной кампании.

— А-а-а! Точняк! — Сема звонко шлепнул себя по гладкому лбу и жестом отпустил помощницу. — Геть отсель, Маруська! Все правильно, моя это золотая залепушечка, коточек! Только я такую чешую на себя вешать не захотел, передарил одной хорошей кисе.

— С этого места — поподробнее! — попросила я, бережно пряча золотой значок в свой кошелек. — Хорошая киса — это Лилиана Марусенко?

— Маруська! Подь сюды! — снова заорал склеротичный Семен. — Маруська, напомни, как зовут ту мелкую белобрысую болонку, которая вечно болтается у нас на подхвате?

— Лиля ее зовут, — напомнила неоценимая Маруська. — Лилиана. Фамилию не помню.

— Марусенко, — подсказала я.

— Верно, Марусенко!

— Геть отсель, Маруся, ты молодец! — Сема похвалил и выгнал свою необидчивую помощницу и с довольным видом обернулся ко мне. — Ну? Все или еще что-нибудь?

— Самое интересное только начинается, — пообещала я. — Теперь промурлычь мне, коточек, честно и откровенно, почему ты подарил свой значок Лилиане Марусенко?

— А что, нельзя было?

— Можно, — кивнула я. — Но осторожно! Видишь ли, коточек, ты, наверное, еще не в курсе, но Лилиана Марусенко трагически погибла, и я параллельно с оперативниками расследую обстоятельства ее отнюдь не естественной смерти. Скажу тебе по секрету: следствие живо заинтересовано в выяснении личных связей Лилианы, особенно — с мужчинами, и в этом свете твой подарочек особенно примечателен.

— Почему это?

— Потому что мужчины дарят золотые безделушки не кому попало, а только особенным женщинам, близким и родным! — объяснила я. — Разве не так?

— Ты что, коточек, спятила? — Сема наконец-то обиделся. — Намекаешь, что у меня с этой девчонкой что-то было? Маруська! Подь сюды!

— Аюшки?

— Маруська, скажи, было у меня что-нибудь с белобрысой болонкой или не было?

— У тебя — с девчонкой? — шокировалась флегматичная Марианна. — Ты что, ориентацию сменил?

— Не сменил, — с достоинством ответил Крюков и обиженно посмотрел на меня: — Я что, похож на натурала?!

— Ни в коем разе! — успокоила я. — Не знаю, как следователь, а я верю, что у тебя не было близких отношений с гражданкой Марусенко. Скажи только, откуда у нее твой значок?

— Да выдал я ей эту чмошную фенечку как награду за верную службу! — махнул рукой Сема. — Маруська, объясни!

— Эта девушка, Лиля Марусенко, страстно мечтает о карьере модели, — объяснила Маруська, не знающая, что о Лилиане уже следует говорить в прошедшем времени. — К сожаленью, по своим физическим данным она нам решительно не подходит, ростом не вышла, так что взять ее в штат мы не можем, но девушка совершенно безотказная. Она здорово выручает, когда нужно листовки раздать, анкетирование на скорую руку провести и так далее.

— Она даже Пандой как-то была, помнишь? — засмеялся Сема. — Ростовую куклу изображала на детском празднике! Все наши штатные модельки отказались, а эта славная белобрыска взялась за работу с дорогой душой! И даже денег не попросила!

— И на конкурс бодиарта, когда нам не хватало еше одной сговорчивой девчонки, эта Лиля пришла по первому зову и ничуть не возражала, чтобы ее нагишом расписывали под хохлому! — напомнила Маруська.

— Мне все ясно, — я кивнула и встала. — Спасибо за помощь!

— Приходи, если что! — напутствовал меня повеселевший Сема. — Мы телевидение любим! Всегда готовы!

— Завсегда рады! — в том же духе ответила я и удалилась.

Было около семи часов вечера. Пока я ждала трамвай, стало смеркаться, и на своей остановке я вышла уже в потемках. Я поправила сумку на плече и поплотнее прижала ее локтем к боку: предстояло пройти два квартала через «кубик» жилых домов, и на этом маршруте кое-где попадались очень неуютные местечки. Однажды у меня в тесном темном проходе между гаражами вырвали из рук пакет. Там не было ничего ценного, только палка колбасы и кило апельсинов, но и колбасу с апельсинами жалко до сих пор.

Асфальт на внутриквартальных тропах располагался пунктирно, редкие фонари только начинали зажигаться и горели тусклым розовым светом. Торопливо шагая по невидимой в темноте дорожке, я то и дело оступалась на кочках и рытвинах, рискуя получить вывих голеностопа. Вдобавок мне все время чудилось, будто за мной по пятам кто-то идет. Оглянусь — тихо, никого нет. Пойду дальше — снова слышу топот!

Удивляясь причудливому эху, я торопливо ковыляла по ямкам, пока не вспомнила, что у меня в сумке есть брелок-фонарик! Обрадовавшись, я остановилась, перебросила сумку на живот, но открыть ее не успела. Топот, который мне мерещился, стал неоспоримо громким, кто-то подбежал ко мне сзади и с размаху двинул кулаком под лопатку!

Сумка вылетела у меня из рук и шлепнулась в мелкую лужу в паре метров впереди. Я упала, даже не успев вскрикнуть, да так и осталась лежать на брюхе, как выброшенная на берег рыбина. Взгляд мой был прикован к фигуре человека, который ударил меня в спину и побежал дальше, на бегу подхватив из лужи сумку. Черт, меня снова ограбили!

Кричать «Держи вора!» мне и в голову не пришло. Кто бы стал его держать, если вокруг ни души?

Только я так подумала, как сзади набежала другая темная фигура.

— Ты как, в порядке? — тяжело дыша, спросила она удивительно знакомым голосом.

— Да, но моя сумка...

Я вновь осталась в одиночестве. Вторая фигура со спринтерской скоростью унеслась вдогонку за первой и канула во тьму. Кряхтя и хныча, я поднялась на ноги, безрезультатно попыталась отряхнуть грязные джинсовые коленки и курточный живот, плюнула на это дело, села на камень, расплакалась и вновь услышала знакомый голос:

— Не реви!

Из темноты выдвинулась фигура номер два. Сморгнув слезы, я узнала собственного мужа.

— Вот твоя сумка, держи! — Колян вернул мою торбу, мокрую и грязную, но по-прежнему застегнутую на все замки.

Это позволяло надеяться, что ее содержимое осталось на месте.

— Сколько раз говорил: нечего шляться в темное время суток по закоулкам! — сердито сказал муж.

Он рывком поставил меня на ноги и неласково огладил ладонью по заднице — то ли шлепнул, то ли грязь со штанов отряхнул, я не стала выяснять.

— Ты догнал грабителя? — плаксиво спросила я.

— Почти догнал, — буркнул Колян. — Думал надавать гаду по морде, а он оглянулся, увидел меня и зашвырнул твою сумку в глубокую лужу! Пришлось нарушить свои планы и вылавливать торбу, пока она не утонула. А гад так и ушел небитым!

— Откуда ты тут взялся так вовремя? — спросила я.

— Оттуда, откуда же еще! — Колян неопределенным кивком указал в сторону трамвайных путей.

— Ой, ты тоже задержался на работе! — сообразила я, разом сбросив с себя апатию. — А няня сидит с Масяней уже лишний час, если не больше! Бежим скорее домой!

И мы побежали. На весь кросс мне дыхания не хватило, и ближе к дому, уже в хорошо освещенной зоне, Колян, который был в завидной спортивной форме, оставил меня и продолжил одиночный забег.

Когда я, утомленно сопя в жабры, приползла домой, мои любимые мужчины уже заталкивали в микроволновку брикет фарша, собираясь его разморозить. Правда, они немного перемудрили с таймером. Полутора часов, на которые они запрограммировали печку, хватило бы, чтобы растопить пару кубометров вечной мерзлоты. Поэтому фарш не просто оттаял, но и сварился, что я обнаружила слишком поздно. Мое внимание кое-что отвлекло.

— Кыся, ты хорошо себя чувствуешь? — спросил муж, заботливо помогая мне снять куртку.

— А похоже? — огрызнулась я, все еще тяжело дыша.

— Тебе надо больше заниматься спортом, — посоветовал Колян. — Тридцать с чем-то лет — это самый расцвет сил, а из тебя уже песок сыплется!

— В каком смысле? — Я проследила направление озабоченного взгляда супруга и испуганно ахнула, увидев на полу под своими ногами небольшой островок белого песка.

Песочек с тихим шорохом сыпался где-то позади меня. Я завертелась волчком, пытаясь заглянуть себе за спину, и песчаный ручеек на полу закрутился в спираль, живо напоминающую рисунок на почетном золотом значке матрасников.

— Стой смирно! — Колян остановил мое вращательное движение и помог снять суперкорректор осанки, о котором я успела забыть. — Что это за странная жилетка с утяжелением? Ты купила обновку? Кыся, ты, наверное, расстроишься, но она у тебя прохудилась!

— Черт, придется теперь заплатить Лизке за эту ортопедическую ерунду! — Я расстроилась.

Песочно-поролоновая жилетка мне абсолютно не нужна, я и без нее далеко не столь сутула, как нотрдамский горбун! Но коль скоро вещь испорчена, придется возместить Коробейнице ущерб звонкой монетой!

— Не расстраивайся, Кыся! — сказал Колян. — Жилетка прикольная, я бы и сам такую надел. Особенно если бы мне предстояло класть асфальт на улице с оживленным движением. Эту твою жилетку только слепой не заметит! А дырочка совсем маленькая! Возможно, ты сумеешь ее заштопать.

Это была дельная мысль. Я понесла жилетку в комнату и развернула ее на столе под лампой. Муж оставил меня наедине с попорченной жилеткой и пошел читать Масяне книжку, кротко напомнив, что они оба ожидают ужина. Я пообещала, что безотлагательно займусь его приготовлением, но не тронулась с места, склонилась над столом и внимательно рассмотрела прореху в ткани ортопедического жилета.

Дырочка была не просто маленькой, она была крошечной. Малюсенькое круглое отверстие. Не похоже, чтобы оно образовалось от того, что я слишком энергично шевелила лопатками во время пробежки! Ткань не лопнула, не разошлась по шву. Похоже, ее прокололи толстой иголкой!

— Как же так? — пробормотала я, уже догадываясь, что случилось, но не желая в это верить.

Я побежала в прихожую, сдернула с вешалки свою куртку, приволокла ее в комнату, положила рядом с жилеткой и самым добросовестным образом рассмотрела курточную спину.

Крошечная круглая дырочка нашлась именно там, где я предполагала ее обнаружить — немного ниже левой лопатки. Как раз в области сердца!

— Этого не может быть! — прошептала я. — Какое свинство! Выходит, гадский грабитель не просто ударил меня кулаком, а с разбегу пырнул меня шилом! Прямо в сердце!

В следующий момент я осознала, что дурацкая ортопедическая жилетка спасла мне жизнь. Острие шила, пробив куртку, угодило в мешочек, набитый песком, и не причинило мне никакого вреда, а что жилетку попортило — так это ерунда!

Перспектива возмещения материального ущерба Лизавете уже нисколько не расстраивала. Да если бы не этот ортопедический бронежилет, меня бы уже не было в живых!

Расчувствовавшись, я расцеловала чудесную жилетку, аккуратно свернула ее и убрала в тот ящик тумбочки, где хранятся особо памятные для меня предметы: длинный бело-черный ус давно скончавшегося домашнего любимца — персидского кота; смешную записочку, написанную в незапамятные времена влюбленным Коляном; клеенчатые бирочки, которые в роддоме привязали на ручку новорожденному Масяньке, и тому подобные незабываемые вещи. Жилетка, спасшая мне жизнь, заслуживала того, чтобы быть увековеченной в моем частном музее!

Чтобы предотвратить дальнейшую потерю песка священной жилеткой, я капнула на дырочку горячим парафином с растопленной свечки и таким образом запечатала ее. Это нужно было сделать хотя бы потому, что высыпающийся тонкой струйкой песок здорово нервировал, заставляя думать, что вот так же могла бы вытекать моя собственная кровушка. Ведь просто чудо, что я была защищена от проникающего ранения в область сердца этой прекрасной, замечательной, великолепной жилеткой! Господи, благослови Коробейницу Лизавету!

— Кыся, а мы будем сегодня ужинать? — кротко поинтересовался Колян, прервав мои раздумья. И он с намеком сообщил: — Между прочим, у нас в микроволновке фарш уже почти час размораживается...

Я порысила в кухню, достала из печки несчастный фарш, который благополучно сварился вкрутую, подумала немного и решила употребить его на приготовление макарон по-флотски. Кулинарный процесс занял у меня с полчаса, потом я быстренько поужинала и, оставив своих Колянов неспешно питаться в кухне, уединилась в детской с телефонной трубкой. Мне не хотелось, чтобы муж слышал мой разговор с

Лазарчуком. Мужчины, как уже было сказано выше, существа нежные. Тревожить их без особой необходимости не стоит. Если, конечно, речь не идет о тех мужчинах, которые должны быть привычны к тревогам по роду занятий.

— Привет, Серега! — сказала я, дождавшись, когда капитан возьмет трубку. — Можно проконсультироваться у тебя по одному вопросу?

— Всего по одному? — Лазарчук демонстративно удивился необычайной скромности моих запросов. — Ну, давай! Только не спрашивай, есть ли жизнь на Марсе, это не по моей части!

— Марсианская жизнь меня в данный момент не волнует, тут и на родной планете загадок хватает, — согласилась я. — Серега, я хочу спросить тебя как специалиста по борьбе с преступностью: какова нынче криминогенная обстановка в нашем районе?

— Тебя статистические выкладки интересуют или общее впечатление от безрадостной российской действительности?

— Ни то ни другое. Меня интересует, много ли у нас случается ночных грабежей и как, собственно, они происходят? Преступники просто отнимают у прохожих личное имущество или еще наносят при этом какие-нибудь увечья?

— Как у вас там грабят граждан, с травматизмом али без? — Остряк-капитан облек мой вопрос в стихотворную форму. — По-разному бывает, моя дорогая! А тебя организованные преступные сообщества интересуют или грабители-одиночки?

— Одиночки.

— Ну, эти особо не лютуют. Кого просто обберут, кому глаз подобьют, кому по голове дадут подручным предметом типа «кирпич». Какой-то определенной тенденции не наблюдается, но тяжелые увечья жертвы ночных грабителей получают редко.

— Значит, шилом в сердце пока еще никого не били? — упавшим голосом спросила я.

Ужасно не понравилось мне быть жертвой неправильного грабежа! Эта неприятная исключительность наводила на еще более неприятные мысли. Неужто ночной злодей не ограбить меня хотел, а убить? В таком ракурсе и поломка Иркиных тормозов выглядела по-настоящему зловеще.

— К чему такой странный вопрос? — насторожился Лазарчук. — Я что-то пропустил, в твоей жизни произошло что-то новое, интересное? Может, ты решила улучшить финансовое положение своей семьи и готовишься переквалифицироваться из тележурналисток в гопницы? Не советую, дорогая, опасное это дело.

— А что у нас нынче не опасно? По улице просто так не пройдешь! У меня сегодня вечером какая-то сволочь сумку свистнула, а перед этим пырнула меня под левую лопатку шилом, — мрачно объяснила я.

— А ты не врешь, подруга? — Лазарчук обидно усомнился в моих словах. — Не сочиняешь? Если бы тебя саданули под левую лопатку шилом, ты бы сейчас в морге лежала, а это, я вижу, не так, потому как у меня определился твой домашний телефон!

— Мне повезло, я совершенно случайно была одета в жилетку, набитую песком. Шило попало в нее, а я отделалась легким испугом и утратой незначительных материальных ценностей: испортилась эта самая жилетка и еще в курточной спине образовалась сквозная дырка.

— В милицию заявила? — сделался серьезен Лазарчук.

— Нет, а разве надо? Я думала сначала тебе рассказать.

— Это просто удивительно, что ты надумала мне что-то рассказать! — ядовито сказал капитан. — Лучше позже, чем никогда!

— Ты только Коляну не говори! — быстро попросила я. — То есть ты ему про шило не говори, а про ограбление он знает, даже видел злодея и сумел отнять у него мою сумку.

— Пожалуй, я к вам сейчас приеду, и мы предметно побеседуем, — вздохнул Лазарчук.

Чувствовалось, что мчать к нам на ночь глядя ему не особенно хочется, но долг вынуждает.

— У нас есть коньяк! — сообщила я, чтобы приободрить друга.

— Уже хорошо, — ответил капитан и положил трубку.

Она тут же залилась веселым звоном.

— Да? — безрадостно вопросила я.

— Привет! Проконсультируешь меня по одному вопросу? — деловито спросила Ирка.

— Только не спрашивай меня, есть ли жизнь на Марсе! — попросила я, подивившись совпадению.

— Это вообще не вопрос, я и сама знаю, что на одном «Марсе» можно прожить не менее суток, у этого батончика очень высокая калорийность, не зря террористы берут с собой на задания именно шоколадки, — на одном дыхании убежденно протарахтела подружка. — Ты лучше скажи, что делать, если у ребенка запор?

— У какого ребенка?

— У нашего ребенка! У Чингисхана, собачьего сына! — Ирка заметно нервничала. — Он все жрет и жрет, а вот гадить никак не хочет!

— Дай ему ложку касторки или подсолнечного масла, — предложила я. — Или рыбьего жира в желатиновых капсулах. Тогда он будет гадить и гадить, а вот жрать захочет не скоро.

— Вот так радикально, да? — задумалась Ирка. — Слушай, а нет ли какого-нибудь промежуточного варианта, чтобы у собачки все естественные процессы пошли нормально, без перегибов в ту или иную сторону?

— Ну, предложи ему чернослива поесть или фиников, сухофрукты — это естественное мягкое слабительное! — с досадой сказала я.

Отправления собачьего организма меня в данный момент не слишком волновали. Я сама вляпалась в такое дерьмо, по сравнению с которым собачья кучка покажется парфюмерной композицией!

— У тебя плохое настроение, что ли? — запоздало догадалась подружка. — С чего бы это?

— А с чего бы ему быть хорошим?! — взвилась я. — Это ты можешь радоваться: похоже, тормоза твоей «шестерки» действительно испортили вовсе не ради тебя!

— Откуда ты знаешь? — и впрямь обрадовалась Ирка.

— От верблюда! Час назад меня еще раз пытались убить!

— И снова безрезультатно? — Подружка нервно засмеялась, потом подавила глупый неуместный смех и серьезно спросила: — И как же тебя убивали?

— Шилом, — горько ответила я. — Какой-то гад на темной улице набежал сзади и саданул меня в сердце.

— И промазал?

— И не промазал! Меня специальный жилет защитил.

— Ты броник себе купила? — восхитилась легкомысленная подружка. — Ух ты, круто! Где взяла? А мой размерчик есть?

— Найдем, если надо, — пообещала я, подумав, что могу уже наниматься к Коробейнице в субдилеры. Ортопедическая жилетка и Коляну приглянулась, и Ирка не прочь такую прикупить! — Ир, я чего думаю? Я думаю, зачем кому-то меня убивать?

— Ну ты и спросила! Мало ли зачем!

— А конкретнее?

— Хм...

Ирка задумалась. Я терпеливо ждала, пока она сварит в своем котелке какую-нибудь дельную мысль.

— До самого последнего времени на твою жизнь никто не покушался, так? Все только сегодня началось? — спросила подружка.

— Вроде так!

— Значит, ты напросилась на физическое устранение только что, буквально на днях! — заключила подружка. — Признавайся, что ты такого сделала?

— Да ничего такого!

— Какого — такого? — Ирка вцепилась в меня, как клещ.

— Ну, такого, необычного... Вроде я все делаю, как всегда: на работу хожу, домашними делами занимаюсь... Вот черт! — Я вспомнила, что отличный повод убить меня есть у мужа. — Я обещала Коляну постирать и отутюжить его костюмные брюки и забыла об этом, а у него завтра деловая встреча, в джинсах идти никак нельзя!

— Нет, это не повод для убийства, даже наоборот:

если ты погибнешь, костюм Коляну снова понадобится, на похороны, а тебя уже не будет в живых, и кто же тогда возьмется за утюг? — логично рассудила Ирка. — Но мыслишь ты в правильном направлении. Вспомни, чем последние дни отличаются от других, и ты поймешь, кому и чем насолила!

И тут меня осенило:

— Вспомнила! В последние дни меня сильно занимают убийство Балды и самоубийство Лилианы! Может, меня за детективную деятельность хотят убить?

— Отличная мысль! — похвалила подружка.

Кажется, она хотела еще что-то сказать, но тут ее отвлекло долгожданное событие: Чингисхан благополучно справился с запором. Весомое подтверждение нормальной работы своего кишечника щенок выдал прямо на ковер в гостиной, и Ирке сразу стало не до меня. Торопливо извинившись, она закончила разговор. Я тоже положила трубку и стала ожидать обещанного прибытия Лазарчука. Мне хотелось проконсультироваться у него еще по одному вопросу.

Случай задать его представился только через пару часов. Капитан с приездом сильно задержался, я уже уложила спать сынишку, разморозила мясо и нажарила отбивных, надеясь, что они вкупе с коньяком смягчат сурового Лазарчука и расположат его к конструктивному разговору.

Приступить к беседе удалось не сразу, сначала мы сели за стол, так как Колян заявил, что наедаться на сон грядущий вредно, поэтому надо съесть отбивные как можно скорее, сделав максимально долгую паузу перед отбоем. Таким образом, деловой разговор пришелся именно на эту паузу.

— Ну что, покалякаем о делах наших скорбных? —

голосом Джигарханяна вопросил Лазарчук, скрестив вилку и нож на пустой тарелке таким образом, что эта инсталляция неприятно напомнила мне пиратскую эмблему.

Это вполне соответствовало случаю: у меня было ощущение, будто я получила сегодня «черную метку»!

Лазарчук дотошно расспросил и меня, и Коляна о нашем вечернем приключении с участием неизвестного грабителя, почесал в затылке, сокрушенно поцокал языком, но делиться своими умозаключениями не стал, только посоветовал мне не гулять темными вечерами по безлюдным улицам. Я была разочарована. И этому человеку я скормила полдюжины прекрасных свиных отбивных! И еще споила полбутылки не менее прекрасного коньяка! А где же результат?

Я бы, наверное, не постеснялась предъявить капитану свои претензии, но наше общение прервал телефонный звонок. Лазарчуку позвонил товарищ по цеху, старлей Петя Белов. Служба настоятельно требовала, чтобы капитан сей же час уделил ей внимание.

— Слушай, Лазарчук, а на твою жизнь кто-нибудь покушается? — с тайной надеждой спросила я, провожая в прихожей капитана, который не оправдал моих ожиданий.

Я, впрочем, и сама не знала, какие именно надежды на него возлагала. Хотелось бы, чтобы он успокоил мои страхи, в своей обычной грубоватой манере сказав что-нибудь вроде: «Да кому это, на фиг, надо — тебя убивать?!» Еще лучше было бы, если бы капитан быстренько организовал поимку ночного грабителя-убийцы. А еще лучше — провел бы массовые превентивные аресты абсолютно всех граждан, которые питают ко мне сколько-нибудь недобрые чувства!

— Покушается ли кто-нибудь на мою жизнь? — Серега как будто удивился вопросу, но к поиску ответа на него подошел обстоятельно. — Вообще по жизни или в данный конкретный отрезок времени?

— В последние дни, когда ты занимаешься расследованием убийства Балды? — я кивнула на потолок.

— Вот даже как! — пробормотал капитан, царапнув меня острым взглядом.

Он посмотрел на часы, стрелки которых слиплись на отметке «двенадцать», на отчаянно зевающего Коляна и с сожалением сказал:

— Надо бы нам с тобой еще пообщаться, да некогда уже... Какие у тебя планы на завтра?

— Никаких особых планов, день как день! — ответила я.

И соврала. Особые планы на завтра я начала сочинять сразу, как только поняла, что не получу от профессионального сыщика ни помощи, ни защиты. Как говорится, спасение утопающих — дело рук самих утопающих!

Если чье-то нездоровое желание лишить меня жизни вызвано моим интересом к обстоятельствам гибели Игоря Набалдашкина и Лилианы Марусенко, значит, эти обстоятельства и впрямь подозрительны и кто-то не хочет, чтобы правда о них стала известна. А я, похоже, подошла к разгадке слишком близко! Во всяком случае, ближе, чем Лазарчук, которого никто убить не пытается, что, в общем-то, огорчительно — рисковать жизнью в дружеской компании мне было бы как-то приятнее... Так, ладно, о чем это я? Да о том, что нужно постараться скоренько вытащить истину на свет божий, и тогда убивать меня будет уже поздно и потому совершенно бессмысленно!

— Или, наоборот, надо бросить это дело, никуда

не соваться и самой не высовываться, — справедливости ради я отметила и второй, альтернативный вариант, но он понравился мне гораздо меньше первого, и я его решительно отвергла.

Совалась, суюсь и буду соваться! Вот так-то!

8.

Ночью у меня была возможность убедиться, что не все то литературный вымысел, что пишется в книжках. Кажется, у Чапека в рассказе сыщик раскрыл кровавое преступление, попросив подозреваемого быстренько подобрать ассоциации к определенным словами вроде «жертва — нож», «труп — багажник» и так далее? Что-то в этом роде получилось и у меня.

Игру в слова я затеяла не нарочно, просто никак не могла перестать думать о своем частном расследовании. Лежала без сна, ворочалась и все прикидывала, за какую ниточку потянуть, чтобы размотать клубочек. Особенно перспективной в этом смысле казалась фирма «Пингвин», неизвестный представитель которой был в выходные нашим соседом по пансионату. Найти бы мне этого пингвина! К сожалению, ни в телефонной книге, ни в справочнике «Желтые страницы» фирма с таким названием не значилась.

— Пингвин, пингвин! — машинально произнесла я вслух.

Я вовсе не предполагала обсуждать эту тему с мужем, но Колян, тихо посапывавший рядом, принял участие в мозговом штурме по собственной инициативе. При слове «пингвин» он беспокойно шевельнулся и, не просыпаясь, громко и отчетливо произнес:

— Линукс...

Я подпрыгнула, как карась на сковородке, и с трудом удержалась от того, чтобы немедленно выразить мужу признательность за помощь жарким поцелуем. Колян-то, конечно, с радостью принял бы подобный знак благодарности, но мог им не удовольствоваться, и мне пришлось бы надолго отвлечься от дедуктивных размышлений.

— Пингвин — это Линукс! — шепотом повторила я, победно улыбнувшись. — Ну, конечно! Как же я раньше не догадалась! Линукс — это операционная система, символом которой является пингвиненок Тукс, упитанный птенчик, исполненный оптимизма и благодушия. Клювастая физиономия этого позитивно настроенного пернатого знакома даже Масяньке — на его собственном компьютере «Эппл Макинтош» установлено с полдюжины игр с участием веселого Тукса. Стало быть, фирму «Пингвин» имеет смысл поискать в компьютерной сети.

Был пятый час утра. Я вылезла из кровати, потихонечку, чтобы не разбудить домашних, прокралась к компьютеру, залезла в Интернет и стала искать фирму «Пингвин», приговаривая шепотком:

— Цыпа-цыпа, гули-гули! Иди ко мне, моя птичка!

И птичка пришла! Довольно быстро и без особого труда я обнаружила в киберсети компьютерную фирму «Пингвин», специализирующуюся на открытом программном обеспечении.

Главную страницу сайта украшало рисованное изображение пингвина, который широко распростер крылья над городом. Я внимательно изучила не закрытые пингвиньим филеем фрагменты карты и убедилась, что топография местности мне знакома. Определенно Тукс парил над Екатеринодаром! Это позволяло с большой степенью уверенности предположить, что компьютерная фирма «Пингвин» базируется именно в нашем городе.

К сожалению, ни почтового адреса, ни телефонных номеров на сайте не было, предполагалось только общение через Интернет. Я оставила в гостевой книге номер своего мобильника, попросив представителей фирмы со мной связаться, и пошла спать.

На работу я опоздала, потому что проспала. Душераздирающе зевая и пошатываясь, я вошла в редакторскую и обнаружила Вадика, мирно спящего на гостевом диване! Мне стало завидно, и я не поленилась его разбудить громким криком:

— Вадька! Ты чего это тут разлегся? Вставай!

— Вставай, страна огромная! Вставай на смертный бой! — угрюмо напел напарник.

Голос его спросонья был хриплым и потому казался исполненным неподдельного трагизма.

— Спи спокойно, дорогой товарищ! — обронил режиссер, ковыряющийся в шкафу в поисках какой-то кассеты. — Смертный бой временно отменяется, ваш утренний гость не явился. У него грипп.

— Куриный? — брякнула я.

— Не говори о жратве, — попросил Вадик.

Он сел на диване, потер лицо, с надеждой посмотрел на мою сумку и тут же нарушил свое табу:

— У тебя там чего-нибудь съестного нет? Я дома не поел, а второй завтрак в редакторской проспал!

— Держи! — Я великодушно отдала товарищу шоколадку, которую прихватила из дома в расчете именно на второй завтрак. Все равно я его пропустила!

— Раз наш очередной кандидат заболел, первая половина дня у меня свободна? — спросила я Славу, глядя, как Вадик торопливо освобождает шоколадку от обертки.

— В принципе, да.

Эти слова произвели большое впечатление на моего напарника. Вонзив зубы в сладкую плитку и сверкнув глазами на Славика, он замер, как суслик, застигнутый в момент трапезы неведомой опасностью. Только, в отличие от суслика, Вадик блестел глазенками очень жизнерадостно. Сообразил, что первая половина дня свободна не только у меня, но и у него!

— Му-му-му, му? — сквозь склеивший челюсти шоколад спросил он режиссера.

— И ты тоже можешь идти, — ответил Слава, умудрившийся понять смысл вопроса вопреки скверной дикции. — Но уважительную причину своего отсутствия для Мамая придумывайте сами. И помните, что во второй половине дня у вас запись следующего кандидата!

— Клянемся помнить! — громогласно вскричал Вадик, вскочив с дивана и отсалютовав нашему доброму режиссеру кулаком, испачканным растаявшим шоколадом.

Он засобирался и скоренько убежал, невнятно пробормотав что-то о необходимости немедленно положить деньги на телефонный счет. Кое-как это могло сойти за уважительную причину его отсутствия, потому как телевизионные операторы должны быть всегда готовы к подъему по тревоге, а лучшего способа встревожить их в любое время и в любом месте, чем мобильная связь, еще не придумано. Я тоже не стала изобретать велосипед и удрала с работы, сославшись на воображаемую хворь, настоятельно вынуждающую меня бежать в аптеку за лекарством.

Мамай, правда, попытался меня задержать. Некстати попавшись мне в коридоре, он потряс секундомером и с намеком проинформировал, что до обеденного перерыва осталось три часа двадцать шесть минут ноль четыре секунды. Эта психическая атака успеха не имела. Постоянные придирки мне уже надоели, я перестала притворяться кроткой и незлобивой особой, показала зубы и огорошила шефа вопросом с дальним прицелом:

— Роман Геннадьевич, а вы про куриный грипп слышали?

— Разумеется, слышал! — несколько обиженно заверил меня Мамай. — Про эпидемию куриного гриппа в Хабаровской области сообщали во всех новостных программах!

— Ну, и что вы думаете по этому поводу? — вкрадчиво поинтересовалась я.

Шеф озадаченно молчал, и я поперла на него буром:

— Вы думаете, что курам в Хабаровской области можно болеть гриппом, а телевизионным работникам в Екатеринодаре нельзя? По-вашему, журналист хуже бройлера?!

— Я...

— Нет, я! — заявила я, загнав Мамая в угол у входной двери. — Я буду жаловаться в профсоюз!

С этими словами я юркнула в дверь и поскакала вниз по лестнице с такой прытью, которая напрочь опровергала версию о моем нездоровье. Впрочем, Мамай меня не преследовал.

Зато вдогонку за мной по ступенькам запрыгал наш водитель Саша.

— Бип-бип, посторонись! — набегая сверху, посигналил он.

— Куда едешь? — посторонившись, спросила я.

— А куда тебе надо? — Он правильно угадал мои мотивы.

— В Звездный микрорайон.

— Заброшу!

— Отлично! — обрадовалась я.

Свободное время я решила посвятить общению с родней Лилианы Марусенко — конкретно с ее двоюродным братом Лесиком. Может, он знает о личной жизни кузины поболее, чем глуповатая Анюта? Брат все-таки, один из крайне немногочисленных родственников! И по возрасту он Лилиане ближе, чем бабушка, пусть даже моложавая, так что кузина вполне могла поверять ему свои сердечные и разные-прочие тайны. Вдруг этот Лесик прольет свет на личность человека, к которому Лилиана устремилась в пансионат?

Сашин красный «жигуленок» доставил меня по нужному адресу за четверть часа. Я вышла из машины, рассыпаясь в благодарностях. Саня с его транспортом оказали мне немалую услугу, я не просто сэкономила время, но еще и не рисковала жизнью, в одиночку странствуя пешком по городским улицам! После вчерашнего нападения негодяя с шилом мне все время чудилось, что за мной кто-то следит, крадется за спиной, подстерегая возможность нанести роковой удар.

По моей просьбе Саша остановил машину у самого подъезда. Заглядывая в бумажку с адресом, который дала мне Анюта, я поднялась на четвертый этаж и позвонила в дверь квартиры Лесика. Звонок залился долгой трелью, мой палец едва не прирос к кнопке, но эффекта это не возымело никакого. Во всяком случае, в первые пять минут. На второй пятиминутке трезвона я испытала ощущение, которое красиво называется «дежа вю»: дверь соседней квартиры приоткрылась, и надтреснутый старческий голос с подозрением поинтересовался, чего мне надо.

— Я к Лесику, — заискивающе улыбнувшись в полумрак чужой квартиры, объяснила я.

Щелкнул выключатель, в прихожей зажегся свет, и я увидела, с кем разговариваю.

Недоверчиво и строго глядя на меня, на пороге стояла очень худощавая пожилая женщина в тяжелых квадратных очках, с учительской «гулькой» на макушке. Она даже одета была в том незабываемом стиле, который исповедовала моя собственная классная дама: в светлую блузку с бантом и коричневый костюм. В первый момент я подумала, что старушка пижонит, предпочитая теплому байковому халату деловой костюм, но присмотрелась и поняла, что наряду этому самое место в тюке секонд-хенда. Ткань некогда белой кофточки пожелтела, галстук-бант замахрился, из трех пуговиц на пиджаке одна была «неродная», и только суперноской кримпленовой ткани костюма время не нанесло заметного вреда.

Я могла бы поспорить на что угодно, что передо мной старая дева с высшим гуманитарным образованием. Не математичка точно, у преподавательницы точных наук не было бы этих игривых завитков на висках! А литературный диагноз «Сто лет одиночества» читался на узком лице пожилой леди не менее ясно, чем на обложке книги Маркеса. То есть лет ей было, конечно, гораздо меньше ста, но по всему чувствовалось, что жилось даме так непросто, что каждый год свободно можно было засчитать за два.

— Кто вы? — Учительница шевельнула тонкими бледными губами и вновь замерла, поблескивая очками.

А я как раз мучительно соображала, что бы ей такого соврать, чтобы втянуть в разговор, продолжительность которого позволила бы расспросить собеседницу не только о соседе Лесике, но и о сестрице соседа Лесика Лилиане, и о близких друзьях этой самой сестры. Жизненный опыт подсказывал, что учительница на пенсии — это кладезь информации, и не только в том, что касается трудных случаев правописания причастий и деепричастий!

Помогла мне собачка. Маленькая кривоногая псинка породы «карликовый пинчер» приковыляла из глубины квартиры к ногам хозяйки, плюхнулась раскормленной попой на помпон старушкиного тапка и тявкнула с невнятной претензией.

— Моя хорошая собачка! — возрадовалась я. — Иди к мамочке!

Собачку мой материнский порыв неприятно удивил, и она сочла за благо удалиться. Я же с сожалением поохала, наблюдая ее ретираду, а потом объяснила столетней деве:

— Перепутала! Думала, это моя собачка!

— В этом доме собачка только одна, моя собственная! — с большим достоинством возразила дама.

Однако дверь не закрыла, видимо, собачья тема была ей интересна. Правильно, одиноким старикам свойственно сильно привязываться к четвероногим питомцам.

— Понимаете, мне подарили собачку, прелестного карликового пинчера, — начала сочинять я. — Мне нужно было уехать из города, и я попросила приятельницу взять ее на пару-тройку дней. Вернулась из поездки, прихожу к этой приятельнице — а ее дома нет! Непонятно, куда подевалась, и собачка моя пропала вместе с ней!

— Какая безответственная особа! — укоризненно сказала дама.

Я не поняла, кого она заклеймила позором — меня или мою воображаемую приятельницу, но выяснять не стала. Жалобно шмыгнула носом и подпустила в голос слезу:

— Где теперь мой песик, я не знаю! Вот обхожу родню пропавшей приятельницы, думаю, может, она передоверила собачку кому-то другому? Например, Лесику, он ее двоюродный брат...

— Лесику?! — Дама фыркнула. — Да что вы! У Лесика нет и не может быть никаких домашних животных! Он заморил даже тамагочи! У вас есть знакомые компьютерщики?

— Кажется, я понимаю, о чем вы, — кивнула я.

Знакомые компьютерщики у меня действительно есть, с одним из них меня даже соединяют узы брака, и я со всей ответственностью утверждаю: мало кто из людей так скверно приспособлен к существованию в обитаемой реальности, как те, кто большую часть времени проводит в виртуальном мире! Данное правило распространяется как на увлеченных профессионалов — например, программеров, так и на любителей — геймеров и фанатов Интернета. Влипнув пальцами в клавиатуру, а взглядом — в экран, эти граждане могут умереть голодной смертью рядом с холодильником, полным продуктов. И их подшефная живность, кем бы она ни была, тоже протянет лапы, крылья и плавники.

Поскольку я лично в состоянии сама позаботиться и о себе, и о своем ближнем, меня нездоровое увлечение компьютером не очень пугает. Однако фанатизм Лесика наводил на определенные подозрения. Проверяя их, я спросила:

— Скажите, а Лесик профессионально компьютерами занимается или это у него так, хобби? Кто он по специальности, где трудится? Спрашиваю на тот случай, если придется ехать за собачкой к нему на работу, — объяснение было натянутым, но кое-как сошло.

— Я не знаю, где и кем он работает, но дома бывает нечасто, — несколько высокомерно и явно тяготясь затянувшимся разговором ответила старуха. — Зато уж как приходит, сразу включает компьютер.

— Откуда вы знаете?

— Слышу, — столетняя дева пожала костлявыми плечами. — Когда он включает компьютер, раздается такой длинный противный писк, довольно громкий. Я как-то поинтересовалась, и Лесик объяснил, что этот звук издает устройство бесперебойного питания, не лучшая модель, на диво голосистая. А у меня прекрасный слух, я в былые годы слышала и как муха в классе жужжит, и о чем пацаны на задних партах шепчутся, — подтвердила она мои догадки относительно ее профессии.

— Понятно. Могу я вас попросить при случае передать Лесику, чтобы он мне позвонил? Все мои телефоны здесь, — я вручила собеседнице свою визитную карточку.

— Знаете, собачку свою вам лучше у Лесиковой бабушки поискать, — пряча карточку в карман пиджака, посоветовала дама. — Она, конечно, женщина с большим приветом, но животное ей доверить можно. Со своим покойным песиком она носилась, как дурень с писаной торбой!

— Почему же тогда он умер? — задала я вполне резонный вопрос.

— Слишком уж породистый был, а у потомственных аристократов всегда здоровье слабое. Результат близкородственного скрещивания, знаете ли!

Хвори чистопородных песиков меня волновали мало, хватало других поводов для волнения.

— Говорите, бабушка Лесика — женщина с большим приветом? — отставив в сторону собачью тему, повторила я.

Мне было интересно, как охарактеризует экстравагантную Меланью Трофимовну эта засушенная викторианская дама.

— В семьдесят с лишним годков все девочку из себя строит! — поджала губы моя собеседница. — Юбку ниже колена нипочем не наденет, косметикой пользуется чаще, чем очками!

— Кажется, я видела ее как-то раз у Лилианы, — «вспомнила» я. — Женщина без возраста, барышня-старушка!

— Это еще что! — желчно хмыкнула дама. — Вы, наверное, не знали Клару, мамочку Лесика! Вот это был экземплярчик, я вам скажу! У нее даже пирсинг в пупке был! Если бы она дожила до мамашиных лет, была бы старушка-огневушка-поскакушка!

— Эта Клара была еще более смела в одежде?

— Она была слишком смела во всем, из-за чего и не дожила даже до шестидесяти, — с каким-то мрачным удовлетворением ответила дама. — Погибла на горнолыжном курорте, катаясь на сноуборде! Спрашивается, какого черта ерзать по горам на доске в таком возрасте, когда уважающие себя женщины сидят дома и пишут мемуары?

Мне сразу стало понятно, от какого важного занятия я оторвала свою собеседницу.

— Большое спасибо за то, что уделили мне время, — церемонно поблагодарила я.

Больше сказать было нечего, и я шаркнула ножкой, отпуская классную даму с миром.

Торчать под дверью в ожидании возвращения непредсказуемого Лесика я не стала, пошла вниз, на ходу подводя итоги. Итак, что я узнала? Что братец Лесик то ли работает с компьютерами, то ли просто любит их, нежно и бескорыстно. Вот интересно, а не имеет ли он отношения к фирме «Пингвин»? Тогда было бы понятно, к кому рванула в пансионат Лилиана — к единственному братцу, родной душе и двоюродной кровиночке!

— Красиво получилось бы, — пробормотала я, подумав, что такой расклад был бы на руку Лазарчуку, который считает Лилиану убийцей Балды. — Вполне логично: девчонка в состоянии аффекта грохнула неверного возлюбленного, потом пришла в ужас и кинулась жалобиться на судьбу родственникам. Бабушке записку оставила, а к братцу в пансионат лично заявилась, да некстати услышала там байку про овеянную легендами Скалу Ревнивицы. Это роковое совпадение потрясло ее тонкую артистическую натуру, и девица последовала легендарному сценарию!

Я вышла на крыльцо и посмотрела сначала по сторонам, а потом на часы. Ни одного молодого человека, поспешающего к подъезду, в поле зрения не было, что укрепило мое нежелание ждать Лесика вблизи его родных пенатов. С другой стороны, стрелки на часах показывали только начало двенадцатого, так что мое возвращение в телевизионные рудники можно было еще немного отложить. Подумав минутку, я решила навестить на рабочем месте Ирку и вместе с подружкой отобедать в какой-нибудь симпатичной кафешке.

Офис торговой фирмы «Наше Семя» располагался всего в двух кварталах от дома Лесика. Бодрым шагом в сапогах на удобном низком каблуке я дошла туда за пять минут.

Иркина «шестерка» стояла на своем обычном месте под рекламным плакатом со смехотворным призывом: «Берегите ваше время — покупайте Наше Семя!» На мой взгляд, это звучало как слегка завуалированное приглашение гражданам, желающим обзавестись потомством гораздо быстрее, нежели это возможно традиционным способом, путем плодотворных отношений между мужчиной и женщиной. Я говорила Ирке, что такой слоган больше подошел бы медицинской клинике, практикующей донорское оплодотворение в пробирке, но подружка не стала меня слушать. Она сама сочинила сомнительное двустишие и очень им гордится.

Я была уверена, что застану подружку в офисе, но ошиблась. В кабинете, куда я по-свойски нырнула с разбегу, Ирки не было. Я вернулась в торговый зал и с запозданием обратила внимание на царящую в нем нездоровую атмосферу. Две девочки-продавщицы, те самые нерасторопные дурочки, которых Ирка мечтала заменить одним предприимчивым сказочным ежиком, понуро горбились за столиком, плаксиво распустив губы. Третья барышня, товаровед Наташа, жадно хлебала воду из стакана. В зале витал характерный запах валериановых капель.

— Ой, Лена! — увидев меня, Наташа поперхнулась водой, закашлялась, и на глазах у нее выступили слезы.

Почему-то это меня нисколько не удивило, я уже чувствовала — случилось что-то скверное.

— А Ирина-то Иннокентьевна, бедная! — прохрипела Наташа, уже откровенно плача.

— Что с Иркой? Где она? — быстро спросила я, тоже начиная жутко нервничать и подумывая о валерианке.

Девчонки завели было тоскливый хоровой плач, но я в сердцах бешено гаркнула:

— Не реветь! — и снова настойчиво повторила свой вопрос: — Что случилось с Иркой?

— Она в больнице! Отравилась!

— Отравилась? — Не скажу, что меня это очень удивило.

Испугало — да, но не удивило! Моя дорогая подруженька прожорлива, как страус, и к тому же обожает гастрономические эксперименты. Чего далеко ходить, помнится, в минувшее воскресенье в лесу ей показались аппетитными ядовитые волчьи ягоды!

— И что эта идиотка слопала на этот раз? — В отчаянии я сделалась необычно груба.

— Ирина Иннокентьевна кушала батончик!

— Хлебный батончик? Бутерброд со стрихнином? — уточнила я.

— Шоколадный!

А вот тут я удивилась, не буду скрывать! Шоколад и иные продукты с высоким содержанием какао-бобов Ирка трескает в таких количествах, что о пищевой аллергии и речи быть не может. Чтобы ей стало плохо от шоколада? Да ни за что!

Изумление и недоверие, отразившиеся на моем лице, побудили девушек поведать мне историю Иркиного отравления с подробностями. Оказывается, примерно час назад она надумала перекусить шоколадным батончиком с орехами и карамелью. Это было в ее стиле, да и время для второго завтрака вполне приспело. Однако насладиться промежуточной трапезой подружке не удалось. Едва она отгрызла кусок твердого, как грильяж, батончика, как взвыла дурным голосом.

— Аж перекосилась! — поежившись, вспомнила Наташа. — Выбежала из кабинета к нам в зал, зажимая рот, и глаза сначала вытаращила, а потом подкатила — и грохнулась замертво!

— Совсем замертво?! — ужаснулась я, тоже ощущая предательскую слабость в коленках.

— Не совсем, но около того, — не вполне понятно ответила Наташа. — Мы «неотложку» вызвали, она не задержалась, приехала почти сразу — тут ведь станция «Скорой помощи» недалеко — и тотчас же увезла Ирину Иннокентьевну в больницу. И надкусанный батончик тоже увезла, вот мы и решили: отравилась наша Ирина Иннокентьевна, точно!

— В этих импортных продуктах уйма вредных добавок — консерванты, красители, эмульгаторы, стабизизаторы, всякие «Е» и другие буквы! — проявила поразительную осведомленность одна из тех двух девиц, которые, по Иркиной шкале ценностей, шли парой за одного ежика.

— В какую больницу ее увезли?

— В Первую городскую!

Я развернулась и побежала к выходу, спотыкаясь на гладком полу и стуча зубами в нервном ознобе. В данный момент меня умеренно радовало только одно: Иркина машина под боком, и ключи от нее лежат у меня в сумке. Подружка в незапамятные, еще безмужние наши времена выдала мне комплект ключей и сделала доверенность на право вождения «шестерки», хотя она не очень-то любит пускать меня за руль. Я не обижаюсь, я ее понимаю. Моя ранняя манера вождения впечатляла даже бывалых дальнобойщиков, длинномерным фурам которых я крайне затрудняла движение, с тщательностью энцефалографа вырисовывая кривую по всей ширине дороги. Со временем я научилась ездить по прямой, но дурную привычку подрезать грузовики под самым носом так и не изжила. Честно говоря, водитель я аховый.

Тем не менее в Первой горбольнице я была уже через пять минут. Летела так, что Шумахер мог застрелиться от зависти!

В справочной сказали, что поступившая сегодня Ирина Иннокентьевна Максимова находится в реанимационном отделении. Я и этому обрадовалась: не в морге, уже хорошо!

К сожалению, в отделение меня не пустили, и не только меня: на лестничной площадке, на облезлом подоконнике с видом на дверь реанимации, сидел Моржик. Вид у него был пришибленный — это мягко говоря. Так пришибить человека могла, например, бетонная плита, сорвавшаяся со стрелы подъемного крана. На Моржике лица не было!

Еще на нем не было нормальной одежды и обуви. Звонок перепуганных девчонок, видимо, поднял Иркиного супруга с постели, и он примчался, в чем был — в пижаме и тапках. Этот прикид должен был необычно сочетаться с дорогим автомобилем «Пежо».

Впрочем, пижама сослужила Иркиному супругу определенную службу: в ней он был не отличим от пациентов больницы и благодаря этому сумел заскочить в реанимационное отделение. Правда, всего на несколько минут. Потом-то медперсонал реанимации встрепенулся и сообразил, что их пациенты не ходят в пижамах, да и вообще не ходят, а тихо лежат под капельницами и хитрыми медицинскими приборами. Ирка тоже лежала в одной связке с каким-то аппаратом интенсивной терапии, и Моржик успел оросить слезами слабо вздымающуюся грудь жены, прежде чем его мягко, но решительно выдворили из отделения. Уже на лестнице он отловил доктора, выпытал у него информацию о состоянии пациентки Максимовой, после чего погрузился в глубокую апатию. Тут-то и приехала я.

— Как она? — спросила я, потеснив Моржика на подоконнике.

— Обещают, что жить будет, — ответил он так мрачно, что можно было подумать — хороший прогноз врачей его отнюдь не радует! — Какое счастье, что у Иришки зуб больной! — сказал меж тем Иркин благоверный.

Тут уж я откровенно нахмурилась: мало ему, что жена еле живая в реанимации лежит, он еще ее зубную боль благословляет!

— Ты представляешь, что было бы, съешь она этот проклятый батончик целиком?

Я не представляла. Я вообще плохо понимала, что случилось, и Моржик меня просветил.

Ирку уже некоторое время беспокоил ноющий зуб, а она все откладывала и откладывала визит к дантисту. Так-то зуб не болел, но время от времени реагировал на горячее и сладкое, и на первый же кусок рокового шоколадного батончика тоже отреагировал. Именно поэтому наша сладкоежка взвыла и вылетела в торговый зал, лелея в ладонях челюсть. Позднее выяснилось, что коварный зуб в данной ситуации можно было считать божьей благодатью. Если бы Ирка, по своему обыкновению, слопала шоколадку в один присест и еще обертку облизала, из офиса ее увезли бы не на носилках в реанимацию, а в пластиковом мешке в морг. В начинке батончика, помимо заявленных производителем орехов и карамели, имелся также яд.

— Где же она взяла шоколадку с ядом?!

На этот закономерный вопрос Моржик пожал плечами и сказал, что милиция разберется. Мол, следствия по такому делу не миновать, потому как даже на его непросвещенный взгляд случившееся здорово смахивает на попытку убийства. Отравленный батончик запросто могли забросить Ирке в кабинет, прямо на стол, через форточку, которая была открыта настежь.

Я вздрогнула и явственно ощутила, как по моей спине побежали мурашки. Насекомые были здоровенные, они бежали колонной по три, безжалостно топчась по моему позвоночнику, а потом устроили муравейник на голове. Я чувствовала, что волосы встали дыбом!

После вчерашнего нападения злодея с колющим оружием я решила, что поломка тормозов Иркиной «шестерки» была подстроена кем-то все с той же целью — убить меня. Сегодняшняя драма с ядовитым батончиком не оставляла от этой версии камня на камне! Очевидно, что под удар попали мы обе — и я, и моя подруга!

— Что же мы сделали? — прошептала я, не понимая, за что нас с Иркой пытаются убить.

— Что мы сделаем? — не расслышав, повторил Моржик. — Иришкой сейчас медики занимаются, им наша помощь не нужна. Пожалуй, сейчас нам здесь вообще нечего делать, но я еще посижу, Лазарчука подожду, он обещал приехать.

— Это очень хорошо, — пробормотала я. — Лазарчук в такой ситуации — то, что нужно... Морж, тебе Иркина машина сейчас не нужна?

— И в ближайшее время не понадобится, — подтвердил он.

— Тогда я возьму ее на день-другой, мне нужно срочно кое-куда смотаться. Ага?

— Угу, — безразлично кивнул Моржик, вновь впадая в апатию.

Я оставила его согревать своим задом ко всему безразличный больничный подоконник, вышла на улицу, села в машину и подчеркнуто аккуратно — так, что Шумахеры оборжались бы, — поехала по улицам. Я не собиралась нарушать правила дорожного движения и желала быть образцовым водителем, потому что дорога предстояла неблизкая. Сначала из пункта А в пункт Б, а потом и обратно, желательно сегодня же. В оба конца — примерно триста километров.

Пунктом Б был приморский пансионат, где я надеялась найти ключ к разгадке всей детективной истории.

9.

Будним днем в октябре трасса, ведущая к морю, отнюдь не была перегружена автомобилями. По правде говоря, дорога была почти пустой, и я добралась до места назначения всего за два часа. Шумахеров мой успех вряд ли впечатлил бы, но Ирка, я уверена, была бы потрясена.

Заезжать в ворота пансионата я не стала. Путевки у меня нет, так что дальше шлагбаума меня вряд ли пустят. Конечно, можно потрясти перед охранником тележурналистским удостоверением, но не хотелось поднимать шум — во всяком случае, раньше времени. Успею пошуметь, если не получится действовать тихой сапой.

Пешим ходом на территорию пансионата можно было без труда пройти по лесным тропам, с пляжа или из ближайшего поселка. Персонал здравницы по большей части проживал именно там, и люди протоптали к месту своей работы удобную широкую тропу. В огороженную зону комплекса она вливалась через просторный пролом в заборе.

Когда мы отдыхали в пансионате, брешь нам показывали как местную достопримечательность — памятник несгибаемому упорству. На этом рубеже на протяжении двух с лишним лет существования здравницы ее администрация вела безрезультатную позиционную войну с аборигенами. Лазейку штопали проволокой, закрывали фанерными щитами, забивали досками, заваривали листовым железом, но ничто не помогало. В качестве контраргументов население выдвигало кусачки, топоры, бензопилы и автоген. Местная история не помнила разве что применения стенобитных орудий. Но, когда однажды дырка была истреблена как факт вместе с содержащим ее сетчатым забором, аборигены пустили в ход тягач и обрушили целую секцию поставленной взамен сетки бетонной ограды.

Расположение пролома я помнила и не сомневалась, что найду к нему путь из поселка. Чтобы попасть в населенный пункт, нужно было свернуть с трассы метров за пятьсот до пансионата. Вниз вела узкая извилистая дорога, не асфальтированная и изрядно разбитая колесами. В сезон по ней, как по караванной тропе, вереницами идут к морю автомобили неорганизованных отдыхающих, которым местные жители с удовольствием сдают комнаты и углы. Для большинства жителей маленьких приморских поселков этот небольшой летний бизнес — основной способ обеспечить себе пропитание зимой. С постоянной работой в этих местах дела традиционно обстоят неважно.

Закусив губу, нервно потея и ежесекундно зависая левой стопой над педалью тормоза, я с превеликой осторожностью вела машину по узкой, кривой и скользкой дороге, больше похожей на бобслейную трассу. На мое счастье, навстречу мне не шел никакой другой транспорт, иначе даже не знаю, как бы мы разъехались.

На въезде в поселок дорога, превратившаяся в улицу, сделалась пошире, но ненамного. Две легковые машины здесь, пожалуй, разминулись бы, но грузовикам, автобусам и широким кабриолетам ничего не светило.

Я скатилась с горы, выехала на относительно ровный участок дороги, и тут на моем пути обнаружилось серьезное препятствие. Встречным курсом двигался траурный кортеж во главе с автобусом марки «ПАЗ», исполняющим роль катафалка.

Таранить похоронную процессию было бы делом глупым и неблагородным. Я максимально тесно прижала «шестерку» к забору, освободив проезд для «пазика». Автобус, натужно рыча движком, тяжело пополз в гору, за ним с подобающей случаю скоростью медленно потянулись провожающие, сорганизовавшиеся в колонну по три. Я прикинула на глазок длину кортежа и темпы его движения и поняла, что ждать мне придется с четверть часа, не меньше.

Похоже, за «пазиком» выстроилось чуть ли не все население поселка! Тут были и люди в возрасте, и молодежь. Мне стало любопытно, кого это столь массово провожают в последний путь?

Я вылезла из машины, подалась к забору и задала этот вопрос молодой тетке, которая провожала катафалк исключительно взглядом. Судя по выражению теткиного лица, ей очень хотелось присоединиться к массовому мероприятию, но мешали родительские обязанности: у нее на руках в такт глухому бумканью большого оркестрового барабана весело подпрыгивал жизнерадостный ребенок лет двух.

— Хоронят-то кого? — повторила молодайка, провожая завистливым взглядом стайку принаряженных девчонок, по дурости и из неуместного кокетства явившихся на похороны при полном параде, в боевом макияже североамериканских индейцев и даже в мини-юбках. — А Пашку Маврина, кого ж еще!

Из того, что моя собеседница не назвала усопшего по имени-отчеству, я заключила, что Павел Маврин был еще молод.

— Семнадцати годков! — подтвердила мою догадку мамаша.

— Всего семнадцать лет! — сокрушенно воскликнула я.

— Всего? Это как посмотреть! — пожала налитыми плечами тетка. — Сколько он кровушки у мамани своей за эти годы выпил! Прости, господи, что так говорю о покойнике, а только ни ближним, ни дальним от Пашки добра не было, одни слезы! Хулиган он был известный, лоботряс и ворюга, да через вороватость свою и помер — разбился насмерть в краденой машине да еще и сгорел, потому и хоронят его в закрытом гробу, чтоб людей не пугать.

Я насторожила ушки. Складывать два и два я умею, в школе отличницей была, так что вывод из полученной информации сделала правильный:

— Уж не тот ли это угонщик, который увел машину постояльца соседнего отеля из-под носа охранников, прямо со стоянки?

— Знаете эту историю, да? — Мамаша хмыкнула. — Ну, немудрено. Хотя гостиничное начальство тут землю копытом рыло, чтобы порочащие слухи пресечь, а разве людям рты закроешь?

Тут в поле зрения моей собеседницы попала группа хмурых парней самого недоброго вида. Пригнув забритые лбы, сутуло, вразвалочку мимо нас прошли пацаны, похожие на подрощенных волчат. Они щерили зубы и злобно сверкали глазами. В карманах спортивных штанов бугрились сжатые кулаки.

— У, бандюки мелкие! — шепотом ругнулась моя собеседница. — Вот кто милиции слова правдивого не сказал! Горой стоят за дружка своего покойного, прям ангелом его выставляют!

— Это кто, друзья Маврина? — спросила я, приглядываясь к парням.

— Ну да! Друзья-подельники! Такая же разбойная шелупень! — подтвердила тетка.

— Отлично! — невпопад сказала я, после чего заперла машину и поспешила вдогонку за траурным кортежем.

Приятели Павла Маврина болтались в кильватере процессии. Я без труда их нагнала и, бестрепетно выдержав косые взгляды, сказала:

— Молодые люди, есть срочный разговор!

— Ты, тетя, не видишь разве — мы сильно заняты! — угрюмо буркнул один из парней.

— Вали отсюда, ментовская сучка! — сплюнул мне под ноги другой.

Это было обидно, но я стерпела.

— Я не из милиции, а из страховой компании, — заявила я. — Выясняю обстоятельства страхового случая.

— Все равно вали!

— Значит, вам безразлично, получит владелец угнанной Мавриным «Нексии» страховое возмещение за свою машину или не получит? — Я задала вопрос откровенно провокационного характера.

Парни переглянулись и сбились с шага, а самый рослый и хамовитый — тот, который обозвал меня собакой женского пола, — вообще остановился и недоверчиво переспросил:

— Не понял... Пашке нашему, значит, гроб с музыкой, а с того хлыща все как с гуся вода да еще и деньги ему заплатят?!

— Хоть и не хочется, а придется заплатить, — с нарочитым сожалением сказала я. — Если, конечно, не выяснятся какие-нибудь особые обстоятельства. Знаете, ведь бывает, что недобросовестные страхователи нарочно ЧП организуют, чтобы выплату получить.

— Самый тот случай! — заявил рослый хам, вытягивая из кармана куртки трикотажную шапочку, очень похожую на вязаный детский чепчик, только без завязочек.

Он низко, по самые брови, натянул ее на голову (отнюдь не сделавшись при этом симпатичным, как младенец) и этим символическим жестом продемонстрировал свою готовность немедленно отколоться от похоронной процессии.

— Пошли! — через плечо бросил он мне и добавил, адресуясь к дружкам: — Косой, Зюзя, Мартын, вы топайте по этапу.

— Лось, а я? — спросил белобрысый шпеньдик, хлопая реденькими белесыми ресничками.

— А ты, Белоснежка, со мной, поболтаем с тетей.

Зваться тетей мне нравилось не многим больше, чем собачьей девочкой, однако я вновь проглотила обиду. Интуиция подсказывала, что парней лучше не злить, от мирной беседы проку будет больше.

Лось и Белоснежка привели меня на полуразгромленную детскую площадку, все оборудование которой составляли одна скрипучая качелька, перекошенный турник и накренившаяся, в лохмах старой краски и шматках свежей грязи шведская стенка, при виде которой нормальный швед возжелал бы немедленно сменить гражданство. Мои новые знакомые присели на громадное колесо, нижняя часть которого вросла в землю, а верхняя была с неизвестной целью побелена известью. Опасаясь испачкаться, я достала из кармана чистый носовой платок, застелила им предложенное мне сидячее место и получила еще одно неласковое прозвище:

— Цаца!

Это сказал Белоснежка, Лось же сплюнул и вздохнул. Чувствовалось, что мои манеры ребятам сильно не нравятся и они делают над собой усилие, чтобы не послать меня в какое-нибудь другое место, еще более неуютное, чем эта детская площадка.

— Ладно, ближе к теме, — проворчал Лось. — Денег хлыщу не давайте. Зуб даю, с разбитой «Нексией» дело нечистое.

— А факты? — коротко спросила я.

— Факт то, что Пашка машины не угонял, — заявил Лось. — Никогда! Уж я-то знаю, кто у нас чем занимается.

— Он знает, — подобострастно взглянув на дружка снизу вверх, подтвердил Белоснежка.

Я сочла нужным возразить:

— То, что Павел Маврин прежде не занимался угоном автотранспорта, ничего не значит. Возможно, «Нексия» была его первым опытом. — Я помолчала и тихо добавила: — Неудачным...

— Да ни хрена! — Лось выругался и ударил кулаком по покрышке, на которой мы сидели, с такой силой, что я лично ощутила это как маленькое землетрясение, а щуплый Белоснежка аж подпрыгнул. — У нас, тетя, чтоб ты знала, четкая организация, каждый занимается своим делом. Я вот, например, если надо, морды бью...

— Он бьет, — плаксиво подтвердил Белоснежка, отчего-то потерев острую скулу.

Можно было подумать, что Лось бьет морды и если надо, и если не надо, причем далеко за объектами не ходит.

— А Белоснежка вот у нас каменщик, — не обратив внимания на реплику дружка, продолжил Лось.

Я с сомнением посмотрела на белобрысого задохлика. Какой из него каменщик? Одинарный силикатный кирпич весит около пяти кило, ему такие тяжести вовсе не по плечу! Этот доходяга и хлебный-то кирпич едва поднимет!

— Белоснежка ходит по пляжу и переворачивает камни, — объяснил Лось, заметив мое удивление. — Рано утром и поздно вечером, когда пляж пустой. Здыхи все время на пляже что-нибудь теряют — и деньги, и вещички, частенько даже ювелирка попадается.

Я кивнула. «Здыхами» местные за глаза называют отдыхающих, этот жаргон я знаю.

— Ну вот, а Пашка был кенгурушником, — продолжал Лось.

Я снова округлила глаза, и он досадливо объяснил:

— Ну, от слова «кенгуру»! Животное такое, с сумкой на пузе, не знаешь, что ли? Пашка был кенгурушником, то есть тырил сумки и кошельки. Ну, барсетки всякие, бумажники само собой. У него даже прозвище было такое — Бильбо! Догадываешься, почему?

По лицу Лося было видно, что в мою догадливость он не верит и уже готов разжевать мне смысл Пашкиной клички, но тут я его умыла. Романы Толкиена я читала неоднократно и в разных переводах, а мои собеседники небось только кино смотрели, причем только в пародийной озвучке.

— Догадываюсь, — сказала я. — Хоббит Бильбо происходил из рода Бэггинсов, в другом переводе — Сумкинсов.

— Смотри, знает! — кивнул Лось Белоснежке.

— Она знает! — привычно подтвердил тот.

— Ну, вот и думай своей головой, стал бы специалист по сумкам воровать машину? Это же совсем другой профиль.

— То же самое, как если бы офтальмолог взялся за операцию на сердце, — пробормотала я.

— Чего она сказала, я не понял? — встревожился туповатый Белоснежка.

— Я сказала, что логика ваших рассуждений мне понятна.

Белобрысый по-прежнему выглядел обеспокоенным, поэтому я выразилась максимально просто:

— Конкретно мыслите, пацаны! Но сомнения все-таки есть.

— А ты не сомневайся! — снова заговорил Лось. — Ты думай! Пашка с электричеством не дружил, проводки соединять не умел, какой из него угонщик? Это с одной стороны. А с другой, менты сказали, машину-то родным ключиком завели! Спрашивается, откуда у Пашки взялся этот ключик?

— Наверное, украл у владельца? — предположила я.

— Мог украсть, — неожиданно легко согласился

Лось. — Ключи и разная прочая карманная мелочь — это тоже законная добыча кенгурушника. Но есть, понимаешь ли, одно «но»... Пашка два раза в день дела не делал!

— Он не делал! — поддакнул Белоснежка.

— Вы хотите сказать, что норматив Маврина составлял одну кражу в сутки? — уточнила я.

— Чего? — вякнул мелкий, тревожно сморщив мордочку.

— Того! — гаркнул Лось. — Правильно, такая Пашкина норма была.

— Ну и что? — Я нахмурилась, уподобившись лицом непонятливому Белоснежке.

— А то, что ментам мы, конечно, этого не сказали, но Пашка в ту субботу одну сумку взял еще днем!

— Так, секундочку, давайте подумаем...

Я сосредоточилась и забормотала вслух, словно игрок в передаче «Кто хочет стать миллионером?», решающий интеллектуальную задачку перед полным залом недоброжелательных и завистливых зрителей:

— Пашка крал по одной сумке в день, не больше. В субботу днем он как раз одну сумку и взял. Значит, другим сумкам в тот день с его стороны уже ничто не грозило... Ну и что? Второй раз он ведь не сумку украл, а автомобиль! Сами говорите, машины он до тех пор не угонял, значит, на этот счет у него никаких правил еще не было!

— Ладно, оставим машину. А как же ключи от нее? Хозяйские ключи! Если Пашка их свистнул у хлыща, значит, это была уже вторая добыча кенгурушника за день! Не по правилам! — уел меня Лось.

— Может, ключи от машины были в той самой сумке, которую Пашка украл днем? — предположила я.

— А вот это вряд ли! Дневная-то сумка была женская! — победно объявил Лось.

— Вы ее видели?

— Нет, саму-то сумку никто из наших не видел, Пашка кожгалантерею домой никогда не пер, выбрасывал сразу, зачем ему рисковать? Но зато Люська в субботу вечером получила от Пашки подарочек из той сумки — классный мобильник.

— Люська — это подружка Маврина? — машинально спросила я. — Ага, значит, Пашка сумку выпотрошил и выбросил, а деньги и ценности прихватил, и сотовый телефончик тоже... Только разве можно по сотовому с полной уверенностью определить, кому он принадлежал — мужчине или женщине?

— По-твоему, найдется мужик, который заведет себе мобильник в виде пудреницы? — хмыкнул Лось.

— Пудреницы?! — от волнения я подскочила, едва не опрокинув трепетного Белоснежку. — Такая круглая золоченая коробочка, раскладывающаяся, на крышке сердечком выложены стразы?

— Сама ты зараза, — обругал меня обиженный Белоснежка.

Как меня только сегодня ни обзывали, но мне все было нипочем, особенно сейчас, когда я получила такую важную информацию!

— Парни, я вам чрезвычайно признательна и страховая компания тоже, — добавила я, вспомнив свою «легенду». — Будьте уверены, вы не зря мне все это рассказали!

Я уже устремилась в арочный проем между покосившимся турником и накренившейся шведской стенкой, когда Лось остановил меня вопросом в спину:

— Так это... Хлыщ страховку за машину не получит?

— Не страховку он получит, а несколько лет строгого режима! — с уверенностью пообещала я.

— Класс! — Лось и Белоснежка на радостях ударили по рукам.

Таким образом, можно было считать, что я удалилась с детской площадки под аплодисменты публики.

Улица, на которой я оставила машину, была уже пуста и ничто не мешало продолжить движение. Я проехала через весь поселок — много времени это не заняло, населенный пункт был из тех, которые на карте запросто можно перепутать с мушиным следом.

Жизненный центр поселка находился не посередине, а на том краю, что ближе к морю. Вблизи набережной полукругом выстроились магазинчики, ресторанчики, кинотеатр весьма запущенного вида и еще более обшарпанное здание поселковой администрации. Ни одно из этих заведений меня не интересовало. Оставив машину на пустой стоянке за кинотеатром, я обошла заведения торговли и общепита по непрезентабельным задворкам и вышла на торную тропу, ведущую прямиком к нужной мне лазейке в заборе.

На территорию комплекса я проникла совершенно беспрепятственно. Охранник, скучавший в некотором отдалении у стратегически важного пункта — пивной палатки, скользнул по мне равнодушным взглядом и отвернулся. Нисколько на это не обидевшись, я целеустремленно прошагала к жилому корпусу, вошла в холл и приблизилась к стойке дежурного администратора.

Повезло: сегодня дежурила моя знакомая, Валентина. Я, правда, вспомнила ее имя только благодаря бэйджу, а вот она меня, видно, крепко запомнила, потому что без всяких подсказок вспомнила:

— Елена! Снова вы?

Прозвучало это не слишком приветливо. Опомнившись, Валентина постаралась компенсировать свои неласковые слова профессионально-любезной улыбкой.

— Вы к нам на отдых?

— Увы, нет, — с искренним сожалением вздохнула я. — Я тут проездом, вот решила заскочить к вам, кое о чем спросить.

— Надеюсь, это «кое-что» не связано со Скалой Ревнивицы? — Валентина снова нахмурилась и сделалась нелюбезна. — Мне не хотелось бы беседовать на эту тему. Меня лично и весь наш коллектив очень утомили расспросы милицейских товарищей.

— Да, милицейские товарищи порой бывают ужасно утомительны, — согласилась я, вспомнив, ясное дело, капитана Лазарчука. — Но я к вам совершенно по другому поводу. Скажите, пожалуйста, жильцы из соседнего номера после нашего отъезда не отдавали вам или горничной детскую игрушку?

— Нет, — растерялась дежурная. — А что за игрушка?

— Заводной медвежонок, очень забавный, черный, с белой «галочкой» на груди, — соврала я, в общих чертах описав одну из любимых Масянькиных зверушек. — В воскресенье наш малыш играл с медвежонком на балконе, подбрасывал его вверх и ненароком закинул через перегородку на балкон соседей. К сожалению, нам не удалось с ними встретиться, в номере никого не было, и мы так и уехали без нашей игрушки. А малыш по своему мишке скучает, хнычет.

Слушая мой жалобный рассказ, Валентина едва не прослезилась и предприняла массу усилий для поиска воображаемой игрушки. Немедленно и с пристрастием были допрошены две горничные и кастелянша, но все они клялись, что никакого заводного медвежонка в глаза не видели. Самым заводным и игривым мишкой в ближних пределах все три единодушно назвали сексуально озабоченного отставного полковника Михаила Васильевича Тучкина из пятнадцатого номера. А бесхозных плюшевых медвежат они не видели, нет! Меня это ничуть не удивило, а Валентина расстроилась. Ей явно была небезразлична репутация заведения, а тут пятно за пятном — самоубийство, угон машины, пропажа личной вещи постояльцев!

— Право, не знаю, как такое могло случиться, наши сотрудники не могли взять чужое! — растерянно приговаривала дежурная.

— Не огорчайтесь, возможно, медвежонка случайно забрали наши соседи, — сказала я. — Не помните, у них были дети?

— Не было в двадцать четвертом номере никаких детей! Номер одноместный, там проживал мужчина!

— Паспортные данные его не подскажете? — вкрадчиво задала я главный вопрос. —Может, адресок или телефончик?

— Я только имя и фамилию знаю.

— Давайте хоть имя и фамилию, если еще не забыли!

— Ну, этого гостя я не скоро забуду! — усмехнулась Валентина. — Он обеспечил мне нескучный день и весьма беспокойную ночь!

Я посмотрела на администраторшу с уважительным удивлением. Какая передовая особа, нисколько не стесняется раскрывать свои интимные секреты! А ведь руководство заведения вряд ли одобряет шашни обслуживающего персонала с гостями.

Составив представление о моральном облике собеседницы, я заодно успела найти объяснение тому факту, что в ночь с субботы на воскресенье, когда мы с Иркой залезли в соседний номер в поисках Лилианы, апартаменты были пусты. Я решила, что постоялец как раз в это время проводил постельно-развлекательную программу в комнате дежурной администраторши. Однако следующая фраза Валентины обелила ее репутацию и опровергла мое предположение:

— Он то и дело названивал мне из своего номера то по одному, то по другому поводу! Да я ведь вам об этом рассказывала, помните?

— Вы мне рассказывали, какое беспокойство вам причинил Сергей Трофимов! — вспомнила я. — Так это он был нашим соседом?!

— Сергей Трофимов, двойник Гагарина! — подтвердила Валентина.

Одарив администраторшу сомнамбулической улыбкой, я плавно развернулась на сто восемьдесят градусов, выплыла из холла неестественной поступью танцовщицы ансамбля «Березка» и двигалась по прямой, пока мне не преградила путь основательная деревянная скамейка. Я присела на нее и призадумалась так крепко, что роденовский мыслитель рядом со мной показался бы шалопаем-непоседой.

Оцепенение мое длилось с полчаса.

Все это время подобием соляного столпа я была только внешне. В голове моей происходили бурные процессы: взрывались звезды, рождались планеты, формировались галактики. Все это происходило само по себе, без моего участия, так что я ощущала себя зрителем на премьере научно-фантастического фильма. Не хватало только граблов и Козявского!

Разрозненные фрагменты головоломки соединились. У меня не было уверенности, что все пазлы встали точно на свои места, но они хотя бы сбились в кучу, образовав более или менее плотный конгломерат. Ядро этого перспективного планетарного образования составляла моя глубокая убежденность в том, что душечка Сережа Трофимов — расчетливый убийца, лишивший жизни Лилиану Марусенко и Павла Маврина. Я даже поняла, каким образом он это сделал!

По моей версии, в субботу Лилиана Марусенко приехала к Трофимову в пансионат, отнюдь не собираясь прыгать со Скалы Ревнивицы. Она с нее и не прыгала!

Не застав его в номере, девушка направилась на дикий пляж. Вероятно, такова была предварительная договоренность, или же Лилиана созвонилась с Трофимовым по мобильному телефону.

Он встретил ее на каменистом берегу, в безлюдном месте, идеально подходящем для совершения убийства. Лилиана не ждала ничего плохого и охотно приняла предложение искупаться. Почему нет? Вода была теплая, разве что немного неспокойная, ведь начинался шторм, но рядом с сильным молодым мужчиной девушка чувствовала себя вполне уверенно. А он употребил свою силу на то, чтобы утопить ее!

Пока Лилиана и Трофимов барахтались в волнах, по берегу прошел Павел Маврин — кенгурушник Бильбо. Он увидел купальщиков, но не приглядывался, чем они занимаются. Пашку профессионально заинтересовала оставленная на берегу сумка Лилианы. Там же лежали и одежда, и обувь купальщиков, но носильные вещи специалиста по сумкам нисколько не интересовали. Походя, не притормаживая, он подхватил с камней торбу Лилианы и дал деру!

Думаю, это был отработанный способ, простой и вполне надежный: редкий босоногий купальщик имел шанс догнать воришку, шустро улепетывающего по хорошо знакомому маршруту.

Впрочем, Пашку никто не преследовал. У Трофимова было дело поважнее, сначала он должен был закончить с Лилианой. Утопив девушку, он вышел на берег, оделся, по крутой тропинке поднялся на Скалу Ревнивицы и на парапете ограждения оставил ее одежду и обувь.

Однако упускать свидетеля преступления Трофимов вовсе не собирался. Ведь позднее, когда стало бы известно о гибели девушки, Маврин мог вспомнить эпизод на диком пляже. Особенно освежили бы его память вопросы оперативников!

Трофимов логично предположил, что воришка из местных, стало быть, обслуживающему персоналу пансионата он вполне может быть известен. Пашку в поселке и в самом деле знали. Трофимов описал наружность парня барменше, но, естественно, не упомянул о краже сумки. Он придумал прелестную байку, которую позже рассказывал всем подряд. Мол, гуляя у моря, нашел сторублевую купюру, которую поднял и хотел вернуть владельцу — парнишке, из кармана которого эта денежка выпала. Но парнишка на призыв остановиться почему-то не отреагировал, наоборот — еще ускорил шаг. Чужой «стольник» так и остался у славного парня Трофимова, и он очень хотел найти робкого растеряху.

Маврину кто-то очень скоро шепнул, что его ищут, чтобы одарить халявной сотней. Это была отличная наживка. Пашка встретился с Трофимовым и получил обещанные деньги. А заодно хитроумный убийца приватно попросил парнишку оказать ему услугу — помочь незаметно, минуя КПП, выехать за территорию комплекса на «Нексии». Уж не знаю, какую сказку сочинил Трофимов на этот раз, возможно, соврал что-нибудь вроде «хочу втайне от жены прокатиться к подруге», мужики замечательно ведутся на такие темы, у них же солидарность!

Пашка любезно сопроводил Трофимова в его машине на заброшенную дорогу, а там водитель своего штурмана вырубил, пересадил за руль и отправил в овраг.

Кстати, я поняла, как мог попасть на мужний джемпер белокурый волосок, из-за которого я и влезла в эту криминальную историю. Весьма вероятно, что волосок Лилианы остался на куртке Трофимова, на нем, помнится, в субботу был спортивный костюм из уютной ворсистой ткани. Из такой мануфактурки шьют детские игрушки, дамские порты с начесом и теплые мужские толстовки. За столиком в баре Трофимов и Колян сидели плечом к плечу, вот волосок и перебрался с одного плюшевого одеяния на другое.

Все, все складывалось в пользу этой моей версии об убийстве Трофимовым Лилианы и кенгурушника Бильбо! Мешала лишь одна небольшая, но важная деталь. По словам администраторши Валентины, дежурившей в субботу и в ночь на воскресенье, Трофимов непрестанно изводил ее телефонными звонками из своего номера. Это было прекрасное алиби на оба убийства! Вернее, это было бы прекрасным алиби, если бы две предприимчивые дурочки-подружки не узнали, что ночью двадцать четвертый номер пустовал. И как раз в полночь, когда Трофимов якобы звонил дежурной с просьбой найти для него лекарство от обострившегося артрита!

Интересно, каким образом он обманул гостиничную АТС? Или Валентина врет и никаких звонков из номера вообще не было?

Исключать такую вероятность нельзя.

10.

Я думала об этом на обратном пути в город. Дорога по-прежнему пустовала, и ничто не отвлекало меня от раздумий — до тех пор, пока уже в пригороде на глаза мне не попался рекламный щит с пламенным призывом: «Екатеринодарцы! Все на выборы в городскую думу!»

— Совсем забыла про кандидатское выступление! — охнула я, неосознанно придавив педаль газа.

«Шестерка» прянула вперед, и до первого красноглазого светофора я снова летела так, что Шумахерам имело смысл держаться за суперкубок четырьмя руками. Но, нетерпеливо дожидаясь разрешительного сигнала светофора, я подумала, что особо спешить на работу смысла нет. К послеобеденной записи очередного кандидата я уже опоздала, и, судя по тому, что телефон помалкивает, Вадик справился без меня. Я перестала гнать машину, наоборот, съехала на обочину и позвонила напарнику, чтобы выразить ему горячую признательность за самоотверженность и благородство.

Вадькин мобильник был выключен, поэтому я позвонила в редакторскую. Мой напарник и гостевой диван прямо-таки созданы друг для друга, и всякий раз, когда оба свободны, они составляют сладкую парочку.

Я не ошиблась — Вадик действительно был в редакторской и лично снял трубку, однако отвесить ему пару книксенов не получилось. Едва я робко, вполне сознавая свою вину и с тайной надеждой на отрицательный ответ, поинтересовалась, не нужна ли я на работе, как напарник с искренним ужасом вскричал:

— Боже упаси!

— То есть? — Я опешила. Ответ был какой-то уж слишком отрицательный!

— Не хватало еще нам всем от тебя заразиться, — молвил Вадик, сердясь на меня за проявленную несознательность. — Ты в своем уме? По телевизору говорят, от этого куриного гриппа птицы мрут, как мухи!

— Куры, мухи! — передразнила я паникера. — Вадь, а я-то, по-твоему, с чего бройлеровой хворью заболела? Я, по-твоему, глупа, как курица? Или квохчу, как наседка? Или, скажем, петушусь?

— Ты это о чем говоришь? — озадачился оператор. — Я не эпидемиолог, симптомов болезни не знаю да и знать не хочу! Мне вообще куриный грипп без надобности, говорят, после него жуткие осложнения бывают: только представь, петухи теряют мужской интерес к курам, на кой ляд мне такая болячка?! Мамай сказал, что ты заболела, подозревается куриный грипп, вот и сиди на своем насесте, пока не оклемаешься, а в наш курятник не лезь!

— Вадя, сделай доброе дело, — кротко попросила я. — Сходи к Мамаю и клюнь его в темечко побольнее! Совсем спятила наша Большая Мамочка — карантин по куриному гриппу в компании объявила!

— Так ты здорова? — недоверчиво спросил напарник.

— Как корова!

Очевидно, про заразные коровьи хвори по телевизору ничего не сообщали, и Вадик успокоился. Я порадовалась, что он не видел Семин пиджак из шкуры лишайного теляти.

— Фу-у-у! — облегченно пыхнул напарник.

Я насторожила ушки.

В трубке, помимо Вадикова пыхтения, слышались и другие шумы, не характерные для нашей редакторской: громкие голоса, я бы даже сказала — вопли, какие-то стуки, шлепки, частый топот. Впечатление было такое, будто по комнате бегает небольшая, но агрессивная толпа и одновременно разворачивается локальное побоище с использованием подручных предметов.

— У, козел косорукий, опять промазал! — взревел в отдалении чей-то абсолютно неузнаваемый голос.

Я не стала угадывать, в какую цель метил мелкий рогатый скот с разбалансированными конечностями, и с испугом спросила:

— Вадь, что у вас там происходит?

— А что? — невозмутимо отозвался напарник. — Все нормально, обычный творческий процесс!

— Ты что мне заливаешь? — Я едва не обиделась. Можно подумать, я столько лет работаю в телекомпании и до сих пор не знаю, как выглядит нормальный творческий процесс! — Какое творчество, у вас там шум стоит, как на футбольном поле в разгар матча за суперкубок!

— Почти угадала! — хохотнул Вадик. — Это пацаны в баскетбол играют!

— У нас в редакторской?!

Я знала, что от наших пацанов многого можно ожидать, но затевать подвижные игры с мячом в относительно небольшом кабинете — это уж слишком!

— Почему в редакторской? — в свою очередь удивился мой напарник. — Я во дворе сижу, рядом с баскетбольной площадкой!

— Почему — во дворе?

— Потому что покурить вышел! А что, нельзя?

— Можно, — разрешила я. — Только я не пойму, как же так... Почему ты во дворе, я же тебе на стационарный телефон звоню, ты разве не в редакторской?

— Во дворе я потому, что пошел покурить, — повторил Вадик. — На редакционном телефоне я потому, что мой мобильник разрядился, а я как раз жду важного звонка...

— Подстерегаешь приятный женский голос? — съязвила я.

— Точно, — не стал запираться он. — Не в редакторской я потому, что там Любовь Андреевна курить не разрешает. Я взял трубку и вышел из офиса на свежий воздух.

— На ходу разматывая за собой шнур, как фронтовой телефонист? — снова съязвила я.

— А, вот ты о чем! — Вадик весело засмеялся. — Подруга, ты отстала от жизни! Наш главный и любимый инженер сегодня заменил старый телефонный аппарат в редакторской на новый, беспроводной. Знаешь, что это такое?

— Знаю, не совсем темная!

— У нас новая модель! — похвастался Вадик. — Трубку можно удалить от базы на сто пятьдесят метров!

— Ух ты! — Я сочла правильным разделить радость коллеги, хотя сама не имею обыкновения бегать с телефонной трубкой по коридорам и дворам. — Ой! Вадька, спасибо! Ты не представляешь, как мне помог!

Вадик забубнил что-то в том духе, что он очень даже хорошо представляет, как он мне помог, и закономерно рассчитывает на адекватное вознаграждение в виде... В каком именно виде друг-товарищ рассчитывает получить с меня вознаграждение, я не услышала. Я уже заводила машину, прикидывая, по какому маршруту проехать к ближайшему магазину бытовой техники и электроники.

Минут через двадцать улыбчивый консультант торгового дома «Мишень» водил меня с экскурсией между двух бесконечных прилавков и, приговаривая: «Посмотрите направо, посмотрите налево...», обстоятельно рассказывал о достоинствах современных средств связи.

— Молодой человек, покажите мне, пожалуйста, беспроводные телефонные аппараты, — нетерпеливо вставила я, с трудом обнаружив достаточно продолжительную паузу в отработанной речи консультанта. — Меня интересует модель с максимальным радиусом действия.

— Вот, например, прекрасный аппарат! Трубку можно гарантированно дистанцировать от базы на триста метров!

— Триста метров — это примерно полтора стандартных городских квартала? — прикинула я. — Пожалуй, достаточно.

— Будете брать? — обрадовался консультант.

— А больше, чем триста метров, бывает?

— В принципе, да, радиус приема может быть и триста пятьдесят метров, даже четыреста, но в данный момент у нас в продаже таких аппаратов нет, — закручинился юноша.

— Нет так нет! — я развела руками.

В отличие от консультанта, я была очень довольна результатами нашей беседы. Теперь я знала, как именно Сергей Трофимов мог обмануть автоматическую телефонную станцию отеля. Как сказал бы своему туповатому напарнику Шерлок Холмс — «Элементарно, Ватсон»!

Трофимов просто-напросто привез с собой современный беспроводной аппарат и на два дня заменил им шнуровой телефон в номере. Подключенный к внутренней телефонной сети, для отеля этот аппарат стал «родным». Трофимов мог носить трубку в кармане и звонить дежурной хоть с набережной, АТС все равно распознавала звонок как внутренний, поступивший из двадцать четвертого номера.

Итак, если не все, то очень многое стало понятно. В том числе прояснились вероятные мотивы покушения на Ирку и меня саму. Если Трофимов узнал, что мы субботне-воскресной ночью побывали в его номере, он мог желать нам смерти как ненужным свидетельницам, разрушающим его алиби. А вот знал ли славный парень Сережа о нашей ночной эскападе?

Когда моя правая рука временно освободилась от рычага переключения скоростей, я сильно потерла лоб. Вспомнить бы, что я сама рассказывала Трофимову в телефонном разговоре перед собачьими крестинами? О том, что приревновала мужа к посторонней блондинке, я сказала, это точно. Что видела, как она с улыбкой на устах ускакала к морю, тоже выболтала. А про ночное проникновение в двадцать четвертый номер Сереже вполне могла сказать Ирка! Она ведь тоже разговаривала с ним, сразу после меня, причем Трофимов сам позвонил моей подружке и буквально напросился в гости... Кстати, в гости он не пошел, развернулся с полпути...

— Потому что я упомянула нашего друга капитана Лазарчука! — Все той же правой я звонко хлопнула себя по лбу. — Общаться лишний раз с опером преступнику совсем не хотелось!

Я катила по городу, не вполне соображая, куда держу путь, и очнулась только на подъезде к Первой городской больнице. Значит, мое подсознание все это время беспокоилось об Ирке.

Я оставила машину на больничной стоянке, поднялась по знакомой лестнице к закрытым дверям реанимационного отделения и деликатно поскреблась в филенку скрученной в трубочку сторублевкой. Выглянувшая на шорох медсестричка приняла денежное подношение и по моей просьбе узнала, в каком состоянии находится пациентка Максимова. Ирке полегчало, она уже приходила в себя, но в данный момент снова спит.

— В принципе, я могу вас к ней провести, — предложила медсестричка, с намеком поглядев на кошелек, который я позабыла убрать в сумку и держала в руке.

У меня были при себе свободные деньги, но я решила не беспокоить подружку. Пусть отдыхает, ей здорово досталось, чуть на тот свет не отправилась, бедная!

«А все потому, что кто-то слишком много ест! — подумалось мне, когда я спускалась по лестнице. — Не накинулась бы наша Ирина Иннокентьевна на шоколадный батончик сомнительного происхождения, не лежала бы сейчас в реанимации!»

Тут же я подумала, что винить ее в случившемся несправедливо. У нее непреодолимая тяга к сладкому, а какая-то сволочь этим воспользовалась, подбросив отравленный батончик!

— Какая-то? — снова пробормотала я вслух. — Я знаю имя этой сволочи: Сергей Трофимов!

Я села в машину, но поворачивать ключ в замке зажигания медлила. Признаться, я совершенно не представляла, что делать со всей той информацией, которую я накопала, хотя меня никто об этом не просил, наоборот, кое-кто очень даже пытался моим раскопкам воспрепятствовать! А делать что-то было нужно, потому что преступник, трижды потерпев неудачу с покушениями на меня и мою подругу, мог на этом не остановиться. Неписаное правило «Бог троицу любит» данному случаю не соответствовало, убийство — дело отнюдь не богоугодное.

Поразмыслив, я решила сдать Трофимова Лазарчуку. Попыталась, не откладывая в долгий ящик, позвонить другу-сыщику, но не преуспела. Служебный телефон капитана отвечал длинными гудками, к домашнему подошла какая-то незнакомая косноязычная фифа с заспанным голосом, а по мобильнику другая фифа, уже с хорошей дикцией, сказала, что абонент находится вне зоны действия сети.

Я побарабанила пальцами по оплетке руля, а потом сходным образом застучала по кнопкам сотового, вызывая последовательно: а) старшего лейтенанта Петеньку Белова; б) собственного супруга; в) Моржика. Все они были недоступны, как сквозь землю провалились оптом!

— Если выяснится, что мужики дружной компанией сидят в каком-нибудь винном погребе, я их убью! — проворчала я.

Такая история однажды уже имела место. Колян, Моржик и Лазарчук с Беловым втихую закатились на экскурсию с дегустацией в катакомбы винодельческого хозяйства, а мы с Иркой оборвали все телефоны, разыскивая супругов!

Меж тем мне очень хотелось поделиться с кем-нибудь своими знаниями. Хотя бы на тот случай, если неугомонный и изобретательный Трофимов все-таки сумеет меня устранить. Я решительно не желала, чтобы моя смерть осталась не отмщенной! Правда, еще меньше я желала, чтобы моя смерть вообще состоялась.

От невозможности немедленно дать показания,

изобличающие Трофимова, в устной форме, я решила последовать примеру Лилианы Марусенко и оставить компьютерную памятку. Достала из сумки «наладонник», вооружилась стилом и принялась сочинять текст, однако написать успела только первую козырную фразу: «В моей смерти (если таковая, паче чаяния, состоится!) прошу винить Сергея Трофимова!» Далее я собиралась в красках живописать преступные деяния упомянутого гражданина, но мои труды прервал телефонный звонок.

Я посмотрела на дисплей мобильника, надеясь увидеть входящий номер и опознать телефончик Лазарчука, Коляна, Белова или Моржика. Как бы не так! Вызов даже не определился. Я приложила трубку к уху и услышала голос, который не был ни знакомым, ни приятным женским. Тонкий писклявый голосок с совершенно уморительными интонациями мог принадлежать, например, цирковому лилипуту.

— Алле, это Елена Логунова? — комариком пропищал он. — Вы просили меня позвонить. Я Лесик.

— Лесик! — Наконец-то я поняла, почему взрослого мужика зовут, как младенца! С таким голоском он явно не тянул на Леонида Леонидовича — или как там его зовут. ФИО Лесика я узнать не удосужилась. — Как хорошо, что вы мне позвонили! Вы-то мне и нужны!

Я тут же решила, что сделаю свои шокирующие признания кстати подвернувшемуся Лесику. Вполне подходящая фигура, брат Лилианы должен быть заинтересован в том, чтобы изобличить убийцу сестры и обелить ее имя. Если меня не станет (ох, не накликать бы!), он за меня расскажет миру правду о преступных деяниях Сергея Трофимова.

— Зачем я вам нужен? — пропищал Лесик, как мне показалось, без испуга, просто с интересом.

Впрочем, я затруднялась различать сверхтонкие интонации комариного писка.

— Я знаю правду о гибели вашей сестры Лилианы Марусенко! — с подобающей случаю важностью объявила я.

— И хотите, чтобы я тоже ее узнал? — смекнул Лесик.

Лилипут он или нет, но не дурачок, уже хорошо!

— Я вам все расскажу. Давайте встретимся, — предложила я. — Желательно поскорее.

— Через полчаса — пойдет?

— Пойдет! Где? — Беседа пошла в хорошем темпе.

Похоже, Лесик был не только неглуп, но и деловит.

— Развлекательный центр «Палаццо» знаете?

«Палаццо» я знала — небольшое модное заведение в самом центре города с двумя прекрасными кинозалами и тремя гораздо менее прекрасными заведениями общепита.

— На первом этаже кафе-стекляшка, я буду ждать вас в витрине, — сказал приятно-деловитый Лесик и отключился.

Я отложила трубку и потянулась к ключам зажигания.

Здание развлекательного центра «Палаццо» своеобразно украшает деловой центр города. Перестроенный и модернизированный купеческий особняк начала двадцатого века с разных сторон выглядит по-разному. Если посмотреть справа — это большой куб из стекла и металла, слева — глухая бетонная коробка, а фасад представляет собой оригинальный гибрид стилей модерн и хай-тек. Изюминкой кафе-стекляшки на первом этаже является витрина, нависающая над тротуаром. В ней установлен столик, сидя за которым, посетители находятся на всеобщем обозрении, как рыбки в аквариуме. Очень многим эта публичность нравится. Особенно любят устраиваться на виду у прохожих кокетливые девчонки и пижонистые юноши.

— Неужели Лесик из их числа? — заинтересовалась я.

В таком случае, он точно не карлик, люди с физическими дефектами обычно застенчивы и не выставляют себя напоказ.

Я подъехала к «Палаццо» в половине седьмого вечера, опоздав к назначенному времени на несколько минут. Многочисленные конторы и офисы, расположенные в этой части города, уже закрылись, их работники в большинстве своем погрузились в трамваи-троллейбусы или в собственные автомобили и покатили домой, в спальные районы. Гуляющих по улицам в будний день немного, и развлекательный центр «Палаццо» не ломился от посетителей. Это было понятно по тому, что на стоянке у входа в заведение было немало свободных мест.

Я без труда припарковала «шестерку» почти напротив раздвижных дверей, вышла из машины и посмотрела на «аквариум» висячей витрины. За столиком кто-то сидел, но я не смогла разглядеть этого человека, потому что электрическое освещение в витрине было выключено. На столике в широком бокале трепетно горела свеча. А Лесик-то романтик!

Усмехнувшись, я прошла между столбиками с декоративными цепями, позволила автоматическим раздвижным дверям приветствовать меня тихим шорохом, шагнула под своды просторного фойе, а там взяла курс в уголок, занятый кафе.

В витрине уже никого не было, только на столе уютно дымилась красная кофейная кружка да еще лежала непочатая сигаретная пачка. Можно было предположить, что человек, сидевший за столиком, временно отлучился. Я сменила курс, подошла к барной стойке и спросила симпатичную девушку, откровенно скучающую в компании кофе-машины и пивного бочонка с краником:

— Простите, вы не скажете, куда подевался молодой человек, который только что сидел за столиком в витрине? Я немного опоздала к назначенной встрече, он еще не ушел, не знаете?

— Что, знакомство вслепую? — подмигнула девчонка, обрадовавшись возможности пообщаться с одушевленным существом. — Свихнулись все нынче на знакомствах по Интернету! Небось хотите заранее узнать, как выглядит ваш кавалер?

— Хочу, — согласилась я, с интересом ожидая продолжения.

— Нормально выглядит, наверное, даже симпатично, — успокоила меня девчонка.

— Наверное?

— Фигура у парня в порядке, а лица толком не разглядеть, у него прическа лохматая, очки, усы и борода, как у шкипера, — засмеялась барменша.

Я тоже улыбнулась — с пониманием: с таким голосом, как у Лесика, имеет смысл всячески культивировать признаки мужественности, каковыми, по общему мнению, являются борода и усы! Впрочем, девочка сказала, что фигура у него «в порядке», значит, кузен Лилианы не карлик.

— Он похож на полярника из рекламы кофе, — добавила она.

Я снова улыбнулась — и снова с пониманием: красная кружка «Нескафе» в сочетании с густой растительностью на лице должны были придавать Лесику неоспоримое сходство с рекламным персонажем.

— Ваш кавалер заказал еще пиццу, так что, думаю, он скоро вернется, — сообщила барменша. — Наверное, в туалет вышел.

— Тогда мне тоже кофе и пиццу, — попросила я. — А я пока тоже сбегаю в туалет.

— Правильно, советую поторопиться, — по-свойски подмигнула мне компанейская девчонка. — Вот-вот закончится киносеанс, и там будет очередь.

Этим дельным советом не следовало пренебрегать, и я поспешила вернуться в холл, на другом краю которого располагались места общего пользования. Киносеанс уже закончился, по лестнице тянулись зрители, подслеповато моргающие на ярком свету. С одной такой близорукой гражданкой я едва не столкнулась.

— Глаза разуй, корова! — обругала меня она.

Я разула глаза, посмотрела на хамку и хмыкнула. Если допустить, что я корова, то она тоже принадлежала к этому виду млекопитающих! Во всяком случае, одеты мы с ней были практически одинаково и походили друг на друга, как девицы из кордебалета.

Не секрет, что распространение моды способствует появлению клонов. Если бы я костюмировалась пооригинальнее, скажем, в онучи, парчовую юбку на обручах и тельняшку с телогрейкой внакидку, у меня было бы очень мало шансов встретить на городских улицах себе подобных! Я же с утра облачилась в короткие вельветовые штанишки, стеганую курточку шоколадного цвета и высокие сапоги, не столь практичные, сколь красивые. Вот и на хамовитой девице был такой же наряд — бриджи, курточка и сапоги, всю разницу составляли мелкие детали кроя и оттенки цвета. На мне была курточка потемнее, на ней штаны посветлее, мои сапоги замшевые и на плоской подошве, а ее — кожаные и на каблуке. Зато девица немного ниже меня, так что благодаря ее каблукам мы сравнялись ростом.

Обменявшись неприязненными взглядами, мы одновременно, словно по команде, отвернулись друг от друга и разошлись в разные стороны. Я поспешила в туалет, а девица направилась в кафе-стекляшку. Это не улучшило моего настроения. Если мы с двойняшкой усядемся за соседние столики, нас будут принимать за персонал в униформе!

Сердясь неизвестно на кого, я вошла в дамскую комнату, но там уже было многолюдно, к кабинкам выстроилась очередь. Спросив, кто крайний, я встала в шеренгу, нервно притопнула по кафельной плитке ногой, и тут вдруг ка-ак грохнуло! Словно вулкан проснулся!

С треском распахнулась дверь, дамы в туалете завизжали и завопили, но их крики не шли ни в какое сравнение с воплями в фойе. Думаю, у многих надобность в посещении кабинок отпала сразу же. Я лично не обмочилась только потому, что перепугалась до судорог!

В фойе творилось что-то страшное. Непонятно было, откуда в здании вдруг взялось столько людей, но по лестнице толпа катилась лавиной, в холле закручивалась водоворотом и широким потоком вырывалась в раздвижные двери, которые замерли в положении «настежь» и не делали ни малейшей попытки сомкнуться. По полу ощутимо тянуло сквозняком, по плитке скользили какие-то бумажки, щепки, стекляшки, мелкий мусор.

Выскочив из туалета, я, как все, устремилась к

дверям, но на полпути взглянула в сторону кафе-стекляшки и остолбенела. Люди, набегающие сзади, толкали меня в спину, а я стояла, не в силах оторвать взгляд от открывшейся картины.

Стеклянной витрины, минуту назад нависавшей над тротуаром, теперь не было и в помине, на ее месте зияла просторная брешь. Помещение кафе было разгромлено. Столы и стулья перевернуло и прибило к барной стойке, а саму ее опрокинуло. Разбитый пивной бочонок лежал в луже пенной жидкости, а в ней корабликом высилась невесть откуда взявшаяся галоша... Я присмотрелась и зажала рот рукой, останавливая и рвущийся с губ крик, и подкатывающую рвоту. То, что я приняла за галошу, было нижней частью кожаного сапога, некогда черного, а теперь запачканного красным!

В толпе на все лады повторялось «взрыв», «теракт» и «бомба», но смысл их дошел до моего сознания далеко не сразу. Зато, когда дошел, я враз отмерла и зашевелилась. Подхватила с пола клетчатую скатерть, сорванную со столика, закуталась в нее, как Ясир Арафат, и выплыла из «Палаццо» в бурном потоке паникующих граждан.

Иркина «шестерка», целая и невредимая, стояла там, где я ее оставила, даже не вопя, как другие автомобили, сигнализацией. Машинам, которые были припаркованы вблизи витрины-аквариума, повезло гораздо меньше. «Какое счастье, что Иркина тачка не пострадала!» — посетила меня первая — дурацкая — мысль. Вторая мысль была не в пример умнее: «Какое счастье, что не пострадала я сама!»

А ведь должна была пострадать, ведь ради этого и задумывалось все это жуткое шоу! Очевидно, что взрыв произошел в кафе-стекляшке, и я, кажется, знаю, где именно находилась бомба: под тем самым столиком в витрине, за которым мне назначил встречу бородатый полярник Лесик!

— Но почему она рванула, ведь меня же там не было? — пробормотала я, останавливаясь.

— Ваше счастье, бабушка, а вот мы там были и совсем этому не рады! — пробегая мимо, неласково обронил какой-то дядечка с плачущим ребенком на руках.

Я безропотно проглотила «бабушку». Пусть клетчатый платок добавил мне годков и арабского колорита, зато меня в таком виде очень трудно узнать! Если тот, кто на меня покушался, где-то поблизости, он тоже запросто примет меня за землячку Хоттабыча и его же ровесницу!

И тут меня осенило! Сходство с той хамовитой девицей — вот что меня спасло! Меня-то спасло, а ее, бедную, погубило... Если она села за столик в витрине, то с улицы в полумраке ее запросто можно было принять за меня! Значит, убийца нас перепутал!

Я снова вспомнила жуткую «галошу» в пивной луже, и мне стало дурно. В глазах потемнело, в ушах зазвенело, а когда просветлело и утихло, я поняла, что уже не бегу в толпе перепуганных граждан, а стою посреди пустого квартала, как одинокая рябина. За углом, у входа в развлекательный центр, завывали сирены.

Торчать, как гриб, на ровном месте было в моем положении неразумно. Я огляделась, увидела призывно сияющую вывеску пивбара «Милый Августин» и без раздумий шмыгнула под арку. Мне казалось правильным спрятаться и не высовываться, пока убийца не уберется куда подальше. Не менее правильным казалось быстренько залить в себя порцию чего-нибудь бодрящего горячительного.

Ступеньки вели вниз. Я сделала два шага, потом остановилась, вытаскивая мобильник. Меня посетила еще одна вполне правильная мысль — в подвальном помещении плохой прием, но мне вдруг ужасно захотелось позвонить. Кому?

— Вадику! — решила я и набрала нужный номер.

Очевидно, мой напарник все еще терпеливо ожидал появления в трубке приятного, но крайне недисциплинированного женского голоса, потому что отозвался он мгновенно и с подкупающей готовностью:

— Да, дорогая!

— Я тебя тоже очень люблю, — вполне серьезно заявила я.

В этот момент, на радостях после чудесного избавления от трагической гибели, я готова была любить все человечество, за исключением одного только убийцы.

— А, Ленка, это ты? — разочаровался Вадик. — Вообще-то я хотел услышать не тебя...

— Меня ты мог уже и не услышать, — сказала я. — Вадик, мне нужна твоя помощь. Окажи мне, пожалуйста, услугу, это по твоей части...

— Надо кого-нибудь снять? — Напарник слегка оживился. — В том или ином смысле?

— Снять? Разве что показания, — пробормотала я. — Вадька, будь другом, срочно залезь в свою знаменитую базу данных и выясни, как зовут типа, который проживает по следующему адресу, записывай, — и я продиктовала приятелю адресок Лесика.

— Редкая ты женщина, Ленка, — похвалил Вадик, записав информацию. — Другие сначала знакомятся и уже потом, в процессе, узнают адрес и жилищные условия кавалера, а ты сразу к делу! Одобряю!

— Вадик, мне это нужно срочно, — сказала я, не приняв игривый тон. — Поторопись, пожалуйста!

Теперь можно было и выпить. Я спустилась в подвальчик с намерением нализаться до свинячьего визга.

В заведении царил полумрак, музыкальный автомат наяривал бодрые тирольские мотивы, и пузатый бармен сладострастно полировал салфеткой стеклянную пивную кружку. Из закрытых кабинок в дальнем углу доносился разноголосый смех и звон бокалов, а вот деревянные лавки у столов в общем зале пустовали. Меня удивило, что взрыв, прозвучавший в каком-то квартале отсюда, никого здесь не встревожил, но тут музыкальный автомат перестал курлыкать и загрохотал, как камнедробилка, исполняя песню из репертуара немецкой группы «Раммштайн». Понятно, за такой музыкой можно пропустить и тяжелую бомбардировку!

Я оглядела интерьер и, дабы лучше ему соответствовать, сняла клетчатую скатерть с головы и перебросила ее углом через плечо. На фанатку «Раммштайна» я все равно не тянула, но что-то альпийское в моем облике, видимо, появилось, потому что веселый бармен перестал любоваться своим раздутым отражением в кружке и весело спросил:

— Чего желает милая фройляйн?

— Шнапса! — брякнула милая фройляйн первое, что пришло ей в голову.

— Без закуски? — усач уточнил заказ.

— Натюрлих! — сказала я и лихо опрокинула поданную стопку. — Еще!

— Опять без закуски? — в голосе бармена почудилось осуждение.

— Блицкриг! — сказала я, объясняя свою тактику, и хлопнула вторую порцию. — Айн, цвай, драй — и в дамках!

— Драй так драй! Пьяных дамок мы, что ли, не видали! — сговорчивый бармен выдал третью рюмку.

После нее меня отпустило. Тугой комок из горла провалился в желудок и там под воздействием шнапса благополучно растаял. Я облокотилась локтем на стойку, пристроила на кулачке потяжелевшую головушку и немного полюбовалась вереницей пивных кружек, в каждой из которых содержалось по одной моей блаженно улыбающейся физиономии. Это было очень приятное зрелище — так много счастливых Ленок, хотя моему убийце оно наверняка не понравилось бы. Вот ведь сволочь! Хочет сжить со свету такую милую фройляйн!

Круглобокие кружки искажали отражение, и мои мордашки были необычно щекастыми. Я этим немного обеспокоилась и спросила бармена, не кажется ли ему, что я немножко, самую малость, похожа на хомяка? Усач посмотрел на меня и тактично ответил, что ему кажется, будто я немножко, действительно самую-самую малость, похожа на морскую свинку.

— О! — многозначительно сказала на это я, косо воздев указательный палец.

Подсознательно я помнила, что собиралась нажраться именно до свинячьего визга, поэтому решила, что норматив выполнила. Глубоко и сердечно поблагодарив бармена за отменное обслуживание и превосходный шнапс, я отклеилась от стойки и в неустойчивом равновесии провозгласила в качестве прощания:

— Гутен морген, гутен таг! Бьют по морде, бьют и так!

К счастью, добродушный бармен не расценил это как угрозу.

Слегка пошатываясь, я взошла по ступенькам, которые с немецкой скрупулезностью пересчитала с другим подходящим случаю стишком:

— Айне майне кляйне швайне вдоль по штрассе побежал!

Ступеньки закончились огорчительно быстро, и айне кляйне швайне в моем нетрезвом лице не побежал, а неспешно двинулся вдоль штрассе в абсолютно отфонарном направлении.

Воистину правду говорят, что пьяному и море по колено! Пока я была трезвой, меня то и дело грабили и убивали, а стоило только напиться — и криминогенная обстановка в городе сошла на нет! Совершенно беспрепятственно, без всяких затруднений и осложнений я прошла четыре квартала, встречая на своем пути крайне немногочисленных и исключительно дружелюбных граждан. Одни из них адресовали мне теплые улыбки, другие делали более или менее заманчивые предложения: познакомиться, подружиться, повеселиться и даже подвезти домой, причем на выбор: к себе или ко мне.

В полной эйфории я приветствовала широким взмахом руки трамвай, который встретила на середине перегона, и транспорт остановился на полпути специально ради меня! Это меня так растрогало, что я попыталась расплатиться за проезд пятидесятирублевой купюрой без сдачи, а когда кондуктор благородно отказался, решила подарить ему клетчатую общепитовскую скатерку, приговаривая: «В честь нашей встречи, мадам!» Мадам, оказавшаяся при ближайшем рассмотрении бородатым мужиком, от подарка отказалась, но я не обиделась, только отошла подальше, на заднюю площадку. Смутно помнилось мне отчего-то, что бородатые люди не все поголовно заслуживают доверительного отношения.

Выйти из вагона я решила как-то вдруг, неожиданно для себя и для водителя, который начал уже закрывать двери, так что меня слегка придавило, но и это не нанесло моему великолепному настроению ощутимого урона. Чудесным образом оказалось, что я выгрузилась не на другом краю города, а точнехонько на своей остановке. Впрочем, в тот момент это меня нисколько не удивило. Меня, кажется, вообще ничто не могло удивить. Даже если бы разудалые граблы в летающей тарелке с открытым верхом приземлились поблизости и предложили познакомиться, подружиться и так далее, я приняла бы это как должное. Разве что поинтересовалась бы с легким укором, почему они не хотят дружить с Козявским, он ведь такой славный парень и, кстати, совершенно безбородый!

Легко и непринужденно я прошла темный и опасный путь между гаражами, и за ними в лунном свете и звездном сиянии открылся мой дом. Окна нашей квартиры ласково светились, и на мои глаза навернулись слезы умиления. Смахнув их, я встала по стойке «смирно» и тихо, чтобы никому особенно не мешать, спела «Дом, милый дом!». Получилось не очень, потому что песенка была английская, а я нынче вечером практиковалась все больше в немецком. Добиваясь совершенства, я немного потренировалась, заменив труднопроизносимые романо-германские слова милым уху «ля-ля-ля», и в процессе песнопения заметно протрезвела. Наверное, вокальные упражнения вызывали большее потребление свежего вечернего воздуха, чем немое сопение. Окончательно я перестала лялякать, когда заметила в дверях нашего подъезда крупную темную фигуру, застывшую в виде буквы «ф» — уперев руки в крутые бока.

— Песни поешь? — с большим неодобрением изрекла фигура незабываемым голосом Матрены Набалдашкиной. — Весело вам, да? Гостей полный дом назвали? А машины с клумбы кто убирать будет? Я, между прочим, только вчерась там луковички посадила!

Мне понадобилось секунд тридцать, чтобы увязать сначала луковички с клумбой, а потом машины с полным домом гостей. Через полминуты до меня дошло, что на плешивом газоне под моими окнами стоят благородный «Пежо» Максимовых и беспородное авто капитана Лазарчука. Хмель слетел с меня окончательно, великолепное кришнаитское благодушие уступило место не менее великолепной языческой ярости. Значит, меня там бомбами взрывают, а эти красавчики, которых в трудную минуту днем с огнем не найдешь и на помощь не дозовешься, уютно сидят в моем собственном доме?!

Я уже открыла рот, но тут вечернюю тишь огласил звонок мобильника. Пришлось повременить с ругательствами.

— Ленка, привет еще раз, это я! — сказал Вадик. — Я выполнил твою просьбу. Ох, как много ты мне уже должна!

— Ближе к делу, — попросила я, напрягаясь в ожидании момента истины. — Его имя?

— Имя, сестра, имя! — паясничая, прокартавил Вадик. — Его имя — Сергей Трофимов. Довольна?

— Несказанно! — буркнула я.

Сказать, что я обрадовалась, было бы сильным преувеличением. Чему тут радоваться? Тому, что я еще большая балда, чем покойный племянник Матрены Афиногеновны? Горе-сыщица села в лужу, хотела сдать убийцу ему самому! И почему это я вечно упускаю какие-то мелкие, но важные детали? Могла ведь своевременно выяснить фамилию Лесика, достаточно было соседку толком расспросить! Приходилось признать, что мое самодеятельное расследование грешит отсутствием системы. Видимо, я как сыщик недостаточно последовательна и настойчива.

— Так что насчет машин на клумбе? — вернула меня к текущей действительности похвально последовательная и настойчивая Матрена Набалдашкина.

— Я немедленно приму меры! — пообещала я, проходя в подъезд мимо посторонившейся соседки.

— Держи, пригодится! — подобревшая Матрена Афиногеновна сунула мне в руку штуковину, при ближайшем рассмотрении оказавшуюся пластмассовой выбивалкой для ковров.

Я взмахнула рукой, пробуя свое новое оружие, на ходу сильно треснула им по стене, и обломки кривых пластмассовых прутиков брызнули во все стороны. В руке у меня осталась одна рукоятка с поперечной перекладиной, но я не выбросила ее, а воздела повыше и понесла впереди себя, как животворящий крест.

Злость на саму себя я приготовилась перенаправить на ближних.

Дверь была не заперта, я тихо вошла в квартиру и осмотрелась. Свет горел в гостиной и в кухне. В комнате на ковре сидел Масяня, меня он не заметил, потому что был очень занят. Ребенок возводил гигантскую башню из книг, видеокассет и компьютерных дисков, и некому было сказать малышу, что он выбрал не лучшие строительные материалы. Колян, Моржик и Лазарчук устроились на кухне.

Я бесшумно прошла по коридорчику и остановилась на пороге пищеблока, дожидаясь, пока меня заметят. Ждать пришлось долго, мужикам было не до того. Они предавались скорби, причину которой я поняла не сразу.

Морж и Серега скорбели сосредоточенно, сидя неподвижно и глядя в стол, а Колян размеренно бился головой о столешницу и страдальчески мычал. Когда он в очередной раз поднял голову повыше, я кашлянула. Муж открыл глаза и уставился на меня затуманенным взором.

— Здравствуй, милый! — сладким-пресладким голосом с откровенной издевкой проворковала я.

— Кыся! Прости меня, прости за все! — взвыл Колян и снова бумкнулся головой о столешницу.

Начало мне понравилось. Я перевела взор на Лазарчука и предгрозовым голосом сказала:

— Вижу, вы хорошо сидите!

Капитан ничего на это не ответил, а Моржик часто заморгал и громким шепотом сказал Сереге:

— Видишь, она плохо лежит!

Я решила, что он говорит о своей супруге, которая лежит в больнице, и сказала:

— Ты не волнуйся, с Иркой теперь все будет хорошо, я ее совсем недавно видела.

— Не может быть! — Моржик побледнел и схватился за сердце. — Как же так? Врачи сказали, что ей стало лучше!

Смысла этой путаной фразы я не уловила и снова обратилась к Лазарчуку, который единственный пока был огорчительно спокоен, не бился головой о стол и не хватался за сердце:

— Ты, вообще, в курсе, что под меня сегодня подложили бомбу?

Серега с усилием сглотнул, распрямил спину и хриплым голосом сказал:

— Клянусь, твоя смерть не останется не отмщенной!

— Рада буду увидеть это своими глазами!

— Как же ты это увидишь? — не удержался от глупого вопроса Моржик. — Оттуда, что ли?

Он поднял палец и показал на плафон потолочного светильника.

— Гм... Морж, а ты вполне уверен, что она попадет туда, а не туда? — Лазарчук понизил голос и повторил жест Моржика, но с точностью до наоборот — ткнул пальцем в пол.

— Несмотря ни на что, Ленка точно будет в раю! — убежденно сказал Моржик. — И моя Иришка тоже...

Он пустил слезу, а Колян веско отбил сказанное очередным лобовым ударом о стол. Тут до меня дошло, что они обсуждают перспективы нашей с Иркой загробной жизни! Я демонически захохотала, пошатнулась и, восстанавливая равновесие, широко взмахнула пластмассовым крестом имени Матрены Афиногеновны.

— Чур меня! — ахнул впечатлительный Моржик, враз позабыв, что он только что однозначно определил мне место в царствии небесном.

— Всем достанется! — сквозь неудержимый нервный смех пообещала я.

— Бум! — отбил дежурный поклон Колян.

А Лазарчук глубоко вздохнул и неожиданно приятным нутряным басом зарокотал:

— Со святыми упоко-о-ой!

Ба-бах!

С треском и грохотом в гостиной обрушилась и упокоилась башня, возведенная Масяней.

— Что это было? Неужто еще одна бомба?! — очнувшись, прошептал Колян. — Масянька!

Мася прибежал на папин зов, увидел меня и расправил губы, которые уже успел сложить для громогласного обиженного рева:

— О, мамочка пришла! Мама, ты что принесла? Дай мне это!

Ребенок забрал погубленную выбивалку и с добычей убежал обратно в гостиную, откуда сразу же послышались звуки хлестких ударов — Масяня принудительно избавлял от пыли диванные подушки.

— Минутку... Я не понял... Кыся, ты что, живая?! — с величайшим изумлением вопросил Колян.

— Живее всех живых! — с удовольствием подтвердила я.

— Не может быть! — сказал Лазарчук.

— Да уж не твоими молитвами я жива, это точно! — ехидно сказала я капитану. — Только и можешь, что отомстить за мою смерть, а чтобы предупредить ее, так фигушки!

— Живая! Точно, живая! — умиленно проворковал Моржик.

Он воспрял духом и тут же потянулся к бутылке:

— Друзья мои, за это надо выпить!

— Но как же так? — продолжал волноваться Колян. — Я ведь своими глазами видел: подъехала Иркина «шестерка», ты вышла из машины, вошла в здание, села за столик и тут же взорвалась!

— Это была не я, а совершенно посторонняя девица, царство ей небесное! Она просто была одета так же, как я!

— А почему эта посторонняя девица приехала на машине моей жены? — с претензией поинтересовался Моржик.

— На машине твоей жены приехала я! И вышла из нее я, и в здание вошла тоже я! — рассердившись, я заорала в полный голос.

Ну, надоели уже, нетрезвые тупицы, ничего не понимают и все путают!

— А похожая на меня девица села вместо меня за столик и подорвалась на моей бомбе!

Тут я снова развернулась к Лазарчуку:

— А ты тут сидишь и пьянствуешь, вместо того чтобы пойти и арестовать моего убийцу!

— Я же думал, что это уже не так срочно! — капитан попытался оправдаться. — Раз он все равно тебя уже убил...

— Срочно, срочно! Он ведь пока только меня убил, то есть он думает, что убил, а он не убил, — я тоже начала путаться, как нетрезвая тупица. — Но Ирка-то пока еще живая!

— Что значит — пока еще?! — Моржик снова схватился за сердце.

— А то и значит, что Ирку этот гад тоже непременно попытается ухлопать! — убежденно заявила я. — Поэтому его надо срочно, немедленно, вот прямо сей же час, пока он празднует мою предполагаемую смерть, арестовать и посадить в тюрьму!

— Сразу в тюрьму нельзя, — возразил Лазарчук. — Сейчас можно только задержать.

— Ну так задержи его! — в один голос рявкнули мы с Моржиком.

А Колян, подозрительно долго молчавший, вдруг вскричал:

— Кыся, я должен немедленно убедиться, что ты и в самом деле живая! Дай я тебя пощупаю!

И он прямо через стол полез меня щупать, да так энергично и темпераментно, что мне пришлось на него шикнуть:

— Коля, мы не одни! Позже!

— Так, друзья мои, смерть моей любимой жены не состоялась, тризна отменяется, прошу всех покинуть помещение, потому как нам срочно нужно тет-а-тет отпраздновать воссоединение нашей семьи, до свиданья, до свиданья! — забормотал Колян, настойчиво выталкивая Моржика и Серегу сначала из кухни, а потом и вообще из квартиры.

— Стой! — крикнула я. — Коля, погоди, не выпроваживай хотя бы Серегу! Лазарчук, ты куда побежал? Ты разве не хочешь узнать, кого именно нужно задерживать? Имя и адрес убийцы тебе не нужны?

— А ты что, их знаешь?!

Немая сцена.

— Господа, я вынуждена сообщить вам пренеприятнейшее известие! — наслаждаясь общим изумлением, произнесла я. — Преступник, безуспешно покушавшийся на мою жизнь и на жизнь Ирки, а также совершивший несколько вполне результативных убийств, точное количество которых мне пока неизвестно...

— Короче! — рявкнул нетерпеливый Лазарчук, уже балансирующий на пороге на одной ноге. — Кто он?

— Сергей Трофимов, — просто сказала я.

— О-бал-деть! — почему-то шепотом и по слогам произнес Моржик, после чего покинул нас, не попрощавшись.

Лазарчук тоже убежал, отказавшись от адреса Трофимова, который я ему любезно предлагала написать на бумажечке. Оказывается, адрес этого парня у капитана уже был, так как он проходил свидетелем по делу о смерти Лилианы Марусенко.

Через пару минут оба неправедно припаркованных автомобиля убрались с тюльпанных грядок Матрены Набалдашкиной.

— Ничего сами сделать не могут, всегда им общественность помогать должна! — нелестно отозвалась я о работе правоохранительных органов, слушая затихающий вдали шум моторов.

— Я должен тебя пощупать! — напомнил Колян, с трудом дождавшийся ухода гостей.

Я против такой перспективы ничего не имела, однако мужу еще пришлось подождать, пока я приготовлю ужин, покормлю Масяньку и уложу его спать.

К обсуждению детективных дел мы тем вечером и ночью больше не возвращались.

11.

Лазарчук позвонил утром, когда я уже собиралась на работу и раздумывала, не вызвать ли мне такси? Обычно я милым образом добираюсь на службу общественным транспортом, но обычно меня не подстерегает тут и там неприятно настырный убийца! Я не знала, стала ли известна Трофимову личность женщины, погибшей в кафе при взрыве бомбы. Если он узнал, что то была не я, вполне может организовать новое покушение.

Я так разволновалась, что не могла толком подкрасить глаза. Правый глаз подвела нормально, а левый у меня никак не получался. Руки дрожали так, что я рисковала ослепить себя острием косметического карандаша. С третьей попытки я нарисовала себе корявое совиное око, похожее на контурную карту обширного фингала, расстроилась, пошла умываться и уже в ванной услышала телефонный звонок.

Кроме меня, дома уже никого не было: Колян убежал на работу, а Масяня с няней ушли на прогулку. Быстро и небрежно умывшись, я ощупью выдвинулась из ванной, по стеночке добрела до телефона в прихожей, сняла трубку, сказала:

— Да! — и болезненно зашипела, потому что едкое мыло все-таки попало в глаза.

— Не плачь! — покровительственным тоном сказал Лазарчук. — Теперь все будет хорошо. Взяли мы твоего Трофимова, и в самом деле было с чем! Нашли у него еще одну самодельную бомбочку, должно быть, про запас соорудил, мастер-умелец.

— Не про запас, а для Ирки, — возразила я.

— Ну, теперь вам с подружкой ничего не грозит. Трофимов сидит в КПЗ, готовится раскалываться.

— А расколется?

— А куда он денется?

— Ну, хорошо, — сказала я, начиная потихоньку радоваться наступлению спокойной жизни. — Если понадобится, ты знаешь, как меня найти. Я готова давать обличительные показания в любой момент.

— Найду, не беспокойся.

А я уже и не беспокоилась! Возрадовавшись, я одним махом нарисовала злополучный левый глаз и выскочила из дома, забыв и думать о такси. Жизнь вновь стала прекрасна, убийца попал за решетку, и у меня не было причин игнорировать общественный транспорт.

Однако забыть о трагических событиях последних дней мне не дали. Утреннее чаепитие в нашей редакторской неприятно напоминало вчерашние посиделки Коляна, Моржика и Сереги на нашей кухне.

— Да-а-а! — печально протянула Любовь Андреевна, прожевав печенье, которое испекла бесценная Дашутка. — Это просто ужасно!

— Что, выпечка не удалась? — встревожилась Дашка.

— Что выпечка! Жизнь не удалась! — печально

воскликнула пожилая редакторша. — Посмотрите вокруг себя! Как мы живем?

Я послушно посмотрела вокруг и увидела множество жующих физиономий, по виду которых никак нельзя было сказать, что их обладателям живется плохо.

— Уровень преступности вырос до небес! — поддакнул старшей коллеге режиссер Слава. — По улице спокойно не пройдешь, в кафе не посидишь! Слышали, вчера в «Палаццо» взрывное устройство сработало? Погибло сто человек.

— Одна девушка! — возразила я, но моего голоса не услышали.

— У меня мама на Пушкина живет, так она говорит, у нее в квартире на пятом этаже от того взрыва трюмо вверх ногами перевернулось! — тараща глаза, сказала Дашутка. —А от развлекательного центра одни руины остались!

— Чепуха, там только одну витрину разворотило и пару машин перед ней осколками побило! — возразила я. — Люди, как вам не стыдно! Вы же в службе новостей работаете, а распространяете не объективную информацию, а абсолютно не достоверные слухи!

— Если кому нужна достоверная информация, я могу поделиться! — предложил Вадик, жадно поглощающий печенье.

Вазочку с выпечкой он подвинул к себе поближе и еще приобнял свободной от чашки рукой. Печеньем, в отличие от достоверной информации, Вадик ни с кем делиться не хотел.

— Я разговаривал со знакомыми ребятами из ГУВД, и они сказали, что вчерашняя бомба в «Палаццо» была точь-в-точь такая же, как та, на которой подорвался Веник Орлов, — сообщил мой напарник почтительно притихшим коллегам. — Тоже маломощная самоделка, можно сказать, порционная, аккурат на одного человека. Разница только в упаковке была.

— Что, барышне бомбу презентовали в подарочной обертке с бантиком? — съязвил Слава, недовольный тем, что его сенсационное сообщение о массовых жертвах в «Палаццо» не нашло подтверждения.

— Насчет бантиков я ничего не знаю, — невозмутимо ответил Вадик, методично выгребая из вазочки остатки печенья. — Ребята сказали, взрывное устройство в кафе было спрятано в сигаретной пачке. А у Орлова в рюкзаке взорвалась пластмассовая коробочка из-под крема для обуви. Жил дураком и умер по-дурацки, — ругнулся оператор, частенько имевший столкновения с Веником на почве непримиримых разногласий по идейным соображениям.

Вадик — материалист, а Венька оптом и в розницу торговал опиумом для народа.

— Нехорошо так говорить, Вадюша! — укорила его Дашутка. — Вениамин был не такой уж плохой. Знаете, я своими ушами слышала, как он просил Романа Геннадьевича не давить на Лену. Роман Геннадьевич собирался в приказном порядке обязать ее вести программу с бэккорректором, а Вениамин сказал — не надо, мы сами на нее воздействуем, своими методами.

— «Не такой уж плохой»! — передразнил Дашутку желчный режиссер Слава. — Хорошие люди не спускают по три шкуры с других хороших людей! Знаете, какие деньги эти аферисты, Веник с его корректоршей, драли с простачков, которые шли к ним на прием? Тысячи! А за что, знаете?

— Чувствую, что сейчас узнаем, — ответил Вадик, жестом приглашая Славу продолжать.

Тот не заставил себя уговаривать.

— У меня есть соседка, — начал Слава. — А у соседки есть муж.

— Классический треугольник! — ввернул Вадик.

— Сам треугольник! — обиделся Слава. — Этой соседке за шестьдесят, она мне в матери годится.

— Классический случай, читай Фрейда! — не угомонился Вадик.

— Вадюша, помолчи! — попросила Дашутка. — Слава, рассказывай дальше!

Ни Вадик, ни Слава не смогли отказать милой барышне.

— Рассказываю, — согласился режиссер, обиженно зыркнув на усмехающегося оператора. — Муж моей соседки — запойный алкоголик, где она его только ни лечила, все без толку. В очередной раз пришла бедная женщина к нашей бэккорректорше, а та ей поет: поможем, спасем, вылечим! Давайте сто долларов и ведите мужа на прием. А алкаш на прием не хочет! Корректорша говорит: ничего, и так справимся. Давайте нам личные вещи своего мужа, чтобы наладить с ним запредельную космическую связь, и двести долларов! А соседка моя учительница, двести баксов — это ее месячная зарплата!

— И что? — встревожилась добросердечная Дашутка.

— И то! Отнесла моя соседка корректорше двести баксов и набор личных вещичек супруга — любимую рюмку, зубную щетку и подушку-думку и целый месяц кормила детей геркулесовой кашей на воде. А алкаш ее как пил, так и пьет по сей день!

— Вот видите! Ах, как ужасно мы живем! — вновь

запричитала Любовь Андреевна. — Никому нельзя верить, ни людям, ни вещам! Целители обманывают, гуталин оказывается пластидом! Ко всему приходится относиться с подозрением и настороженностью!

И она с подозрением и настороженностью оглядела со всех сторон бутерброд, который только что вытащила из сумки, хотя даже мне с другого конца кабинета было видно, что бутерброд этот не с пластидом, а с обыкновенной вареной колбасой.

— Эй, Ленка, а ты почему ничего не ешь? — спросил вдруг Вадик, успевший за разговором стрескать все печенье. — Сидишь с открытым ртом и ничего в него не кладешь!

— Аппетита нет, — отговорилась я.

В задумчивости я еще немного посидела за столом, а потом покинула сборище под предлогом необходимости помыть свою чашку с остатками заварки и бубонной чумой. Мне хотелось уединиться и немного подумать в тишине и спокойствии.

В поисках соответствующего укромного местечка я спустилась под лестницу, где обычно сиротеют в забвении и небрежении орудия труда приходящей уборщицы. Однако сегодня этот приют веников и тряпок был наряден и тесен, как праздничный чертог: под лестницей вновь устроилась Лизавета со своей передвижной лавкой. Она развесила на крючках и веревках всяческие диковинные предметы и поджидала покупателей.

— Привет! — радостно закричала Коробейница, завидев меня. — Ну, как тебе мой ортопедический суперкорректор осанки?

— Отлично! — я тоже обрадовалась. — Ты просто не представляешь, как он мне помог! Буквально спас жизнь! Спасибо, дорогая, сколько я тебе должна за эту дивную жилетку?

Я полезла в карман за бумажником, который после многочисленных и бесследных пропаж мелких вещей в редакторской — Женькиной священной чашки со спирохетами, Дашкиного лака, моего гуталина и ключа Любови Андреевны — стала носить с собой. Коробейница назвала цену, тут же получила с меня деньги, тщательно пересчитала их и ровно двадцать процентов суммы вернула со словами:

— Делаю тебе скидку с условием, что ты будешь всем рассказывать, как помог тебе мой суперкорректор.

— Не вопрос!

Я с трудом протиснулась мимо Лизаветиных оклунков в туалет, помыла в раковине чашку и на обратном пути получила от Коробейницы новое заманчивое предложение:

— Попробуешь «Пофигин»?

— Это еще что такое? — я остановилась и приняла в свободную руку аптечный пузырек с яркой наклейкой.

На этикетке готическими буквами было красиво написано: «Пофигин», а ниже имелось художественное изображение Белоснежки, мирно спящей на зеленом травяном пригорке. Вокруг белокурой сони сгруппировались гномы, они то ли дремали, то ли медитировали. Морды у всех были благостные, как рождественская песенка, и отрешенные, как улыбка лунатика.

— «Пофигин» — это новейшее лекарство естественного происхождения, — объяснила Лизавета. — Основное действующее вещество — вытяжка из зрелых плодов пальчиковой фиги.

— Нет такой! — засмеялась я. — Есть финиковая пальма.

— А тут написано, что есть, — уперлась она. — Впрочем, какая разница — финиковая пальма или пальчиковая фига? Главное, что из ее спелых плодов производится поразительно эффективный препарат, замечательно уравновешивающий мысли и чувства, приводя человека с расстроенными нервами в наилучшее расположение духа.

— Не наркотик? — с подозрением спросила я, всматриваясь в бессмысленные кретинские физиономии гномов.

— Нет, что ты! Абсолютно безвредная пищевая добавка! — Лизавета замахала руками. — Не имеет никаких противопоказаний.

— А побочные эффекты есть?

— Незначительные, — уклончиво ответила Коробейница. — Ну, легкая дезориентация в пространстве и времени... Честно говоря, с часами враз дружить перестанешь, минуты считать разучишься, с «Пофигином» день да ночь — сутки прочь, мелочи не волнуют.

— Сколько стоит? — спросила я.

— Тебе первый флакон даром отдам, а придешь за вторым — тогда возьму деньги за оба, — предложила Лизавета.

— Идет.

Я сунула пузырек в карман и вернулась в редакторскую.

— Где ты бродишь? — сердито спросил Вадик, распластавшийся на диване. — Я тебя жду, жду с...

— С комфортом, — закончила я за него. — Что, пора за работу?

— Пора, брат, пора! — возвестил Вадик, откровенно неохотно принимая вертикальное положение. — Туда, где за тучей белеет гора!

— Гора денег, заплаченных кандидатами в депутаты за рекламное обслуживание? — предположила я.

Вадику понравилась моя мысль. Я в ответ сказала, что мне нравится его настроение. Тут в редакторскую заглянул Мамай, которому, по его собственному заявлению, ничто в этой жизни не нравилось, и жизнь отвечала ему взаимностью: видите ли, мы с Вадиком непозволительно медлили приступать к выполнению своих обязанностей. По этому поводу Роман Геннадьевич вновь извлек из широких штанин свой любимый хронометр и с крайне озабоченным видом наблюдал кружение секундной стрелки, рискуя перенапрячь приводящие мышцы глаз.

— Как же он мне надоел, проклятый Мамай, басурманская морда! — шепотом причитал Вадик, труся позади меня в студию. — Когда же кончится это издевательство над простым русским тружеником, это трехсотлетнее монголо-татарское иго!

— Скоро кончится, — пообещала я. — Гораздо раньше, чем через триста лет. У меня уже есть кое-какие идеи по этому поводу...

Но обсудить идею нейтрализации надоедливого Мамая мы с напарником не успели. Сначала были слишком заняты записью очередного кандидатского выступления, а потом мне пришлось отлучиться. Лазарчук, который и впрямь точно знал, где и когда меня искать, позвонил на редакционный телефон и настоятельно попросил прибыть к нему в кабинет для беседы.

Мне не очень понравилось, что запланированная капитаном беседа по времени точно совпала с моим обеденным перерывом, — это лишало меня законной трапезы. Я уже приготовилась высказать Сереге свое недовольство, но оказалось, что даже Лазарчуку ничто человеческое не чуждо и беседовать со мной он собрался в располагающей обстановке ближайшего буфета. К тому же организовал приятную компанию: по правую и левую руку от капитана устроились Колян и Моржик.

— Вы все сбежались послушать мой рассказ? — догадалась я. — Друзья мои, любопытство погубило кошку!

— Ничего, если это не ее окорочок лежит в моей тарелке, я не буду сокрушаться по данному поводу! — Мой супруг проявил благодушие, достойное гнома с многолетней лекарственной зависимостью от «Пофигина».

Я опустилась на свободный стул, придвинула свободную тарелку и, ожидая суп, который добрый Колян заказал специально для меня, выдала публике небольшую сенсацию:

— Я только что совершенно случайно узнала, что на совести нашего неверного друга Сергея Трофимова гибель еще одного человека — Вениамина Орлова по прозвищу Веник.

— Это кто такой? — спросил Колян.

— Это тот парень, который насмерть подорвался в среду утром, — Лазарчук ничуть не удивился. — Мы, в отличие от тебя, узнали об этом совершенно не случайно! Взрывное устройство, сработавшее в сумке Орлова, было идентично тому, которое вчера разворотило кафе-стекляшку в «Палаццо». Работа Трофимова, точно.

— А зачем Трофимов его взорвал? Кто он, этот Орлов? — повторил Колян, временно прекратив глодать окорочок сомнительного происхождения. — Я его не знаю!

— Можно подумать, Трофимов убивал только тех, кто тебе знаком! — поддела я.

— Мы пока не знаем, чем Орлов помешал Трофимову, но вскоре обязательно выясним, — заявил Лазарчук.

— Не трудитесь! — сказала я. — Я уже знаю, из-за чего погиб Венька. Выяснила путем дедуктивных размышлений.

Лазарчук фыркнул, как та кошка, окорочок которой предположительно ел Колян. Я не обратила внимания на эту демонстрацию и спросила мужа:

— Помнишь, наша соседка Матрена искала порты?

— Офигеновна! — обрадовался Колян. — Потрясающая женщина, как такую можно забыть!

— У нашей соседки Матрены Афиногеновны пропали с веревки розовые трикотажные портки с начесом, — объяснила я ничего не понимающим Сереге и Моржику. — Подштанники висели в одном ряду с вещичками Масяньки, поэтому Венька решил, что порты принадлежат мне, и украл их.

— Кыся! Хотел бы я посмотреть на тебя в розовых трикотажных портах с начесом! — заблестел глазами Колян.

Чувствовалось, что основательное ночное прощупывание не истощило его творческий потенциал.

— А этот Венька, он тоже хотел посмотреть на тебя в розовых портах? Или, наоборот, без портов? Зачем он их украл? — озадачился Моржик.

— Чтобы принудить меня согласиться на ведение программы с бэккорректоршей, — уверенно ответила я.

Тут мне принесли суп, и я с аппетитом принялась

за него. Мужики некоторое время помалкивали, уважая мой аппетит, но потом не выдержали и потребовали объяснить им все по-человечески.

— По-человечески не получится, — ответила я, облизнув ложку и положив ее в пустую тарелку. — Нормальному человеку такого не понять!

— Считай, что мы условно ненормальные, — предложил Лазарчук.

— История на самом деле дурацкая, я бы сказала — трагикомическая, — продолжила я, с любезного разрешения капитана записав его в идиоты. — Есть у нас в городе такая предприимчивая дама, которая называет себя биокармоэнергокорректором.

— Ого! — сказал Моржик.

— Мои коллеги попросту называют ее бэккорректором. Что такое эта самая биокармоэнергокоррекция, не знает никто. По-моему, дикая смесь шаманства, астрологии и доморощенного психоанализа. Бэккорректорша нуждается в рекламе, поэтому спит и видит себя постоянной гостьей моей телевизионной программы. У нее хороший рейтинг, и зрители мне верят.

— Не позорься ты, Кыся, с корректоршей! — скривился Колян. — Шаманы — это не твой формат!

— Не хочу позориться, — кивнула я. — Потому и отказываюсь от этой сомнительной чести, хотя наш главный редактор Роман Геннадьевич прессует меня, как дорожный каток, уже два месяца. То есть два месяца он меня прессовал, а с неделю назад перестал и вроде как ожидает, что я вот-вот сама, по доброй воле, попрошусь в эфир с корректоршей. Теперь-то я понимаю, в чем тут дело! Наш хитромудрый шеф предложил клиенту самостоятельно решить вопрос со строптивой ведущей неофициальным путем. Вот корректорша со своим верным помощничком Веником Орловым и решили повлиять на меня собственными силами и оригинальными методами.

— Денег предложили? — с надеждой предположил Колян.

— Если бы! Впрочем, это был бы не оригинальный метод, — рассудила я. — Нет, они попытались войти со мной в ментальный контакт.

— Ментальный — это от слова «мент»? — с подозрением спросил Лазарчук.

— От слова «ментальность»! Или не ментальный, а астральный, инфернальный, космический контакт — не знаю, я в бэккорректорских штучках не спец. В общем, эти деятели решили установить со мной незримую связь, чтобы потом дергать меня за ниточки, как марионетку. Для этого Венька старался раздобыть побольше моих личных вещей. Видимо, по идее авторов проекта, предметы, с которыми я непосредственно контактировала, должны были способствовать созданию у затейников моего образа вроде куклы-прототипа, которую мастерят в подобных случаях колдуны диких племен.

— Абсолютно ненаучный эксперимент! — авторитетно сказал Колян.

— Но было бы интересно посмотреть на его результаты, — добавил Моржик.

— Мне тоже, — согласилась я. — Тем более что Венька по ошибке наворовал чужих вещей! Не знаю, какая кукла получилась бы из подштанников Матрены Набалдашкиной, Женькиной кружки со спирохетами, Дашкиного лака для волос и костяного брелочка Любови Андреевны! Определенно, это был бы собирательный образ.

— А твоего в этом наборе ничего не было? — спросил Лазарчук.

Коротким кивком я поблагодарила его за своевременный вопрос и ответила:

— К сожалению, было. Коробочка с блеском для обуви!

— Ага! — многозначительно сказал капитан.

— Ага, — подтвердила я и посмотрела на мужа. — Для тех, кто не в курсе: взрывное устройство, которое отправило на тот свет Веньку Орлова, помещалось в этой самой коробочке с обувным кремом!

Колян поперхнулся пивом.

— Прости, Ленчик, я не понял, — извинился Моржик. — Так с чем же все-таки была эта твоя коробочка — с кремом или с бомбой?

— Моя-то была с кремом. Помнишь, когда мы отдыхали в пансионате, я то и дело доставала ее из сумки, чтобы натереть Масянькины туфли? Он без устали пачкал башмаки пылью и сбивал им носы, а мне хотелось, чтобы ребенок выглядел достойно, раз уж мы оказались в приличном месте.

— Я видел! — обрадовался Колян. — Это была такая небольшая продолговатая коробочка со скругленными углами, да? С блестящим черным тараканом на этикетке.

— Не с тараканом, а со скарабеем, впрочем, это неважно. Важно то, что Трофимов, который провел вечер субботы с нами, тоже видел, что я таскаю в сумке сапожный блеск.

— Его можно купить в любом супермаркете и даже в киоске Роспечати, — задумчиво сказал Лазарчук.

— Трофимов и купил, — я подхватила его мысль на лету и развила ее. — Во вторник, когда Ирка позвала нас всех на собачьи крестины, я разговаривала с Трофимовым по телефону и имела глупость ляпнуть лишнее. Или же это Ирка имела глупость...

— Обе вы ее имеете, — пробурчал капитан.

— Не перебивай, а то я потеряю нить. Поговорив с нами по телефону, Трофимов вдруг обнаружил, что мы с Иркой — крайне нежелательные для него свидетели...

— Свидетели чего? — влез Колян.

— Не перебивай! Свидетели того, что у него нет алиби.

Муж снова открыл рот, но я рыкнула:

— Не пер-ребивай, сказала! Дай договорить! В общем, Трофимову внезапно и сильно захотелось нас с подружкой убить.

— О, как я его понимаю! — закатил глаза Лазарчук. — Вечно вы лезете куда не надо!

— Ленчик, а куда вы залезли на этот раз? — с легким укором поинтересовался Моржик.

— В соседний, двадцать четвертый, номер отеля. Давайте об этом я расскажу позже? — попросила я. — Сейчас вернемся к обувному крему. Когда я встретила Трофимова в запруженном толпой холле офисного здания, он подменил мою коробочку точно такой же, только не с кремом, а со взрывчаткой. Возможность пошарить в моей сумке у него была — к выходу сквозь толчею мы проталкивались паровозиком, и я шла первой.

Я немного помолчала, а потом сказала:

— Не было бы счастья, да несчастье помогло: в тот вечер мне пришлось срочно вернуться на работу, а там Веник Орлов утащил из моей сумки бомбу в коробочке.

— Дальше все ясно, — сказал Лазарчук.

— Дальше — да, а что было раньше? — Колян еще не удовлетворил свое любопытство. — Из-за чего вообще весь сыр-бор, Кыся, почему Трофимов так взъелся на вас с Иркой?

— Мы знали, что в ночь с субботы на воскресенье его не было в гостиничном номере, а ведь именно на телефонных звонках оттуда строилось его алиби.

И я рассказала благодарной публике все, что мне удалось выяснить о гибели Лилианы Марусенко, угоне «Нексии» и роли Павла Маврина, а также о том, каким образом, по моему мнению, Трофимов обеспечил себе алиби.

Коляна хитрость с подмененным телефонным аппаратом искренне восхитила.

— Как просто и вместе с тем эффективно! — удивился он. — Я бы на месте Трофимова привез с собой ноутбук, чтобы войти в компьютерную сеть отеля и сделать звонок с переадресовкой на телефон в номере через Интернет... Но это был бы гораздо более громозкий способ.

— Надеюсь, дорогой, что ты никогда не окажешься на месте Трофимова, потому что не станешь никого убивать, — сказала я.

— Не уверен, — Колян сделался серьезен. — Честно говоря, мне очень хочется убить этого самого Трофимова. За то, что он пытался сжить со свету тебя, я с удовольствием свернул бы ему шею!

Упоминание о свернутой шее заставило активизироваться Моржика.

— Друзья мои! — воззвал он, завозившись в пластиковом кресле. — А вот я еще не понял... Эти события имеют какое-то отношение к смерти вашего соседа с верхнего этажа?

— Самое непосредственное, — ответил за меня Лазарчук. — Соседа с верхнего этажа убила та самая Лилиана Марусенко, которую затем убил Трофимов. Представляете, девчонка купила особо прочное и легкое складное удилище и с ним залезла на чердак, окно которого расположено точно над кухней покойного Набалдашкина. Высунула удочку в окошко и грузилом на леске настойчиво стучала в стекло, пока не привлекла внимание хозяина квартиры. Он подошел к окну, выглянул в него, никого не увидел, поднял раму, лег на подоконник, высунулся — и получил по загривку упавшей рамой. Девочка ловко столкнула ее вниз все тем же удилищем.

— Лазарчук, ты дурак! — грубо сказала я, для наглядности постучав кулачком сначала по Серегиной голове, а потом по столешнице. — Ничего не понял! Удилище Лилиана действительно купила — заказала в Интернете, это правда. Только она его не для себя купила, а для братца, ему и отдала! Это не девчонка, это сам Трофимов орудовал удочкой на чердаке! Он и убил Балду!

— А как же следы женских туфель на каблуке? — тут же возразил капитан.

— А очень просто! Трофимов специально обул каблуки, чтобы подставить сестричку, благо, у той был подходящий им обоим номер! — Я жестом остановила Серегу, вознамерившегося еще что-то сказать, и продолжила: — Женские туфли на каблуке были только частью сложного плана, направленного против Лилианы. Трофимов рассчитывал подстроить все так, чтобы подтолкнуть следствие к выводу: гражданка Марусенко была любовницей гражданина Набалдашкина и убила его из ревности. А Лилиана Балду даже не знала!

— А чего же она тогда искала восьмую квартиру и своего милого? — вспомнил Колян.

— Вот именно, искала! — Я покосилась на сердитого Лазарчука и сказала: — Официальную версию мы уже знаем. Теперь слушайте, я расскажу вам, как это вижу я.

Лилиана Марусенко была хорошенькой глупышкой, которая страстно мечтала стать артисткой. Все для этого делала: в рекламных агентствах пороги обивала, соглашалась на любую работу. Братец эту слабость своей сестрицы отлично знал и использовал. Он предложил разыграть одного его знакомого — Игоря Набалдашкина. Наврал с три короба! Мол, этот молодой человек тяготится связью с новой знакомой и хочет от нее избавиться. Чтобы помочь Набалдашкину надежно спровадить опостылевшую даму, Лилиана должна была поутру явиться в квартиру героя-любовника, выдать себя за его любимую подругу или жену и в присутствии подруги нелюбимой устроить дикий скандал с угрозами в адрес «неверного возлюбленного». Расчет Трофимова был прост: настоящая подруга Балды — Катерина — запомнит скандалистку, соседи тоже могут услышать крики, и Лилиана Марусенко станет главной подозреваемой в убийстве, которое произойдет сразу после ухода из восьмой квартиры обеих девиц. Думаю, Трофимов засел на чердаке с утра пораньше.

Самозваная артистка с готовностью приняла ангажемент, но запланированный на субботнее утро спектакль не состоялся. Лилиана элементарно проспала свой выход на сцену, но не сказала об этом Трофимову, когда он позвонил ей с соответствующим вопросом. Она же не знала, что время многоактного представления расписано по минутам!

Соврав братцу, что она уже отработала свой номер, заспанная Лилька пулей полетела к Набалдашкину — исполнять роль ревнивицы. Тем временем Трофимов в полной уверенности, что все идет по плану, убил Балду и спешно покинул место преступления. Когда примчалась Лилиана, Колян уже обнаружил в квартире наверху труп, вызвал милицию, и дурочка с репликой «Милый!» пала в объятия нашего общего друга капитана Лазарчука.

Девицу, естественно, задержали для выяснения обстоятельств, но она оказалась предприимчивой и сумела сбежать, оставив Лазарчука и его товарищей с носом.

Тут я приостановила свой рассказ, чтобы промочить натруженное горло минералкой, и упомянутый Лазарчук немедленно встрял в паузу с каверзным вопросом:

— Предположим, все было именно так, как ты говоришь. В таком случае зачем гражданке Марусенко понадобилось себя оговаривать? Она ведь оставила записку, в которой фактически призналась и в совершении убийства, и в намерении совершить самоубийство! Кстати, ведь именно ты дала соответствующие показания — о существовании записки с текстом «Я совершила смертный грех, простите и прощайте!».

— А почему ты так уверен, что этот текст в компьютере Лилианы оставила она сама? — парировала я. — Это запросто мог сделать Трофимов — состряпать записку уже после убийства Лилианы, чтобы выдать его за самоубийство.

— Дату создания письма можно посмотреть в файле, — подсказал компьютерно грамотный Колян.

— Можно было бы, если бы все текстовые файлы в компьютере Лилианы не погибли, — сердито сказал Лазарчук и забарабанил пальцами по столу.

Я поняла, что он принял мои соображения к сведению и теперь напряженно обдумывает их.

— А можно я еще спрошу? — подал голос Моржик. — Я понял, наших девочек, Ленчика и Иришку, Трофимов хотел убить, чтобы скрыть убийство парнишки-угонщика. Парнишку он убил, чтобы скрыть убийство сестры, а сестру — чтобы повесить на нее убийство Набалдашкина. Я только не понял, зачем Трофимов убил самого Набалдашкина?

— Да, какой у него был мотив? — вскинулся Лазарчук.

— Ну ты, капитан, нахал! — возмутилась я. — Тебе и убийцу найди, и мотив! Сам думай! У тебя больше возможностей покопаться в прошлом и связях Трофимова. А мне вся эта история жутко надоела, слава богу, что все закончилось. Кстати, а почему бы тебе у самого Трофимова не спросить, чего ради он все это затеял?

— Потому что парень не дурак и свидетельствовать против себя не станет, — пожав плечами, ответил Лазарчук. — Зачем ему признаваться? Он подождет, пока мы аргументированно докажем его вину. А не докажем — не посадим, он пока не осужден, только задержан на установленный законом срок до предъявления обвинения. Ты в самом деле посидела бы тихонечко, пока мы эту историю не распутаем, а то только мешаешь.

— Я мешаю? Я?! Я тебе убийцу на блюдечке подала!

— Это ты так думаешь.

Я резко вскинула голову, но капитан остановил меня:

— Ты считаешь Сергея Трофимова убийцей, и твои соображения заслуживают внимания, не спорю, однако строить обвинение на их основании нельзя. Все могло быть так, а могло быть иначе... На самом деле единственный серьезный аргумент против Трофимова — это ваши с Иркой показания, что в момент угона и аварии «Нексии» его не было в номере. Отсюда вполне реально размотать все остальное.

— Вот и разматывай! — Я посмотрела на часы и встала из-за столика: — И вообще, некогда мне с вами больше рассиживаться, на работу надо, перерыв заканчивается!

— Опаздываешь? Я бы тебя подвез, но мы уже пили пиво! — огорчился Моржик.

— Ничего, сама доеду, — отмахнулась я.

И весьма кстати вспомнила:

— Тут «Палаццо» совсем недалеко, я там на стоянке вчера Иркину «шестерку» оставила. Ты ее не забрал?

— Не успел еще.

— Вот и не торопись, я сейчас сама ее возьму! — Я с блеском решила транспортную проблему. — Всем привет! Морж, Серега, заходите в гости, Колян, увидимся дома!

В дивном настроении шагала я по чистой светлой улице, радуясь красоте наступившей золотой осени и предвкушая красоты грядущей зимы, а затем весны, лета и далее по кругу. Особенно радовало меня то, что с арестом злокозненного преступника Трофимова я имела прекрасные шансы наблюдать урочную смену времен года на протяжении ближайших тридцати... нет, лучше сорока лет! А что? В семьдесят с «хвостиком» некоторые дамы выглядят еще очень даже ничего, чем я хуже? Я вспомнила Меланью Трофимовну и твердо вознамерилась со временем побить ее возрастной рекорд неиссякаемой бодрости и жизнелюбия.

Подумав о барышне-старушке, я вспомнила и о Лилиане. Надо же, какая страшная драма, вся-то семья Трофимовых-Марусенко состояла из одной бабушки и двух ее потомков, и вот внук убил внучку! Лилиана легла в сырую землю, Сергей сядет в тюрьму, а Меланья Трофимовна на старости лет останется совсем одна. При таком раскладе никакой бодрости не хватит.

Впрочем, что Трофимов сядет в тюрьму, это еще бабушка надвое сказала. Вот как не накопает Лазарчук достаточных доказательств его вины, и выйдет злодей-убийца на свободу!

— Не приведи боже, опять начнет гоняться за Иркой и мной! — испугалась я.

Настроение враз испортилось. Эх, рано я поспешила сложить с себя полномочия частного детектива! Видно, придется мне еще немного поработать сыщиком ради спокойствия и безопасности общества и себя самой.

— Мотив, мотив! — шизоидно бормотала я, колеся по улицам на «шестерке», которую вчерашний взрыв в «Палаццо» никак не затронул. — Надо прояснить мотив Трофимова. С какой целью он убил Балду? Ясно, что они были знакомы, глупо было бы затевать такое шоу ради убийства совершенно постороннего человека. А как они познакомились, каким боком связаны?

Я немного подумала и решила, что вряд ли у Трофимова к Набалдашкину было что-то личное. Иначе тема личных отношений — правда, не с самим Трофимовым, а с его белокурой сестрицей, не подсовывалась бы следствию. Значит, их связывали какие-то дела.

Тут я вновь укорила себя за отсутствие основательности и дотошности: разве трудно было спросить Коляна, кто такой трабл-шутер и чем он занимается? В том, что загадочный трабл-шутер по роду занятий шутит шутки, я уже сильно сомневалась, но никаких других предположений у меня не было. О делах Трофимова я знала только, что они делаются в Интернете, под крылышком фирмы «Пингвин», но компьютерная тема была мне неблизка, так что я решила переключиться на дела покойного Балды.

Это было более перспективно. Я точно знала, что Игорь Набалдашкин работал в страховой компании «Егорий». Я запомнила название, потому что Балда как-то в шутку сказал, что они с его конторой тезки, ведь Игорь, Егор и Георгий в славянской традиции — одно и то же имя.

Вернувшись на работу, я первым делом показалась на глаза Мамаю, чтобы он не вздумал вновь завести акынскую песнь о моей вопиющей неточности и возмутительной недисциплинированности и устроить показательное выступление с секундомером. А потом я пошла в бухгалтерию, чтобы поговорить с Анной Дмитриевной, которая командует у нас в компании разными финансовыми делами.

— Тук-тук! Можно? — спросила я, сунув голову в кабинет, занятый двумя столами и шестью шкафами со множеством папок.

Несмотря на наличие пары вполне современных компьютеров, макулатуры в бухгалтерии было столько, что по курсу раннеперестроечного периода ее можно было обменять на полное собрание сочинений Александра Дюма-отца в двадцати восьми томах.

— Зарплаты сегодня не будет, — не поднимая головы, сказала Анна Дмитриевна, занятая работой с отчетностью как раз в ее наиболее монументальной — бумажной — форме.

— Я по другому вопросу, — я вошла и прикрыла за собой дверь.

Бухгалтерша сняла очки, потерла примятую переносицу и усталым голосом попросила:

— Если хочешь что-то спросить — спрашивай, только быстро, я с отчетом зашиваюсь.

— Хочу спросить, кто наш страховщик? Случайно не «Егория»?

— Именно «Егория» и вовсе не случайно, это одна из самых надежных страховых компаний России, — авторитетно сказала Анна Дмитриевна и вновь надела очки.

Вероятно, она наивно полагала, что я и впрямь ограничусь одним-единственным вопросом, а потом тихо испарюсь. Я осталась на месте, и бухгалтерша спросила, уже более нетерпеливо:

— Что-нибудь еще?

— А нас в этой «Егории» любят? — спросила я.

— Любит ли слонопотам поросят? И если да, то как он их любит? — процитировала бухгалтерша и снова сняла очки. — Ты хочешь знать, ценят ли в страховой компании такого клиента, как наша телекомпания? Конечно, ценят. Как им нас не ценить, когда у нас уйма дорогостоящей техники, и вся она застрахована в «Егории», причем страховщик точно знает, что мы свое имущество бережем!

— Значит, можно надеяться, что в «Егории» мне, как представителю нашей телекомпании, пойдут навстречу, если я попрошу содействия в небольшом журналистском расследовании?

— В случае положительного ответа ты оставишь меня в покое? — спросила проницательная Анна Дмитриевна. — Отлично, подожди минутку.

Она придвинула телефонный аппарат, набрала номер и, дождавшись соединения, произнесла:

— Мариночка, это вы? Это Анна Дмитриевна с телевидения. Мариночка, я хочу посоветоваться. Наш директор подумывает приобрести в кредит новый телевизионный передатчик, и банк выдал нам список желательных компаний-страховщиков. «Егория» там тоже есть, но наш директор еще раздумывает, кому отдать предпочтение — вам или «Гаранту»...

Очевидно, Мариночка грудью встала на защиту родной компании, потому что Анна Дмитриевна с полминуты беззвучно разевала рот, дожидаясь паузы в речи собеседницы, а потом кивнула:

— Да-да, я знаю, что вы лучшие, но наш директор...

Еще тридцать секунд дыхательной гимнастики.

— Вот как? То есть вы нам предложите более интересные условия, возможно, даже скидку? Замечательно. Я, знаете ли, так и сказала нашему директору: в «Егории» ценят нашу телекомпанию как клиента и всегда пойдут навстречу, помогут и словом, и делом. Кстати, тут у наших журналистов есть к вам вопросики, может, ответите? С радостью? Ах, как приятно с вами работать, будем сотрудничать и впредь! Передаю трубочку журналисту.

— Анна Дмитриевна, вы великий дипломат! — прошептала я, картинно раскланиваясь. — Переключите звонок на редакторскую, хорошо? Не хочу больше вам мешать.

— Переключаю, беги к телефону, — бухгалтерша придавила кнопку на аппарате, а я метнулась к себе.

Сняла трубочку с трезвонящего аппарата, еще раз сказала спасибо бесценной Анне Дмитриевне и повела задушевный разговор с Мариночкой из «Егории».

— Вообще-то это не положено, разглашать информацию такого рода, но для вас я сделаю исключение, — вздохнула она, выслушав мою просьбу. — Оставьте телефончик, я наведу справочки и перезвоню, если что-то узнаю.

Я продиктовала ей номер своего мобильника и отправилась в студию — помогать Вадику готовиться к приему очередного гостя.

Мы без эксцессов и осложнений записали выступление молодого, но перспективного кандидата Антона Григорьевича Хряпикова, который произвел на меня сильное впечатление могучей душевной энергетикой, коей он был заряжен, как лейденская банка, по самую макушку. Озвучивая свои программные заявления, Антон Григорьевич громовым голосом кричал: «Даешь!» и «Долой!», и с его простертой к объективу длани слетали синие молнии. Я как-то не очень поняла, что и кому кандидат требовал дать, а кого и куда удалить, так как не прислушивалась и вообще на всякий случай отошла подальше, чтобы невзначай не угодить под разряд статического электричества. Когда гость, бодро потрескивая и весело сияя огнями святого Эльма на вихрах, ушел из студии, мы с Вадиком обменялись впечатлениями и решили, что господина Хряпикова во избежание массовых поражений электротоком в городскую думу лучше не пускать, а вот в структурах Минэнерго и РАО ЕЭС ему самое место. В единой связке с высоковольтной линией Антон Григорьевич мог бы принести народному хозяйству страны большую пользу.

От перспективного Хряпикова мы перешли к бесполезной и даже зловредной личности Романа Геннадьевича Мамаева, и Вадик вспомнил, что я поутру упоминала о свежем плане нейтрализации Большой Мамочки. Я охотно поделилась с товарищем своими мыслями по этому поводу. Оператор пришел в восторг, осознал свою роль в истории и немедленно умчался в ближайшую монтажку к свободному компьютеру, чтобы поработать на благо нашего трудового коллектива в простой графической программе.

Я вернулась в редакторскую и под тихое журчание голосов Дашутки и Любови Андреевны, обсуждающих новый рецепт приготовления мороженого хека, подремала с полчаса на гостевом диване. Потом прибежал Вадик, принес распечатку своего шедевра, потребовал ножницы и собственноручно вырезал из бумаги цветной прямоугольник, имитирующий аптечную этикетку.

Я встала с дивана и подошла поближе, чтобы приобщиться к его творчеству.

— Ну, как тебе? — гордясь своим произведением, спросил Вадик, ухватив двумя пальцами кончик бумажного прямоугольничка и помахав им в воздухе, как платочком.

— Отлично! — ничуть не кривя душой, сказала я.

Мы аккуратно отклеили с пузырька с «Пофигином» его родную этикетку и заменили ее новой, изготовленной Вадиком. На ней был в красках изображен тонконогий цыпленок лихого и придурковатого вида. Птенец из популярного голливудского мультика был вооружен мечом славного рыцаря Айвенго и защищен его же щитом. На щите в червленом поле имелись загадочные геральдические символы, а также вполне удобочитаемая надпись на русском языке: «Антигриппин куриный».

— Сам бы ел! — полюбовавшись преображенным флаконом, сказал Вадик. — Даже жалко отдавать! Держи, Ленка! Неси Мамаю троянский сувенир!

— Несу, — согласилась я и уже двинулась в сторону начальственного кабинета, но была отвлечена телефонным звонком.

Звонила Мариночка из «Егории». Она блестяще

справилась с ответственным заданием и готова была сообщить интересующую меня информацию, для чего спросила номер нашего факса. Я сказала и пересела поближе к аппарату, борясь с желанием начать грызть ногти. Телефон-факс зазвонил, я сдернула с рычага трубку, сказала пароль:

— Стартую! — и придавила нужную кнопочку.

С мушиным жужжанием пополз из аппарата бумажный лист. Я вытащила его и забилась в уголок дивана, изучая присланный мне факс.

Милая Мариночка, по всей видимости, обладала системным умом. Она не поленилась нарисовать табличку и аккуратно ее заполнила. В табличке было четыре строки и столько же столбцов. Рассмотрев крайний левый вертикальный ряд, озаглавленный «ФИО страхователя», я воскликнула:

— Ба, знакомые все лица!

Семейство было в полном сборе, с участием даже мертвых душ: Трофимов Сергей, Трофимова Клара Максимовна, Трофимова Меланья Трофимовна и Марусенко Лилиана... Все они были в разное время застрахованы в обществе «Егорий», вид обслуживания — страхование жизни. И Набалдашкин в этой компании тоже был! Его имя четыре раза упоминалось в графе под заголовком «страховой агент».

Я прогнала из редакторской Вадика, который требовал, чтобы я сначала всучила Мамаю коробочку с антигриппином-пофигином, а потом уже занималась всякой ерундой, и принялась возить носом по строчкам, вникая в каждую деталь, сопоставляя цифры и факты. Информация была интересная, но сложная для усвоения и требующая обстоятельного переваривания.

Сергей Трофимов и Лилиана Марусенко застраховались в «Егории» лично, причем назвали выгодоприобретателями друг друга. В случае смерти Сергея страховую выплату получала его кузина и наоборот.

Жизнь и здоровье Клары Максимовны Трофимовой были застрахованы ее сыном, выгодоприобретателем значился он же. Сумма страховой выплаты составляла сто тысяч рублей и была сполна получена Сергеем три месяца назад.

Бабушка Трофимова застраховалась сама и всего на пятьдесят тысяч рублей, которые в случае смерти Меланьи Трофимовны должны были получить ее наследники.

— И что же мы имеем? — пробормотала я, почесав в затылке.

— Ты имеешь уникальную возможность спасти родной коллектив от тирании и гонений, но почему-то сидишь тут и не телишься! — с обидой и возмущением заявил некстати вернувшийся Вадик.

Я внимательно посмотрела на него и поняла, что прогнать его далеко и надолго не удастся. Вадька будет виться вокруг меня, как назойливый слепень вокруг больной коровы, пока я не пришибу его или пока сама не рухну в изнеможении.

Воображение мигом нарисовало трагический образ несчастного жвачного. Опухшая от укусов, измученная зудом, одуревшая от жужжания и кружения проклятого слепня многострадальная буренка привиделась мне, как живая. Точнее, как чуть живая.

— Му-у-у! — сказала я, поднимаясь с дивана и послушно следуя к дверям.

— Это тебе зачтется! — крикнул в спину Вадик.

Я обернулась:

— Ты перестанешь подсчитывать, сколько я тебе задолжала за твои добрые дела?

— Сочтемся по нулям! — кивнул он.

— Тогда ладно.

Я постучалась в кабинет Большой Мамочки и, не дожидаясь ответа, толкнула дверь:

— Роман Геннадьевич, можно к вам?

— По какому вопросу? — важно поинтересовался Мамай.

Если бы в стеклянной дверце стоящего за его спиной книжного шкафа не отражался экран монитора с разложенным на нем пасьянсом, я бы подумала, что шеф занят чем-то очень важным.

— По личному, — сказала я.

Вошла и плотно прикрыла за собой дверь.

— По личному? — Шеф удивился и даже, кажется, испугался.

Наверное, подумал, что я буду просить материальную помощь или отпуск по семейным обстоятельствам.

— Роман Геннадьевич, я хочу вас поблагодарить! — с подкупающей сердечностью сказала я. — Спасибо, что проявили человечность и отпустили меня вчера утром с работы к врачу. Благодаря этому мне удалось попасть на прием к заезжему светилу, знаменитому профессору-гриппологу, он принимал только один день. Теперь мне никакой куриный грипп не страшен.

— Правда? — Как я и ожидала, Мамай очень заинтересовался. — Ты сделала себе прививку? А в новостях говорят, будто вакцины пока не существует.

— Роман Геннадьевич, мы же с вами взрослые люди и сами работаем в СМИ! — показательно хмыкнула я. — Вы же понимаете, что есть вещи, о которых широко не сообщается. Я по большому блату купила у профессора два флакона уникального лекарственного средства для профилактики куриного гриппа, оно еще не продается в аптеках и вообще мало кому известно. Это совершенно секретная разработка Минобороны, которая не скоро попадет в серийное производство. К тому времени эпидемия куриного гриппа запросто может скосить половину населения нашей планеты, включая даже ответственных телевизионных работников!

— Ты сказала, что купила два флакона? — быстро спросил Мамай, заметно устрашенный угрозой пандемии.

— Да, а что? — я изобразила полное простодушие.

— Елена! Продай мне один флакон!

— Нет, Роман Геннадьевич, не могу!

— Продай! — Мамай нервно заерзал в кресле. — А я, в свою очередь, закрою глаза на твои многочисленные нарушения трудовой дисциплины. Между прочим, директор дал мне полномочия безжалостно штрафовать злостных нарушителей!

Вот ведь гад! Он мне угрожает!

Я рассердилась. Последние сомнения по поводу справедливости и гуманности моего поступка рассеялись без следа. Улыбочка на моем лице кое-как удержалась, но из простодушной сделалась ядовитой.

— Я не могу продать вам лекарство, могу только подарить! — заявила я и вытянула из кармана пузырек с таблетками «Пофигина антигриппозно-куриного». — Вот, возьмите! Только, пожалуйста, никому об этом не рассказывайте, я дала подписку о неразглашении государственной тайны!

— Клянусь, я буду молчать! — Мамай выпучил глаза и сцапал пузырек.

Плюхнувшись в кресло, он отвернулся к окошку и принялся рассматривать изображенного на этикетке цыпу-меченосца. Выходя из кабинета, я оглянулась и увидела, как шеф откручивает с пузырька крышечку и вытряхивает на ладонь таблетку.

— Ну, как? — звенящим шепотом спросил Вадик, маячивший в коридоре.

Я показала ему большой палец.

— Ура! — по-прежнему шепотом возрадовался напарник. — Долой секундомеры, хронометры и куранты!

— Даешь досрочное освобождение! — подхватила я.

В соответствии с провозглашенным лозунгом дожидаться окончания трудового дня я не стала. Собрала свои вещички и удалилась, помахав ручкой Вадику, который, лежа на гостевом диване, многословно развивал тему «Счастливые часов не наблюдают». По мнению Вадика, нашего главного редактора вскоре ожидало большое человеческое счастье. Я вспомнила блаженные морды пофигиновых гномов и с прогнозом своего напарника согласилась.

Иркина «шестерка» ждала во дворе, что делало меня свободной от капризов общественного транспорта. Я могла вдвое быстрее, чем обычно, добраться домой, но до смены няни на боевом посту оставалось еще полтора часа, так что спешить не было необходимости.

— Навещу-ка Иришку! — решила я и взяла курс на Первую городскую больницу.

Пробок на дороге еще не было, ехала я без проблем и между делом думала о клиентах страхового общества «Егорий» — обо всех этих Трофимовых и примкнувшей к ним Марусенко. Информация, которую я попросила и получила у Мариночки, закрыла один вопрос и открыла новые. С одной стороны, теперь я знала, что Сергей Трофимов и Игорь Набалдашкин действительно были связаны темой страхования. Именно Балда был тем агентом, который оформлял все страховые полисы Трофимовых и Марусенко в «Егории». Ну, и что с того?

Смутных и непонятных моментов стало еще больше. Во-первых, хотелось бы выяснить, почему выплату страхового вознаграждения по случаю смерти матери сын получил только три месяца назад, хотя погибла Клара Трофимова еще в прошлом году? Уж не здесь ли зарыта собака? С этой страховкой наверняка дело нечистое! Сумма в сто тысяч рублей — это, конечно, не бог весть какие деньги, хотя и они могли побудить беспринципного человека попытаться провернуть какую-нибудь махинацию.

С ходу я могла предположить, например, следующий сценарий. Мерзавец Трофимов застраховал свою матушку на миллион рублей, повез ее в горы и наладил катиться на сноуборде по какому-нибудь дикому склону навстречу скорой и неминуемой гибели. Или просто завел Клару куда-нибудь в снежную глушь, там убил и закопал мертвое тело поглубже в сугроб, точно зная, что до весенней оттепели его не найдут, а тогда определить причину смерти будет затруднительно. Однако этот момент был и сильным, и слабым местом преступного плана: в такой смутной ситуации страховая компания наверняка постаралась бы затянуть с выплатой страховой суммы или вообще от нее уклониться.

Моя версия в принципе объясняла, почему Сергей обрел маменькину страховую сотню тысяч с большой задержкой, однако при чем тут Балда? Я бы еще кое-как поняла, если бы Трофимов не получил от «Егории» страховую выплату, страшно обиделся, затаил зло и отомстил «Егории» в лице ее сотрудника Игоря Набалдашкина, убив последнего. Хотя, признаться, в такое развитие событий верилось с трудом.

А еще меня очень занимал, прямо-таки терзал

другой вопрос. Он имел вид сложной и очень неустойчивой многоэтажной конструкции. Предположим, во-первых, что Трофимов действительно убил мать, чтобы получить деньги по страховке — в наличии у этого негодяя развитых родственных чувств я сильно сомневалась. Во-вторых, предположим, что он и сестру убил не только для того, чтобы повесить на нее смерть Балды: хотел получить страховку и за Лилиану тоже. Но страхование жизни не предполагает выплаты в случае суицида застрахованного лица! Другое дело гибель от несчастного случая и в результате убийства. Получается, что Трофимову было невыгодно писать ту самую записку, которая представляла смерть Лилианы как самоубийство! Выходит, что ее написала сама Лилиана? Значит, она и впрямь помчалась к морю с намерением убить себя? Тогда полностью ломается моя стройная версия об убийстве Трофимовым Лилианы Марусенко и Павла Маврина. Ведь если убийства Лилианы не было, значит, Пашка не был его свидетелем, и тогда зачем Трофимову было его убивать? Неужели только за то, что Бильбо-кенгурушник украл сумку Лилианы?

Я поняла, что совершенно запуталась. Даже голова заболела так, словно мозги в ней перепутались, как длинномерная лапша в кастрюльке. К счастью, я уже приехала к больнице, так что можно было выйти из машины и пройтись по сосновой аллее, дыша свежим воздухом.

Ирка уже лежала не в реанимации, а в отделении интенсивной терапии, где было не так строго с посещениями. Правда, для визитов к больным было отведено определенное время, в которое я не попала, но дежурная медсестра за пятьдесят рублей согласилась закрыть глаза на это обстоятельство.

— Идите-идите, вам нужна последняя палата, она рядом с дверью запасного выхода, — сказала сестра, свободно махнув рукой вдоль длинного пустого коридора.

Я посмотрела на эту пустую магистраль и не удержалась от реплики:

— Похоже, проблема перенаселенннности для вас тут неактуальна!

— Так ведь ужин, кто ходячий, тот в столовую пошел.

— Ужин? Так рано? — удивилась я.

Бог милостив, я довольно редко бываю в лечебных учреждениях и практически никогда — в качестве пациента, так что с больничным распорядком незнакома. Однако в половине шестого, насколько я знаю, даже детсадовцы не ужинают!

— Сегодня пятница! — сказала сестра таким тоном, словно это все объясняло.

— И что?

— У нормальных людей короткий день! Работники пищеблока и санитарка на раздаче тоже люди, вот и стараются освободиться пораньше, — добрая женщина разжевала мне, глупой, простую истину. — В выходные иной раз и в пять часов ужинать зовут. Больным-то какая разница? Для них ужин — это дежурное развлечение, кушают-то они больше свое, из дому принесенное.

Тут только я сообразила, что иду к больной подружке с пустыми руками. Ай-ай-ай, как нехорошо! Ладно, на первый раз Ирка меня простит, а завтра я притащу ей целый мешок продуктов. Надо только узнать, что ей можно.

— Скажите, пожалуйста, а что разрешается кушать пациентам вашего отделения? — спросила я. — Что обычно приносят родственники своим больным?

— Ой, да чего они только не приносят! — сестра подкатила глаза под край низко надвинутой шапочки. — Вчера, например, кто-то положил в холодильник палку твердой колбасы! Сегодня, правда, ее в холодильнике уже нет, наверное, дежурный врач увидел и выбросил.

Девушка вздохнула с сожалением. Очевидно, она предпочла бы, чтобы судьба колбасы сложилась иначе, например, пересеклась с ее собственной судьбой.

— Копчености, конечно, категорически нельзя, — оплакав колбасу, сестра деловито изложила основные принципы неорганизованного питания больных. — Ничего острого, мясного, скоропортящегося. Из молочных продуктов можно свежий кефир, творог, нежирную сметану, но только в мелкой таре, из расчета на один прием пищи. Фрукты можно, но тоже по чуть-чуть, конфеты с оговорками, зато сок и минералка без ограничений.

— Спасибо, буду знать! — Я поблагодарила дежурную улыбкой и зашагала по коридору в сторону Иркиной временной резиденции.

Подружкина палата располагалась на отшибе, между процедурным кабинетом и дверью запасного выхода. Проходя мимо этой двери, я машинально толкнула ее и обнаружила, что она не заперта. Как жаль, что я не знала этого раньше! Могла ведь запросто пройти к Ирке этим окольным путем и сэкономить полтинник!

Дверь палаты была прикрыта. Я не знала, нужно ли стучаться, но решила проявить вежливость. Побарабанила пальцами по косяку, но приглашения войти не дождалась и обошлась без него.

Тихая и молчаливая Ирка лежала на кровати навытяжку, с закрытыми глазами, что выглядело очень неприятно. До полноты сходства с покойницей ей не хватало только сложенных на груди рук! Их подружка спрятала под больничным одеялом, которое укрывало ее до самого подбородка. Под одеяло уходила и прозрачная трубочка, подсоединенная к капельнице. Похоже, внутривенное вливание Ирке делали не в руку, а под ключицу. Моржик, ссылаясь на врачей, говорил, что Ирке стало много лучше, но по ее виду я бы этого не сказала.

— Привет, Ирусик! — тихо позвала я.

Подружка не откликнулась, и я поняла, что она спит. Будить больную женщину было бы жестоко, но уходить, не пообщавшись с подружкой, не хотелось. Во-первых, я по Ирке соскучилась, во-вторых, у меня были новости, которыми очень хотелось поделиться.

Я еще раз внимательно посмотрела на Ирку — она лежала тише мыши. Глаза плотно закрыты, чело бледное, но дыхание размеренное. Ну, спит она, так что же? Разве это помешает моему рассказу? Нисколько, совершенно наоборот: подружка не будет ахать, охать и перебивать меня вопросами. В кои-то веки выслушает нормально! Возможно, это даже пойдет ей на пользу. Вон с людьми, находящимися в коме, специально советуют разговаривать, чтобы они чувствовали связь с реальностью, и иных коматозников это возвращает в мир живых. А Ирка даже не в коме, она всего лишь спит.

Правда, пока она спит, помощи в виде доброго совета или дельной мысли я от нее не дождусь. Зато не исключено, что по пробуждении Ирка выдаст что-нибудь совершенно гениальное. А что? Истории известны такие случаи. Все знают, например, про Менделеева, котрый придумал свою таблицу периодических элементов именно во сне. Чем, спрашивается, моя подружка хуже Менделеева? Да ничем! Менделеев, помимо одноименной таблицы, придумал еще рецепт приготовления водки, а Ирка в одна тысяча девятьсот каком-то перестроечном году вынужденно изобрела эффективный способ получения самогона из некондиционной развесной карамели. Подружке нужно было срочно расплатиться за работу с мужиками, починявшими деревенскую хату ее бабушки, а на селе в то время самой твердой валютой была жидкая сорокоградусная. Сухой закон, водки в магазинах нет и вообще ничего нет, одна слипшаяся карамель... Посмотрела бы я в этой ситуации на Менделеева!

Подбадривая себя такими рассуждениями, я организовала сидячее место рядом с Иркиным лежачим.

Любящий супруг Моржик заплатил, и его жене отвели отдельную палату, где она могла выздоравливать с большим комфортом. Насчет комфорта я бы поспорила, но лежала Ирка действительно одна, хотя вообще-то палата была двухместной. У противоположной стены стояла еще одна кровать, пустая, даже без белья. На проволочной сетке лежали скрученный безобразным рулетом матрас и подушка, похожая на плоский замасленный блинчик.

Подушку я трогать не стала, а матрас сгребла в охапку и, не разворачивая, положила на пол, на вытертый коврик у Иркиной кровати. Ни одного стула в тесном помещении не было, а присаживаться прямо на ложе больной я постеснялась. Еще придавлю ей что-нибудь, отсижу какую-нибудь важную часть организма!

Свернутый матрас вполне мог заменить кресло, очень низкое, но вполне мягкое. Дополнительным преимуществом было то, что меня, если я сяду на пол, за кроватью и лежащей на ней Иркой практически не будет видно от двери. Если кто-нибудь из медперсонала заглянет в палату, то ничего не заметит. Таким образом, я могу пробыть здесь сколько захочу, не боясь, что через условленные пятнадцать минут дежурная меня прогонит или начнет вымогать отдельную плату за дополнительное время. Посижу с полчасика, а потом незаметно удалюсь из отделения через запасной выход.

Вполне удобно устроившись на мягкой рухляди, я с чувством, толком и расстановкой поведала тихо посапывающей Ирке немало интересного. Начала я с того, что мне казалось в данной ситуации главным:

— Ирусик, я выяснила: на нас с тобой покушался Сергей Трофимов, но ты можешь спать спокойно, он уже взят под стражу!

Далее я объяснила, чем мы насолили Трофимову, а затем пересказала события в хронологической последовательности — от убийства Балды до взрыва в «Палаццо». Поскольку ранее я уже излагала основные аргументы и факты Лазарчуку, Коляну и Моржику, рассказ мой получился не слишком длинным и отличался вполне крепким сюжетом. Столь грамотно преподнесенную информацию усвоил бы не только спящий, но и коматозник.

Затем я честно призналась Ирке, что пока не уяснила мотив, которым руководствовался Трофимов, спроваживая на тот свет Набалдашкина. Сказала, что нутром чувствую: со страховыми полисами дело нечистое, но доказать ничего не могу и вообще многого не понимаю.

Я как раз подумывала, не пересказать ли Ирке тот сложный силлогизм, который вел к выводу, что Лилиана сама написала покаянную записку, хотя это никак не могло быть правдой, когда дверь палаты тихо скрипнула и приоткрылась. Я пригнула голову и конспиративно свернулась в своем матрасном гнезде аккуратной баранкой.

В палату кто-то вошел. Дверь закрылась, прозвучали легкие шаги, к Иркиному ложу приблизился человек в медицинском халате, явно женщина. Из-под кровати я могла видеть ее ноги в модных тупоносых сапожках на остром каблучке и край длиннополого белого халата. Очевидно, процедурная медсестра пришла проверить капельницу или заменить в ней пузырек.

Действительно сестра проделала какую-то манипуляцию с верхней частью капельницы. Я поняла это по тому, что растопырчатые ноги штанги, похожей на вешалку, дрогнули и покачнулись. Вообще-то мне было очень любопытно, каким лекарством накачивают Ирку, но я решила, что посмотрю на флакончик позже, когда сестра уйдет, а пока полюбуюсь на ее сапоги.

Отличные сапожки! Модный фасон, кожа прекрасной выделки, безупречный пошив, качественная отделка... и брызги грязи на голенищах! Странная медсестра! Купила дорогую обувь, так береги ее, ухаживай! Трудно, что ли, после улицы сапоги помыть и натереть кремом? Некоторые из нас (не будем хвастливо называть имя!) всегда имеют при себе сапожный блеск.

Тут я вспомнила, что эта похвальная привычка к добру не приводит, Венику Орлову через мой сапожный блеск обломились не нуждающиеся в гуталине белые тапки.

— Но помыть-то обувь можно было? — непримиримо прошептала я.

Странная, в самом деле, процедурная сестра! Пришла в палату к больной в грязной уличной обуви — и схватилась за капельницу! А как же стерильность? И вообще, медицинский персонал обязан находиться на рабочих местах в спецодежде и сменной обуви, каких-нибудь удобных тапочках, за которые сапоги на каблуке никак не канают!

Рассердившись, я плюнула на конспирацию, по-пластунски проползла на локтях в обход разгневавших меня сапог и вынырнула из-под кровати, как чертик из коробочки.

Медсестра оказалась невысокой стройной женщиной, лицо которой было невозможно разглядеть за стерильной маской и очками, закрывающими просвет между маской и нижним краем форменной шапочки. При моем эффектном появлении она испуганно ахнула и неосторожно толкнула штатив капельницы. Стеклянные бутылочки задребезжали, прозрачная трубка дернулась.

— Тихо! — сказала я, протягивая руку, чтобы поддержать пошатнувшуюся конструкцию.

И замерла, увидев, какой странной процедурой занята медсестра-сапожница. Из большого десятикубового шприца она вливала прямо в проколотую трубочку какое-то лекарство.

— Что это вы делаете? — с подозрением спросила я.

— То, что доктор прописал! — оправившись от испуга, хамовито пробухтела медсестра сквозь приглушающую ее голос маску. — А что здесь делаете вы?

Это был закономерный вопрос и справедливый намек на то, что я лезу не в свое дело, но я не стушевалась, наоборот. Я уперла руки в бока в незабываемой манере Матрены Афиногеновны Набалдашкиной, набычилась и пошла на нерадивую медработницу грудью:

— Вы почему это пришли в палату в грязной уличной обуви? Вот как занесете какую-нибудь заразу, у больной начнется осложнение, и кто будет за это отвечать, а?

— Тихо, тихо! — Медсестра оглянулась на дверь, сунула свободную от шприца руку в карман, а потом протянула ее ко мне.

Я подумала, что это жест примирения, и не сразу поняла, что она держит в руке. А когда поняла, было уже поздно: портативный электрошокер ударил меня красивой синей молнией, и я с некрасивым хрипом свалилась на пол, прямо к немытым сапогам фальшивой медсестры.

12.

Предводитель граблов был повержен. Он лежал на испещренной метеоритными воронками мертвой планете, раскинув трямпы и устремив затуманенный взор к небесам, а победоносный Козявский попирал его грудь ногами в грязных уличных космоступах. Я одобряла Козявского, но жалела головоногих граблов, как родных. У меня с ними было немало общего! С мыслящими инопланетными граблами, а также с неразумными земными осьминогами, морскими звездами, медузами, слизняками и даже с совершенно бессмысленным свиным холодцом меня роднило полное отсутствие крепкого внутреннего скелета.

Все кости из моего тела куда-то пропали. Аморфной желейной массой я помещалась на полу, раскинув тря... то есть руки, и устремив затуманенный взор к потолку. В отсутствие опорно-двигательного аппарата я не могла пошевелить конечностями, хотя чувствовала, что с одной из них — конкретно, левой верхней — как раз в этот момент что-то происходит. Что именно, я увидела, когда мне с большим трудом удалось скосить глаза.

Коварная медсестрица, электрическим разрядом превратившая меня в полумертвого грабла, склонилась надо мной со шприцем. Складывалось впечатление, что она собирается оказать мне скорую медицинскую помощь, от которой я предпочла бы отказаться. Кто эта женщина и чего она хочет, я не знала и всерьез опасалась, что уже не узнаю. Просто не успею! Сейчас эта эскулапочка вколет мне какую-то гадость, и я прямо из больничной палаты перемещусь на небеса или где там находится рай для граблов и им подобных бескостных сапиенсов.

Немного радовало только одно: медсестре придется очень постараться, чтобы сделать мне внутривенный укол. У меня вены, как дороги на автомобильной карте России: теоретически они есть, а на практике найти их крайне сложно.

Укола я пока не почувствовала, но рука уже болела. Похоже, негодяйка чем-то туго перетянула ее выше локтя. Боль становилась сильнее, но я этому даже порадовалась, решив, что восстановление чувствительности — верный признак того, что я постепенно прихожу в норму. Пожалуй, еще минутка, и руки-ноги начнут меня слушаться!

Я подняла глаза выше белой шапочки медички и мысленно воззвала к небесам, обращаясь по экстренной астрально-ментально-космической связи к своему ангелу:

— Помоги!

В этот момент меня хватило только на короткую и ясную реплику по существу, хотя при случае я сказала бы своему нерасторопному ангелу немало теплых слов. Спит он там, что ли?! Или всех херувимов, серафимов, ангелов-хранителей и прочих небесных пернатых разом скосил куриный грипп, так что за меня совершенно некому заступиться?!

Мысленно я горестно восплакала, и это неожиданно возымело действие. Силы небесные растрогались, устыдились и ниспослали затребованного ангела!

Он медленно и величаво восстал за спиной склонившейся надо мной медсестры — большой, белый, с просторными складчатыми крыльями — и воздел руку с короткой темной дубинкой. Изумленная, я еще успела подумать, что на небесах, видно, и впрямь имеется острая нехватка полевых работников, потому что ангела мне прислали какого-то совершенно не профильного — не хранителя, а инспектора! Может, при жизни на земле он был гаишником?

— Палка, палка-выручалка! — истово, как молитву, прошептала я.

В следующее мгновение дежурный ангел простер поднятую руку над головой медсестры и резким движеним без замаха прицельно опустил свой жезл на белую медицинскую шапочку.

— А... — бессмысленно сказала женщина в белом.

— Да-да, аминь! — договорил за нее добрый ангел.

Медсестра выронила шприц и упала мне на ноги. Почувствовав боль в коленках, я напрягла их и сумела согнуть, бесцеремонно стряхнув жертву ангела-инспектора на голый пол.

— Ты в порядке? — спросил инспектор, озабоченно глядя на меня сверху вниз сияющими зелеными глазами.

Пухлые щеки и все три ангельских подбородка взволнованно вздрагивали, я засмотрелась и забыла ответить. Тогда ангельский голос, показавшийся мне знакомым, спросил:

— Кто такая эта тетка? Может, зря я огрела ее колбасой?

— Чем?!

Я сильно удивилась и часто заморгала, в результате чего мой затуманенный взор прояснился до нормы и зрение улучшилось настолько, что я смогла как следует рассмотреть своего ангела-спасителя со снаряжением и замашками омоновца.

Босиком, в просторной батистовой ночнушке с рукавами, с надкусанной палкой сырокопченой колбаски в кулаке надо мной стояла моя дорогая и любимая подружка Ирка. Я глубоко вздохнула и не нашла ничего лучшего, как сказать:

— Так вот кто свистнул колбасу из холодильника!

— Хочешь укусить? — незлобиво предложила подружка. — Отличная колбаска, очень вкусная, не то что та водянистая кашка, которую давали на ужин!

— Ты что, ела сырокопченую колбасу?! — всполошилась я. — Тебе же это категорически нельзя!

Почувствовав, что мой опорно-двигательный аппарат снова при мне и готов исполнять свои обязанности, я поднялась на ноги и первым делом попыталась отнять у неразумной подружки вредную пищу, но она спрятала колбасину за широкую спину и с мрачной решимостью сказала:

— Не отдам! Хватит с меня больничной диеты, я на ней загнусь! Кашка-малашка и жиденький чаек — разве это подходящая еда для выздоравливающего больного?

— Я ужасно рада, что ты выздоровела, да еще так вовремя! — призналась я, решив закрыть глаза на погрешности в Иркином питании. — Если бы не ты, эта особа вколола бы мне какую-то дрянь!

— Она и мне ее вколола, прямо в капельницу, — помрачнев, сказала Ирка. — Я все видела, но не поняла, что дело нечисто, пока эта врагиня не вырубила тебя. Как она это сделала?

— С помощью электрошокера. — Я нагнулась, обшарила карманы халата поверженной врагини и присвоила упомянутый приборчик. — Минутку... Говоришь, ты все видела? Как это? Разве ты не спала?

— А ты поверила, что я сплю? — Ирка вновь повеселела и радостно засмеялась. — Я тебя провела! Я просто притворялась!

— Зачем?

— Не хотела мешать твоему рассказу, он был очень интересным. А сначала, когда ты только вошла, я притворилась спящей, потому что думала — это пришли люди в белых халатах.

— А ты при виде медиков впадаешь в спячку? — съязвила я.

— Ага, перестаю жевать, прячу под подушку колбасу, закрываю глаза и делаю вид, что меня нет, — охотно согласилась подружка. — Это мой способ пассивного сопротивления активному лечению.

И она пожаловалась на медиков:

— Надоели уже со своими бесконечными уколами и вливаниями! У меня уже вся задница опухла и шишками покрылась и на руках живого места не осталось. Кроме того, какая-то фигня из того, что мне тут капают, подавляет аппетит. Это зачем же мне такое дело? Не хватало еще фатально похудеть!

— Не волнуйся, по-моему, весь твой целый и неделимый центнер остался при тебе, — успокоила я ее. — Ирусик, я не поняла: врагиня вколола что-то тебе в капельницу, но тебе это ничуть не повредило?

— Мне — нет, — кивнула Ирка. — А знаешь, почему? Потому что я сегодня мочалку лечила.

— Кого это ты называешь мочалкой? — спросила я, оглядываясь.

Может, вторая кровать опустела не просто так, а в результате самодеятельной врачебной практики моей подружки? Может, тут лежала пациентка с редкой фамилией Мочалка и самозваная докторица Ирка ее лечила и залечила?

— Куда ты смотришь? Ты сюда смотри! — сказала Ирка.

Подружка стянула со своей кровати одеяло, и мне открылась необычная инсталляция, состоящая из капельницы на штативе, длинной прозрачной трубочки с иглой и поролоновой мочалки, помещенной в глубокую фаянсовую тарелку с облупившейся надписью «Горбольница №1» на выщербленном краешке. Игла капельницы, глубоко вонзенная в дырчатую плоть губки, исправно питала мочалку лекарством. Или вовсе не лекарством — кто знает, что вколола в капельницу наша врагиня!

— Кстати, а кто эта вредоносная особа? — спросила Ирка, перехватив у меня реплику.

Мы обе обернулись и как раз вовремя: оказывается, загадочная особа уже пришла в себя и сразу же решила уйти от нас!

— Держи ее! — всполошилась я.

Это был скорее ритуальный клич, нежели призыв, обращенный к подруге, но она приняла его на свой счет и крикнула в ответ:

— Куда мне, я же в ночнушке и босиком!

Это был аргумент. Я перестала думать о сторонней помощи и перешла к самостоятельным действиям.

К сожалению, они были не столь активными, как

хотелось бы. Я еще не вполне очухалась от шока и не успела обрести должную быстроту реакции и скорость передвижения. Обычно я бегаю не хуже кролика, преследуемого гончими, особенно если у меня, как и у него, есть хороший стимул.

На сей раз он у меня был: ужасно хотелось узнать, кто такая эта наша врагиня, а также примерно наказать ее за проявленное по отношению к нам с Иркой вопиющее недружелюбие. При этом по поводу личности замаскированной гражданки у меня не было никакой толковой версии, и я прекрасно понимала: если она сейчас уйдет, найти ее будет крайне трудно даже профессиональным сыщикам. Какие приметы злоумышленницы я смогу дать Лазарчуку? Никаких особых, разве что сапоги подробно опишу, и будет капитан искать ее по обуви, как принц Золушку, а это малоперспективно. Помнится, у сказочного принца эта затея едва не провалилась.

Соответствующие мысли метались в моей голове, как вспугнутые летучие мыши на чердаке, затрудняя составление нормального плана действий. Тем временем я все-таки действовала, хотя и без всякого плана, спонтанно, по ситуации.

Врагиня, которую Ирка огладила по макушке колбасой недостаточно крепко, стартовала из классической беговой позиции «упор присев», опередив меня секунд на десять, не больше, но и это в условиях бега по сильно пересеченной больничной местности была неплохая фора. Тем более женщина в белом не помчалась по прямому коридору, где я могла бы постепенно развить нужную скорость. Выскочив из палаты, она вильнула на боковую лестницу и с дробным стуком каблучков поскакала по ней, точно горная козочка. Когда я, с трудом вписавшись в крутой поворот, на ватных ногах заковыляла по ступенькам, моя врагиня уже прошла один лестничный марш и безостановочно продолжала стремительный спуск. Я тоже не стояла на месте, но мои ноги еще не вполне прошли затянувшуюся стадию обратного превращения из бескостных грабловых трямпов, и сократить разрыв никак не удавалось.

Впрочем, я и не отставала. Шесть лестничных пролетов до просторного холла первого этажа мы с врагиней прошли с фантастической скоростью. Думаю, это был внутрибольничный рекорд за все время существования этого богоугодного заведения! Однако до конца дистанции было еще далеко, впереди простирался больничный холл, сопоставимый по размерам с хоккейным полем. Ситуативное сходство с популярной спортивной игрой усугублял входной портал, дополнительно суженный стеклянной будочкой охраны.

— Шайбу, шайбу! — сорвалось с моих губ, когда мы вышли на финишную прямую.

Эта прямая начиналась в верхней точке последнего — если считать сверху лестничного марша. Он был заметно длиннее, потому что первый этаж у больницы выше последующих. Неожиданно я поняла, что это обстоятельство дает мне реальный шанс настичь отступающего противника, и сразу же им воспользовалась.

Врагиня прошла уже две трети последнего спуска, выводящего точнехонько на ворота, когда я отчаянно всплеснула трямпами и полубоком вспрыгнула на перила. Отполированные ладонями бесчисленного множества пациентов и посетителей перила были скользкими, как натертые салом морские стапели, и я быстроходной яхтой свистнула по ним вниз. В руке я крепко стиснула приготовленное к бою трофейное оружие — портативный электрошокер. Мой план был прост, как все гениальное: коршуном рухнуть на плечи врагини и треснуть ее электрическим разрядом в полном соответствии с суровым, но справедливым принципом «око за око, зуб за зуб». Кто к нам с электрошокером придет, от него и поляжет!

У преследуемой еще был шанс избежать принудительной электрификации. Ей достаточно было на бегу свернуть с прямого пути, и я, не имея крыльев (о, это досадное несовершенство конструкции и человеческих, и грабловых организмов!), не смогла бы подкорректировать курс своего крутого пике. Однако врагиня не оборачивалась и потому еще не знала, что ее участь практически решена. Я воспряла духом не хуже, чем телом, и в этот критический момент в пустом дотоле холле откуда ни возьмись появились люди, и я потеряла едва обретенный контроль над ситуацией.

Дальнейшие события разворачивались сами собой, хотя и в моем присутствии.

Группа учеников выпускного класса школы-лицея с медицинским уклоном прибыла в Первую горбольницу на экскурсию. Она была организована с разрешения и одобрения больничного руководства, живо заинтересованного в пополнении трудового коллектива медработниками низшего и среднего звена. Юноши и девушки в накрахмаленных и отутюженных халатах и шапочках пришли ознакомиться с условиями работы в муниципальном учреждении здравоохранения. Будущих санитарок, медсестер и медбратьев представитель администрации больницы — заместитель главного врача — с широкой улыбкой и распростертыми объятиями встретил на парадном крыльце.

Вход в больницу по такому случаю был украшен гирляндой воздушных шаров и рукописным плакатиком «День открытых дверей». Чтобы неорганизованные граждане из числа родных и близких пациентов не приняли это сообщение на свой счет, охрана главного портала была усилена за счет дежурного стража бокового входа.

Трое забритых под машинку парней в камуфляжной форме беспрепятственно пропустили в холл белое бязевое стадо в четырнадцать голов и сомкнулись стеночкой позади него. Один из охранников сразу начал распутывать гирлянду шариков, которые экономное больничное руководство распорядилось после проведения торжественной встречи бережно сдуть и приберечь для другого раза.

— Добро пожаловать, друзья мои, в нашу скромную обитель! — сказал замглавного, широким жестом охватив просторный холл, отделанный новой керамической плиткой под дикий камень.

Евроремонт был новый, дорогой, что неизменно вводило в заблуждение посетителей больницы. Оценив интерьер холла, они ожидали найти нечто подобное и в отделениях, однако в глубинку цивилизация, как водится, продвигалась медленно и на данный момент охватила только начальственные кабинеты.

Своей обителью холл с полным правом могли называть разве что охранники, но замглавного любил выражаться фигурально и говорить с преувеличенной экспрессией. Под высокими каменными сводами слова его прозвучали громко и были многократно повторены подхалимским эхом. Неискушенные школяры притихли и в почтительном молчании сгруппировались вокруг речистого зама, демонстрируя подкупающую готовность внимать его речам.

— Понимаете ли вы, мои юные друзья, где мы с

вами сейчас находимся? — вопросил польщенный зам.

— В больнице? — ломким голосом подсказал оратору единственный юноша в группе.

Великолепный зам иронично взглянул на него прищуренным глазом и промолчал.

— В прихожей? — робко предположила пигалица в халате до пят и шапочке, которая сползала ей на глаза, как колпак куклуксклановца.

Замглавного одобрительно кивнул, поднял палец и сказал:

— Мы находимся на пороге! На пороге нового времени, когда медработник вновь становится значимой фигурой, деятельность которой адекватно оценивается обществом!

Тут оратор потер указательный палец о средний, выразительным жестом давая понять, что адекватная оценка труда медработника должна производиться обществом непосредственно в денежных знаках, а затем заложил руки за спину и широкими шагами пошел вперед, приговаривая:

— Мы неуклонно движемся к тому моменту, когда каждый медицинский работник, от санитарки до заслуженного врача, сможет гордиться своей принадлежностью к самой гуманной профессии.

Школяры потянулись за лектором, как послушные белые овечки за бараном-предводителем.

— Забудьте о мизерной заработной плате и неуважительном отношении к низшему медперсоналу! — попросил зам. — У нас в больнице, например, уже сейчас все обстоит совершенно по-другому: разработана и действует эффективная система материального поощрения и моральной поддержки сотрудников. Причем именно низшее и среднее звенья работников нашего учреждения здравоохранения максимально охвачены вниманием администрации! Вы не поверите, но наше руководство буквально бегает за каждой медсестрой, а санитарок как особо дефицитных специалистов просто носит на руках!

Юные слушатели, может, и не поверили бы в сказанное, но им внезапно явилось зримое доказательство правоты и искренности оратора.

С дробным топотом с боковой лестницы в холл слетела типичная медработница низшего или среднего звена — женщина в белом халате, резиновых перчатках, стерильной маске и бязевой шапочке. За ней, в полном соответствии со словами замглавного, очертя голову неслась другая особа — вероятно, представительница заботливого руководства медучреждения. Она не просто бежала, а прямо-таки летела и в полете простирала к убегающей медсестре руку, в которой серебристо посверкивал какой-то небольшой предмет. Возможно, медаль или даже орден: наглядное воплощение эффективной системы материального и морального поощрения сотрудников.

— Однако! — не тая приятного удивления, ломким басом обронил будущий медбрат.

Страсть, с которой администрация больницы в лице отдельной своей представительницы предавалась заботе о трудовом коллективе, очень впечатляла.

Замглавного уронил челюсть. Девчонки-школьницы взволнованно запищали, но без команды не сообразили расступиться, и бегунья-медработница влетела в толпу будущих коллег, как велосипедист в стаю гуляющих по берегу чаек.

За несколько секунд до этого драматического момента с парадной лестницы скромно, стараясь не привлекать к себе особого внимания, сошла диетсестра Тыковкина. Ее округлая фигура, очертаниями напоминающая крупный корнеплод, перекосилась под тяжестью большой клетчатой сумки, которые с ностальгией вспоминают успешные торговцы, начинавшие свой бизнес с челночных рейсов в Китай.

Сумка медработницы среднего звена Тыковкиной была битком набита вкусными и питательными продуктами, которые не попали на стол пациентов больницы: гречневой крупой, сливочным маслом, творогом, помадками «Коровка», мороженой рыбой, индийским чаем в картонных пачках и сгущенкой в жестяных банках. Для организации у домашнего очага Тыковкиных полноценного ужина на шесть персон, включая кошку и собаку, не хватало только мяса, которое сегодня целиком досталось поварихе Тимониной. Именно она обычно осуществляла раздел неправедно припрятанного провианта среди лиц, более или менее причастных к составлению больничного меню, приготовлению пищи и ее дегустации.

Диетсестра, не получившая сегодня ожидаемой говяжьей вырезки, была по этому поводу сильно расстроена и от души желала жадной поварихе всего самого худшего. Например, чтобы пугающие слухи о грядущей инспекторской проверке пищеблока подтвердились и наглую Тимонину с треском выгнали бы с работы. Обиженная Тыковкина не стала бы жалеть жадную повариху, только одно заботило ее: чтобы ожидаемая проверка не пришлась на ее собственное дежурство.

Надо сказать, что предшественница нынешней диетсестры на этом ответственном и хлебном посту с треском вылетела с работы как раз после инспекторской проверки. Тыковкина не хотела терять свою работу, ей в ней нравилось все, особенно момент перекладывания принесенных из больницы продуктов в домашний холодильник. Собственно, по-настоящему неприятный момент в работе диетсестры был только один: вечерний проход через контрольный пост на воротах. Минуя охранников, Тыковкина всякий раз тряслась, как осиновый лист, и со страхом ожидала сурового окрика в спину: «Стой! Открывай сумку!»

Пока что охранники, разбирающие праздничное убранство портала, деловито возились у дверей и на приближающуюся диетсестру никакого внимания не обращали, однако Тыковкина обострившимся от волнения зрением углядела, что стражей на дверях сегодня на одного больше, чем обычно. Это ее встревожило, неприятно напомнив о проверке. Тыковкина притормозила, спешно соображая, не лучше ли будет спрятаться под лестницей и пропустить вперед повариху Тимонину сразу с двумя сумками.

Был вечер пятницы, преддверие выходных, и диетсестре хотелось пораньше вернуться домой. Она заколебалась, не зная, куда податься — вперед, к дверям, или влево, в закуток под лестницей, и тут услышала за спиной резкий окрик. Незнакомый женский голос с истеричными нотками вспорол спокойствие больничного холла диким воплем:

— Стой! Стой, гадина!

И пока ошеломленная диетсестра примеряла обидное словечко к себе, крикливая истеричка добавила:

— Охрана, держите ее!

Нечистая совесть подстегнула нерешительную Тыковкину, и она перестала колебаться. Диетсестра с перепугу выронила тяжелую продуктовую сумку и налегке метнулась в спасительный мрак под лестницей, как кролик в норку.

Приблизительно за полминуты до этого недисциплинированная пациентка отделения интенсивной терапии Ирина Максимова босиком, в одной батистовой ночнушке выскочила за порог своей палаты, бешено огляделась и увидела прямо перед собой медленно закрывающиеся двери грузового лифта. Не раздумывая, она бросилась в сужающуюся брешь и прижала к стенке кабины лысоватого коротышку в бледно-зеленом медицинском костюме.

— Куда вы, женщина? Это служебный лифт! — рыпнулся он.

— Мне можно, — уверенно сказала Ирка и придавила пальцем кнопку с цифрой «1».

— Нельзя! Служебный лифт предназначен только для перевозки лежачих больных и сопровождающего их медперсонала! — продолжал вредничать коротышка.

— Я и есть больная! — сообщила Ирка и смерила санитара оценивающим взглядом: — А ты будешь моим сопровождающим.

— Я сопровождаю нетранспортабельных пациентов на каталках! — не унимался вредина.

Пустая больничная каталка стояла тут же, у стеночки. Ирка взглянула на нее, просветлела лицом и сказала:

— Хорошая мысль! А ты, сопровождающий, молодец!

Коротышка, не ожидавший похвалы, растерялся и временно перестал вредничать.

— Слушайся меня, и все будет хорошо! — пообещала ему Ирка и быстро улеглась на каталку животом вниз, головой вперед, опираясь на локти и могучую грудь.

— Это что? Угон?! — изумился коротышка.

Ирка искоса глянула на идиота и, не теряя времени на пустые разговоры, деловито сказала:

— Да, это угон. Сначала лифта, а потом каталки. Если хочешь жить, заткнись и делай, что я скажу!

Кабинка остановилась на первом этаже, лифт мелодично тренькнул, двери разъехались.

— Как раз вовремя! — пробормотала Ирка, с одного взгляда оценив обстановку в холле. — Сопровождающий, слушай мою команду: поверни каталку на тридцать градусов влево и толкай изо всех сил! Вперед!!!

У основания лестницы круто изогнутые перила распрямились, и я слетела с них, как Масяня с детской горки. Пару метров пролетела по воздуху, успешно приземлилась на ноги, пробежала с ускорением еще метров пять и неминуемо настигла бы отступающего противника, если бы мне не помешали. На нашем пути откуда ни возьмись появилась целая толпа нерасторопных граждан в медицинской спецодежде! Все белые, как инкубаторские куры, и такие же бестолково суматошные!

— Стой! — заорала я. — Стой, гадина! Охрана, держите ее!

Моя противница с разбегу нырнула в белый выводок гомонящих бройлеров, и я сразу же ее потеряла.

Без разбору лупить заполошных пернатых электрошоком я не хотела, потому как совсем недавно на личном опыте узнала, насколько это неприятно, а нанести прицельный удар по врагине уже не могла. В общей крахмальной белизне ее халат бесследно затерялся!

Стараясь не сбиться с курса, я остервенело протолкалась сквозь белохалатную толпу, увидела впереди спину противницы, обрадовалась, ускорилась, выбросила вперед руку с электрошокером и... полетела кубарем, запнувшись о клетчатый короб, который внезапно уронила мне под ноги какая-то больная курица!

Охранники Витя, Вова и Миша только-только вернулись с крылечка в холл, неся в руках многоразовые атрибуты праздничного убранства: свернутый в свиток плакат, кучу спущенных шариков в картонной коробке и веревку, на которой крепились остатки не до конца разобранной гирлянды. Шестиметровый шнур Витя сматывал на ходу в клубок, подтягивая к себе еще не сдутые шарики.

Вова и Миша уже зашли за стеклянную перегородку, символически отделяющую вахтерку от общего зала, когда в холле послышался истошный крик:

— Охрана, держите ее!

Витя с шарами на веревочке замер, как малыш, позирующий фотографу на первомайской демонстрации. Вова и Миша, сунувшись к стеклу, стукнулись лбами.

В центре зала нервно и бестолково топтались и толкались экскурсанты. В своих однотипных белых одеждах они были похожи на группу безобидных пациентов сумасшедшего дома, выведенных на прогулку, но в результате массовой вспышки острого топографического идиотизма фатально сбившихся с пути. Лишь одна фигура в полном медицинском облачении не потеряла ориентацию в пространстве и целеустремленно, с большой скоростью неслась прямо к турникету.

— Витек, останови ее! — на всякий случай крикнул Вова товарищу, который очень кстати имел при себе веревку.

В этот миг из толпы в белых халатах вынырнула другая особа, повыше ростом, постройнее и без всякого специального медобмундирования.

Вова уже открыл рот, чтобы велеть Витьку заодно связать и ее тоже, благо длина шнура позволяла упаковать с полдюжины таких субтильных дамочек, но бегунья в штатском неожиданно запнулась, шлепнулась на живот и покатилась по полу, как хоккейная шайба по льду, в скольжении самопроизвольно забирая вправо.

Для игры в хоккей Витек снаряжен не был, а вот у Миши была в руках большая картонная коробка, полная великолепно амортизирующих резиновых тряпочек.

— Эту я возьму! — пообещал Миша.

Он выскочил из дежурки, на глазок прикинул траекторию движения женщины-шайбы, бросил на пол коробку, соорудив из нее подобие ворот, а сам присел и расставил руки. Вова, временно оставшийся не у дел, нашел взглядом препятствие, о которое запнулась бегунья в штатском, и вздрогнул.

Посреди зала лежала здоровенная, явно бесхозная сумка самого зловещего вида! Точь-в-точь такая же клетчатая торба была нарисована на плакатике, который вчера широко распространили по городу представители УВД. Рядом с торбой на милицейской листовке были напечатаны строки, достойные пера Маяковского:

Гражданин! Обнаружь взрывпакеты
Прежде, чем о них напишут газеты!
— Никак бомба? —
испуганно выдохнул Вова.

Два взрыва, прозвучавшие в городе на этой неделе, побудили соответствующие службы удвоить бдительность и с особым вниманием и подозрением относиться к потенциально взрывоопасным предметам, включая ручную кладь.

— Все в стороны! Р-разойдитесь! — очнувшись, взревел Вова, и, чтобы сделать команду более понятной для тихих придурков в холле, взмахнул руками, как пловец, разгребающий воду.

Испуганные экскурсанты брызнули к ближайшей стене, но она вдруг раздалась, обозначив открывшуюся кабину лифта. Оттуда, как тачанка красной конницы из засады, вырвалась на оперативный простор больничная каталка. На ней в позе сфинкса возлежала здоровенная тетка с распущенными волосами фурии и лицом камикадзе. Увидев ее, Вова сразу понял, как должен был выглядеть героический летчик Гастелло, таранящий колонну вражеской бронетехники.

— Вперед!!! — летя сначала по наклонному пандусу, а потом по ровному полу холла, орала гонщица на каталке, заглушая истошный визг резиновых колес. — За Родину! Бей белых!

Судя по кличу, с целью бой-баба определилась заранее: она мчала точно наперерез бегунье в белом халате.

— Это что? Это зачем? — в растерянности заметался в импровизированных картонных воротах Миша.

И пропустил гол! Девица без халата, полируя пузом пол, шумно врубилась в коробку, перевернула ее и на манер лягушонки-в-коробчонке проскочила под лопастью турникета прямо в открытую дверь.

— Плохо дело! — сообразил охранник Вова, увидев катапультировавшуюся из грузового лифта каталку с женщиной, на вид очень и очень больной. — Пациентов вывозят! Эвакуация началась!

— Думаешь, рванет? — охнул охранник Витя, сильно вздрогнув и неосторожно поддернув веревку с привязанными к ней шарами.

Сразу три детских шарика ударились о дверной косяк, напоролись на гвоздики, оставшиеся после гостеприимного плаката, и рванули с совершенно недетским грохотом.

Тем временем торпеда неуправляемого колесного экипажа достигла своей цели. Она столкнулась с бегуньей в медицинской униформе, сбила ее и отбросила вперед, но не сильно замедлилась и продолжила движение. Героическая последовательница летчика Гастелло на каталке умудрилась на ходу подхватить жертву ДТП за халатный хлястик и унести ее с собой, как чемодан, прямо в стеклянную стену, взорвавшуюся множеством осколков одновременно с гелиевыми шарами!

Лепной гипсовый карниз, протянувшийся над окном, откололся целым бревном и рухнул вниз, разбившись об пол в пыль и мелкие дребезги. Холл заволокло белым дымом.

— Вызывайте подмогу и спасателей! — кашляя, прокричал охранник Вова неизвестно кому, после чего деловито и бессмысленно залег за турникет, как отважный чапаевец за станковый пулемет.

Больничное крыльцо оказалось короче, чем мой тормозной путь. Оно не было огорожено перилами, и ничто не помешало мне съехать в клумбу, пламенеющую осенними цветами. На бреющем полете пройдя над невысокой изгородью из самшита, я приземлилась в зарослях астр, кущи которых оказались пружинистыми, как хороший матрас.

Я перевалилась на спину, глубоко вздохнула и с

умилением уставилась в просторное синее небо — как Андрей Болконский на поле Аустерлица. После безумной гонки по больнице тихо лежать в цветочках, лаская взглядом безмятежную небесную синь, было необыкновенно приятно. Меня охватило состояние глубочайшего покоя — естественное состояние тех, кто вот так же неподвижно лежит весь в цветах и белых тапках.

Правда, мой покой не был вечным. Вскоре за низкой стеной самшитовой изгороди что-то шумно треснуло, грохнуло, взорвалось и задребезжало, и в какой-то паре метров от меня над кустами с басовитым шмелиным гуденьем низко пролетела больничная каталка. Снизу мне было видно, как бешено вращаются и, кажется, даже дымятся ее резиновые колесики.

При приземлении перелетная каталка глубоко зарылась носом в цветочки и перевернулась набок. Это позволило рассмотреть пилота, которым оказалась моя подружка. Чего-то в этом роде я ждала, потому не очень удивилась. По-настоящему удивило меня — и удивило приятно — то, что в качестве бомбового груза летчица-налетчица сбросила в астры женщину в белом!

— Ирусик! Ты пленила нашу врагиню! — на радостях забыв встать на ноги, я прыгнула к подружке на четвереньках, как восторженный песик.

— Что бы ты без меня делала, кисейная барышня! — вздохнула подружка. — Погляди на себя! Валяешься на травке, а я, больная, в одиночку беру противника голыми руками!

— У тебя не только руки, но и ноги голые, да и все остальное не так чтобы очень одето! — заметила я. — Не замерзла?

— Не успела, дело было жарким! — важно объявила Ирка. — А ты как?

Она критически оглядела мою грязную куртку и серые вельветовые колени.

— Да, был денек! — сказала я, как старый солдат после битвы при Бородино, и мы дружно рассмеялись.

Смех наш был немного нервным и закончился вздохом.

— Да-а-а... Так кого же мы преследовали? — спохватилась я.

— Давай посмотрим, — Ирка перевернула каталку, поставив ее на колеса, и втащила женщину в белом на ложе, как на разделочный стол.

Она была без сознания. Обезвреженная врагиня тяжело, с хрипом дышала, так что освободить ее от маски и сползшей на глаза шапочки было милосердным поступком. Впрочем, я руководствовалась не гуманизмом, а любопытством, и оно было в полной мере вознаграждено.

— Вот это да! — ошарашенно протянула я, увидев лицо неприятельницы. — Ты жива еще, моя старушка! Ирка, ты знаешь, кто это?

— Теперь вижу, что старушка, хотя две минуты назад поклялась бы, что это юная энергичная Никита! — сказала в ответ Ирка, удивленная и заинтригованная. — И все-таки, кто она? Клянусь, я знать не знаю эту шуструю бабушку!

— Ты совершенно правильно сказала — она именно бабушка, — кивнула я. — Родная бабушка Сергея Трофимова и покойной Лилианы Марусенко, Меланья Трофимовна Трофимова!

— Как интересно! — протянула Ирка.

Она всмотрелась в бледное лицо Меланьи Трофимовны, пожала полуголыми плечами и сказала:

— Боюсь, я сломала ей пару ребер, но почему-то не жалею об этом. Что-то подсказывает мне, что эта необыкновенная бабушка желала нам с тобой очень и очень плохого!

— Думаю, ты права, — согласилась я.

И тут же вспомнила о том, кто у нас всегда оказывается прав — о доблестном сотруднике правоохранительных органов капитане Лазарчуке. Говорил же Серега, чтобы я посидела тихонечко, пока он распутает эту детективную историю до конца, а я не послушалась и опять нарвалась на приключение...

— Нужно Лазарчуку позвонить, — я вытянула из кармана мобильник. К счастью, в ходе моего показательного катанья по полу и тройного тулупа в кусты он ничуть не пострадал. — Пусть забирает нашу дряхлую подружку к себе в кутузку и выясняет, чего она на нас взъелась.

— А как насчет медицинской помощи?

— Вот в кутузке ее и подлечат, — решила я. — Алло, Серега? Это я. Нет, ничего не случилось. То есть ничего нового и необычного. Просто нас с Иркой опять пытались убить.

Ирка, которой не слышно было ответа Лазарчука, засемафорила бровями.

— Спрашивает, кто нас хотел убить, — прикрыв трубку ладонью, объяснила я. — А ты угадай! Нет, не любимые мужья, потерявшие надежду урезонить нас ненасильственным путем. Нас пыталась убить бабушка!

— Какая бабушка — чертова? — неласково спросил Лазарчук.

— Можно и так сказать! Бабушка Сергея Трофимова!

— Ну ни фига себе! — Капитан отпустил неуставную реплику и надолго замолчал.

— Ну, что? — дернула его я.

— Что?

— Ты разве не хочешь ее забрать?

— Откуда?

— Из Первой горбольницы.

— Она попала в больницу?!

— Она выпала из больницы! — потеряв терпение, гаркнула я. — Вместе с Иркой, больничной каталкой и четырьмя квадратными метрами тонированного стекла! Лазарчук, мы только что сами, голыми руками, ногами и всем остальным взяли преступницу, вооруженную до вставных зубов электрическим разрядником и шприцем с неведомой отравой, а ты ленишься приехать на готовенькое! Значит, так! Или ты через пять минут будешь у горбольницы, или мы с Иркой предадим твое имя анафеме!

— Не надо анафеме, — вздохнул Лазарчук. — Я приеду через десять минут. Вы где будете, в больничной палате?

— Ни-ни! — торопливо возразила я, опасливо покосившись на здание больницы, со стороны которого до нашей тихой гавани в астрах доносились множественные тревожные шумы. — Мы лучше побудем в машине, она припаркована на автостоянке.

— Ладно.

— Не отключайся, дай мне трубку! — быстро потребовала Ирка.

Я передала ей мобильник, и она совсем другим, извиняющимся тоном сказала в трубку:

— Слышь, Серега... Ты лучше поторопись, а то тут скоро не протолкнуться будет... Как это — почему? Твои коллеги понаедут, всякие там саперы, спасатели, пожарники, разве что «Скорые» вереницей не примчат, этого добра тут и так хватает...

— О боже! — бессмысленно сказал на это Лазарчук и отключился.

— Я не совсем поняла его реакцию, — призналась Ирка, озадаченно посмотрев на гудящую трубку.

— Он в восторге, — заверила я. — Все, берем нашу врагиню и идем в машину, там нам спокойнее будет.

Если бы больничный люд не был в тот момент так занят ликвидацией последствий воображаемого террористического акта, ему открылось бы необыкновенное зрелище. Помяв живую изгородь, из цветочной клумбы на простор двора неторопливо выехала больничная каталка, которой запутавшиеся в колесах яркие астры придавали сходство со свадебной телегой. Толкала каталку я, потрепанная и грязная, как пьяный рикша, а восседала на транспорте Ирка, в весьма откровенной ночной сорочке на голое тело напоминающая невесту, безвозвратно потерявшую невинность. В объятиях она держала поникшую Меланью Трофимовну, которая с натяжкой могла сойти за тоскующую и горюющую подружку невесты. В целом мы должны были здорово напоминать участников деревенской свадьбы на второй день разудалого и хмельного гулянья.

Я подвезла своих пассажирок поближе к «шестерке». За руки за ноги мы с Иркой загрузили на заднее сиденье Меланью Трофимовну, Ирка села на штурманское место, а я в кресло водителя. Только сначала могучим пинком отправила казенную каталку поближе к больнице, подальше от нашего автомобиля, да еще скрутила руки пленнице изолентой, моток которой нашелся в бардачке. Там же обнаружился чистый целлофановый пакетик, в который я аккуратно упаковала шприц с остатками неизвестного снадобья, извлеченный из судорожно сжатого кулачка Меланьи Трофимовны.

Пока мы устраивались, подъехал Лазарчук в машине с мигалкой. Выйдя из «бобика», он зорко огляделся, нашел взглядом нашу «шестерку» и зашагал прямо к ней, игнорируя суету у больницы.

— Здоров! — бодро приветствовала я друга, когда он решительно распахнул дверцу с моей стороны. — Вот мы с Иришкой приготовили для тебя подарочек: лежит, перевязанный изолентосчкой, на заднем сиденье.

— Она жива?

— Обижаешь! — надув губы, сказала Ирка. — Конечно, она жива, мы же не убийцы какие-нибудь, не то что некоторые! Между прочим, это она пыталась нас убить, колола какой-то гадостью из шприца.

— Вот он! — вставила я, вручая капитану полиэтиленовый пакетик.

Лазарчук крякнул, как утица.

— А Ленку эта доморощенная киллерша позднего пенсионного возраста приложила электроразрядником! — нажаловалась еще Ирка.

— Вот он! — я предупредительно подала Сереге конфискованный электрошокер.

— Да уж, молодцы, постарались! — протянул Лазарчук с какой-то неправильной интонацией: одобрения в ней было маловато, а восхищение нами и вовсе отсутствовало. — Признавайтесь, милые, больницу тоже вы взорвали?

— Мы?! — преувеличенно удивилась Ирка. — Да никогда! Что ей сделалось, этой больнице? Не очень-то она и пострадала!

— Я лично всего лишь одну коробку с воздушными шарами оттуда вынесла, но шары вполне можно собрать, надо просто по клумбе побегать, в астрах поискать, — честно сказала я.

— А я всего лишь одно окно разбила и еще каталку угнала, — нарочито бодрясь, призналась Ирка. — Но каталка во-он, во дворе стоит, целая и невредимая, и даже в цветочном убранстве! За стекло я, так и быть, заплачу, а та фигня, которая с потолка рухнула, просто на соплях держалась, и в плохом качестве местных ремонтно-строительных работ я не виновата!

— Постарались, в общем, девочки, — резюмировал Лазарчук. — Ладно, я со всем разберусь.

Он свистнул товарищей из «бобика», и бабушку Трофимову сноровисто перегрузили из нашего транспорта в милицейский.

— Езжай домой и сиди тихо, пока я не приеду! — наказал мне напоследок строгий капитан.

Ирке он велел идти в палату и тихо сидеть там, но подружка распоряжению не подчинилась.

— Не вернусь я в палату! Не хочу пропустить самое интересное! — заявила она, с ногами забравшись на освободившееся заднее сиденье и укутавшись пледом, который я извлекла из багажника.

— А что ты считаешь самым интересным? — поинтересовалась я с удивлением.

Значит, наша героическая битва при Первой горбольнице показалась подружке недостаточно увлекательным шоу?

— Самое интересное будет вечером, когда Лазарчук приедет рассказать нам всю правду! — не задумываясь, ответила Ирка.

— Правду и только правду! — пробормотала я, но спорить с подружкой не стала.

Мне и самой ужасно хотелось досконально разобраться в детективной истории, которой занималась целую неделю.

13.

Лазарчук явился поздно вечером. Давно пришел с работы Колян, Моржик тоже приехал и уже устал уговаривать свою упрямую женушку вернуться если не в больничную палату, то хотя бы в собственную комфортабельную спальню в благоустроенном трехэтажном особняке. Ирка вцепилась в наш кухонный диванчик как клещ и ни за что не соглашалась с ним расстаться. Время шло, ужин был съеден, незапланированный ночной чай выпит, ребенок в детской смотрел третий сон, да и у взрослых глаза уже слипались, но объявить отбой не разрешали Ирка и ее неуемное любопытство. Дефицит спальных мест в нашей небольшой двухкомнатной квартире не позволял организовать Максимовым достаточно удобное ложе, но Ирку, в отличие от Моржика, это не волновало. Она так хотела увидеть и, главное, услышать Лазарчука, что готова была спать где угодно, хоть на резиновом коврике под дверью, лишь бы в зоне видимости и слышимости Лазарчука!

В ожидании обещанного прибытия капитана я наконец спросила Коляна, кто такой трабл-шутер. Оказалось — специалист по устранению проблем. Колян сказал, что вообще-то это компьютерный термин, трабл-шутерами любят именовать себя системные администраторы и асы «по железу», но Трофимов, похоже, оказался специалистом широкого профиля.

— В его случае «трабл-шутер» — почти то же самое, что «киллер», — рассудил муж.

Тут в нашу дверь поскребся долгожданный капитан. Ирка первой примчалась в прихожую, открыла Сереге дверь и сердито сказала:

— Ну, наконец-то! Тебя только за смертью посылать!

— Типун тебе на язык, дорогая! — поспешно сказал Моржик. — По-моему, в этой истории и без того слишком много смертей!

— А могло быть на две больше, — напомнила я.

— Да, Кыся, это просто счастье, что и ты, и Иришка остались живы! — поддакнул Колян.

— Не вынуждайте меня об этом сожалеть, — попросил Лазарчук.

Ирка прикусила язык, а я поспешила загладить неприятное впечатление от неласковой встречи, пригласив капитана к столу. Колян поторопился выставить на него бутылочку коньяка, а мы с Иркой в четыре руки опустошили холодильник и наскоро сочинили закуску.

— Вот это уже другое дело! — окинув одобрительным взглядом получившийся натюрморт, заметно подобрел Лазарчук.

Нам пришлось еще подождать, пока капитан насытится. К счастью, Серега не стал испытывать терпение публики, быстренько побросал в рот куски колбасы и сыра, запил их коньяком и повел свой рассказ, первым делом провозгласив:

— И я тут был, мед-пиво пил, по усам текло, в рот не попало!

— Это концовка, а не зачин! — тут же возразила я. — Заводить былинный сказ надо по-другому.

— Ой вы, гой еси, добры молодцы! Так пойдет? — поправился капитан.

— И красны девицы! — напомнила о себе Ирка.

— Короче, давайте по существу! — Колян потерял терпение. — На старт, внимание, марш! Лазарчук, пошел!

— Сам пошел! — обиделся тот.

— Нет, друзья, так мы никогда не стронемся с

мертвой точки! — посетовал Моржик. — Давайте предоставим Сереге право строить рассказ по своему усмотрению.

— Дадим ему карт-бланш! — согласился Колян.

— Бланш — это такой синяк в пол-лица, или я что-то путаю? — Лазарчук, успевший вновь припасть к закуске, перестал жевать.

— Серега, я тебя умоляю, прекрати жрать и расскажи нам, наконец, что ты узнал! — взмолилась Ирка.

— Так я пытаюсь, а вы мне не даете! — с усилием проглотив колбасную жвачку, пожаловался капитан. — Все время перебиваете!

— Вот! Это самый правильный зачин! — встрепенулся Колян. — Начни повесть с перебитой шеи Балды!

— Так это будет уже середина истории! — возразил Лазарчук. — Начало второй серии, содержание которой твоя жена достаточно точно пересказала нам еще вчера.

— А мне только сегодня, — пробубнила Ирка.

— А что же было в первой серии? — спросила я.

— А в первой серии было то, что ты так и не смогла найти! — торжествующе сказал капитан.

— Смысл жизни? — съязвила я.

— Мотив! Мотив убийства гражданином Трофимовым гражданина Набалдашкина! — Лазарчук наконец-то разговорился. — Оказывается, первопричиной всех трагических событий стала задержка выплаты обществом «Егорий» страховой суммы по случаю гибели Клары Трофимовой.

— Это кто? — шепотом, чтобы не мешать рассказчику, спросил Ирку Моржик.

— Мать его! — тихо рявкнула Ирка — то ли ответила, то ли выругалась.

— Клара Трофимова действительно случайно погибла или как? — поинтересовалась я.

— Случайно, случайно. Трофимов там точно ни при чем, он даже не ездил с маменькой в горы, дома сидел, — ответил Лазарчук. — Страховая компания огорчительно затянула с проверкой страхового случая и выплатой Трофимову денег, и он сильно обиделся. Настолько сильно, что решил наказать страховщиков рублем. Правда, наказал не «Егорию», а пару других страховых компаний, помельче.

— Это как? — заинтересовалась Ирка.

— Как недобросовестные клиенты наказывают страховые компании, мог бы рассказать Набалдашкин, — вставила я.

Против ожидания, Лазарчук на меня не шикнул, наоборот, кивнул с признательностью:

— Совершенно верно! Он и рассказал! Именно Игорь Набалдашкин был тем агентом, который оформил все договоры страхования жизни для семейства Трофимовых-Марусенко. Естественно, он почувствовал себя неловко, когда Трофимов стал жаловаться ему на проволочки с выплатой «Егорием» страхового вознаграждения, начал оправдываться, объяснять, как часто страховщики сталкиваются с недобросовестностью и откровенным мошенничеством со стороны своих клиентов... И привел в пример пару случаев такого мошенничества, хотя об этом лучше было бы помолчать.

— Но ты же нам скажешь? — заволновался Колян.

— Скажу, потому что теперь это уже не актуально, совсем недавно страховые компании отказались от данного вида услуг.

Лазарчук промочил горло коньяком и задал Максимовым неожиданный вопрос:

— Люди, вы не застраховали своего песика?

— Нет, а что, надо? — забеспокоилась Ирка.

Капитан пожал плечами:

— Породистые собачки более уязвимы, чем дворняги с их железобетонным иммунитетом.

— Где-то я это уже слышала? — я призадумалась.

— Поэтому редких дорогих животных часто страхуют от болезней и смерти в результате несчастного случая, — продолжил Лазарчук. — Иногда на очень крупные суммы, сопоставимые со стоимостью самого элитного животного. Страховщики до последнего времени шли на это достаточно охотно, почему нет? Если зверек жутко оригинальной породы, какой-нибудь там красный винтоухий королевский пинчер или серо-буро-малиновый вислоносый гребенчатозадый императорский пудель, он может стоить дороже, чем гоночная яхта!

— А конкретнее? — спросил Моржик.

— Что — конкретнее? — сбился Лазарчук.

— Сколько может стоить этот краснорогий ухозадый пудель? — Моржик заметил, что мы все уставились на него, как четыре барана на одни новые ворота, и счел нужным объяснить: — Интересуюсь сугубо из деловых соображений. Разводить редких животных — это хороший бизнес. Да и престижно держать в доме кого-нибудь такого... буро-малинового.

— Чего проще? Боди-арт раствором марганцовки, термобигуди на уши, мини-грабли из садового набора под хвост — и ваш шарпей легким движением руки превращается в типичного буро-малинового винтоухого гребенчатозадого! — предложил Колян.

— Не тронь моего щеночка! — обиделась Ирка. — Он мне нравится, какой есть!

— Между прочим, Колян дело говорит, — заявил

Лазарчук. — Фишка в том, что мошенники выдавали за дорогущих аристократов королевских и императорских кровей не чистопородных животных, а выбракованных или полукровок, которые стоят не в пример дешевле. Жульнически выправляли им паспорта, километровые родословные и страховали на астрономические суммы.

— Поняла! — Я подпрыгнула на диванчике, едва не спихнув с него Коляна. — У Лилианы Марусенко была какая-то очень редкая и дорогая кошка, но она умерла. А у бабушки Меланьи Трофимовны жила дорогущая собака голубых кровей, и она тоже умерла!

— И кошка, и собачка были застрахованы! — подтвердил мою догадку Лазарчук. — Угадайте, кто сначала подарил вышеназванным женщинам баснословно дорогих домашних любимцев, а потом постарался сократить им жизнь и получил страховое вознаграждение?

— Сергей Трофимов! — в один голос сказали я, Колян и Моржик.

А Ирка нахмурилась и спросила:

— А за что же тогда Трофимов убил Набалдашкина? Его не убивать надо было, а благодарить за полезный совет!

— Наверное, Трофимов и благодарил его, только мысленно, — согласился Лазарчук. — Он о своих мошеннических трюках не распространялся, так что Набалдашкин о своей роли в истории даже не подозревал. Но два месяца назад в жизни гражданина Набалдашкина случилась перемена, сыгравшая, без преувеличения, роковую роль: он перешел из «Егория» в другую страховую компанию. В ту самую, где Трофимов страховал своих котиков-песиков! Случайно Набалдашкину стало известно о значительных выплатах по страховым случаям с животными, а знакомая фамилия выгодоприобретателя заставила его вспомнить тот давний разговор с Трофимовым.

— Набалдашкин все понял и стал Трофимова шантажировать? — догадался Колян. — Вот в самом деле Балда!

— Может, он его и не шантажировал, — пожал плечами капитан. — Однако какой-то такой разговор у Трофимова с Набалдашкиным состоялся, и мошенника он чрезвычайно встревожил. Трофимов решил Набалдашкина убрать, придумал хитрый план убийства и привел его в исполнение. Что было дальше, вам известно.

— А зачем Трофимов подставил свою сестру Лилиану? — спросила Ирка. — Если преступнику по его плану совершенно необходим был «стрелочник», он ведь мог попробовать подвести под монастырь кого-нибудь постороннего, а не свою близкую родственницу!

— Сергей Трофимов никогда не питал к Лилиане Марусенко особой братской любви, — объяснил Лазарчук. — Они были не родными братом и сестрой, а двоюродными, росли в разных семьях и до последнего времени почти не виделись. Отец Лилианы, сын Меланьи Трофимовны, погиб много лет назад, девочку воспитывала мать, никаких отношений с семьей мужа она не поддерживала. Лилиана и с бабушкой-то стала общаться только пару лет назад, когда ее мать умерла, и девушка осталась круглой сиротой! Тогда она и с кузеном Лесиком познакомилась.

— Да, а почему его зовут Лесиком? — встряла я.

— Потому что в детстве мальчик не выговаривал свое имя, вместо «Сережа» произносил «Силезя». Силезя, Леся, Лесик! Понятно? Тогда я рассказываю дальше.

Сергей-Лесик Трофимов тоже рос без отца, но зато не испытывал недостатка в материнской любви, да и бабушка внука просто обожала. Трофимов с детства привык эксплуатировать женщин и, подружившись с хорошенькой глупенькой кузиной, использовал новоявленную родственницу в своих корыстных целях. Сначала он ей кошечку подарил — ту самую, за которую потом получил пять тысяч долларов страховых денег. А потом застраховал и саму кузину.

— Они друг друга застраховали, — вспомнила я.

— Это было очень умно, — заметил Лазарчук. — Не так явно бросался в глаза корыстный расчет преступника.

Он обратился к Ирке:

— Ты спросила, почему Трофимов подставил под убийство Набалдашкина именно Лилиану Марусенко? Отвечаю: причин было несколько, и все веские. Во-первых, глупышка Лилиана мечтала об артистической карьере, и умному Лесику не стоило никакого труда заморочить ей голову любой байкой, если в ней упоминались слова «кастинг» и «роль». Втравить дурочку в криминальную историю было сущим пустяком, она сама полезла к тигру в пасть.

Во-вторых, если бы смерть Лилианы удалось представить как несчастный случай, Трофимов получил бы за сестру крупную сумму по страховому полису. В-третьих, имущество Лилианы — в первую очередь однокомнатная квартира — отошло бы ее ближайшей родственнице — бабушке Меланье Трофимовне. А у той, в свою очередь, тоже была квартира плюс некоторые сбережения в банке — и один-единственный наследник, дорогой внучек Лесик! Так что все досталось бы ему одному. Еще вопросы есть?

Ирка подняла руку, как дисциплинированная школьница.

— У меня есть еще вопрос. С чего бы это смерть Лилианы сошла за несчастный случай? Одежда, аккуратно сложенная на Скале Ревнивицы, записка в домашнем компьютере — все говорило в пользу версии о самоубийстве!

— Мы выяснили, что первоначально Трофимов не планировал оставлять одежду Лилианы на парапете смотровой площадки — сказал капитан. — Он поменял свой план, когда понял, что убил кузину при свидетеле — практически на глазах у Павла Маврина. Тогда Трофимов решил перестраховаться и формально разделить два процесса по принципу «мухи отдельно, котлеты отдельно»: мол, когда их с Лилианой видел кенгурушник, они просто вместе купались, одежда лежала на берегу; а со скалы, мол, девушка прыгнула одна, позже, когда Трофимов уже был у себя в номере.

— А записка? — напомнила Ирка.

Лазарчук открыл рот, но я его опередила. Мне уже надоело, что капитан играет в умника, как будто все вокруг полные дураки!

— А записку написала не Лилиана и даже не Трофимов, а его бабушка Меланья! — объявила я, радуясь своей сообразительности.

Остальные, судя по лицам, моей радости не разделили.

— Зачем ей это понадобилось? — спросила Ирка.

— Чтобы выручить из беды любимого внука! Правильно я говорю? — обратилась я к капитану.

— Правильно. Лилиана позвонила бабушке, когда

поняла, что угодила в какую-то неприятную историю...

— Сразу, как только выпрыгнула из окошка восьмой квартиры, сбежав от свежего трупа и оперативников! — ехидно добавила я.

— Угу, — хмуро молвил капитан. — Внучка сбивчиво говорила о каком-то ангажементе, который устроил ей Лесик, об убийстве, о том, что она бежит от милиции... В тот момент бабка не вникла в сказанное, не стала даже слушать, потому что была занята срочной работой над переводом.

— Переводила с английского роман из жизни граблов, — пояснила я специально для Моржика.

— Этот сумбурный телефонный разговор состоялся в субботу, — строго зыркнув на меня, Лазарчук повысил голос. — В воскресенье Лилиана не объявилась, в понедельник тоже, и тогда Меланья Трофимовна спросила о ней Лесика. А тот хитро решил привлечь бабушку в союзницы и рассказал, что Лилиана убила своего любовника, пришла в ужас от содеянного, примчалась к брату в пансионат жаловаться и каяться, да так раскаялась, что бросилась в пучину вод. Бабуля умеренно погоревала и решила, что внучку уже не вернешь, а любимого внука не мешало бы от возможных подозрений защитить. Мало ли что злым дядям милиционерам в головы придет! Вот и пошла Меланья Трофимовна домой к Лилиане, открыла дверь своим ключиком, настучала на клавиатурке покаянное письмецо за подписью Лилианы, а потом вышла из квартиры и подождала появления подходящего свидетеля.

— Которым и стала ваша покорная слуга, — сказала я, не дожидаясь, пока Лазарчук покажет на меня пальцем. — А дальше бабуля Меланья Трофимовна увязла еще пуще. Когда Лазарчук задержал ее ненаглядного Лесика и посадил в камеру предварительного заключения, энергичная бабуля добилась свиданья с внуком, предметно с ним побеседовала и уяснила, что Трофимова уличают главным образом показания двух свидетельниц. Не будет этих свидетельниц — не будет их показаний, не будет и обвинения!

— И бабушка взяла электрошокер, заправила шприц какой-то гадостью, оделась медсестрицей и пошла убивать меня, а там ей и ты подвернулась! — проявила сообразительность Ирка. — Кстати, Серега, что за бодяга была у нее в шприце? Какой-нибудь яд?

— Ты удивишься, но это было очень распространенное лекарство, которое продается в каждой аптеке в виде капель и при правильном приеме вполне безвредно, — хмыкнул Лазарчук. — Только его принимают через рот.

— Перорально, — подсказала я.

— Точно. А внутривенное вливание показано разве что в случае крайне желательного смертельного исхода.

— Ну, значит, покушение на наши с Иркой жизни реально имело место быть, — подытожила я. — И вообще, как выяснилось, я в своих предположениях чаще была права, чем нет.

— Хотя первая — официальная — версия об убийстве Балды одной из его любовниц гораздо больше льстила мужской гордости усопшего, — с сожалением заметил Колян.

— Мужская гордость усопшего! — фыркнула Ирка.

— Это как золотая звезда героя-любовника посмертно! — подхватила я.

— Ну, ладно. По-моему, мы все выяснили, —

слегка поморщился Лазарчук, которому этот пассаж про мужскую гордость чем-то не понравился.

— Так, может, теперь мы пойдем спать? — с надеждой спросил Колян.

— Лучше поедем! — внес поправку Моржик.

— Ну, если больше ничего не осталось... — как Винни Пух, протянул Лазарчук, оглядев разоренный стол.

Максимовы засобирались и вскоре убыли, прихватив с собой Лазарчука, который вполне заслужил, чтобы его подвезли до дому. Расчувствовавшись, в тот момент я искренне думала, что Лазарчук заслуживает благодарности даже в более широком диапазоне, но позже вынуждена была пересмотреть свое мнение.

Глубокой ночью, лежа в постели рядом с беспокойно ворочающимся мужем, я вдруг услышала:

— Кыся, я должен попросить у тебя прощения!

— За что? — сонным голосом спросила я.

Не скажу, что это было мне очень интересно, честно говоря, я бы предпочла услышать банальное «Спокойной ночи, милая!». Но Коляна явно что-то беспокоило, лишая сна нас обоих. Я поняла, что без сеанса психоанализа не обойтись, и приготовилась слушать с закрытыми глазами.

— Видишь ли, я ведь не случайно оказался поблизости, когда ты лишилась сумки, и потом, когда прогремел взрыв в «Палаццо», — признался Колян. — Кыся, я за тобой следил!

— Следил? — Я открыла глаза. — Да с какой стати?

Муж тяжко вздохнул:

— Понимаешь, Лазарчук мне по секрету сказал, будто ты призналась трофимовской бабке, что летала на Кипр с любовником. Вот я и решил посмотреть, с кем ты встречаешься, и вообще...

— Да старая маразматичка все перепутала! С любовником на Кипр летала совсем другая Ленка! — Я села и отбросила в сторону одеяло. Спать резко расхотелось. — Как ты мог подозревать меня, Коля! Ты, мой муж, отец моего ребенка!

— Я уже извинился, — кротко напомнил он.

— Ты — да, а Лазарчук? Тебя я готова простить, но его не прощу никогда! Ах, он, змей! «Твои тайны умрут вместе со мной!» Как же! Лживый и бессовестный тип, а я-то думала, мы друзья! — кипятилась я.

— Просто мы с ним друзья чуть дольше, — успокаивающе сказал муж и осторожно накрыл меня одеялом.

Поскольку в комнате было довольно прохладно, я не стала сбрасывать одеяло вторично, но в знак обиды повернулась к Коляну спиной и еще сунула голову под подушку. Может, муж и говорил еще что-нибудь в свое оправдание и в защиту Лазарчука, но я больше ничего не слышала. Подушка и одеяло надежно укрыли меня от тревог и волнений, и я сама не заметила, как уснула.

Разбудили меня бубнящие над ухом голоса. Колян в сотый раз читал Масяне «Айболита», а тот комментировал картинки. Они как раз дошли до мучимых неведомой желудочной хворью бегемотиков, и малыш, тыча пальчиком в рисунок, сказал:

— Две бегемоты!

— Не две бегемоты, а два бегемота! — поправил сынишку Колян.

— Почему? — тут же спросил Масяня.

— Потому что так правильно.

— Почему?

— Потому что про девочек говорят «две», а про мальчиков — «два».

— А про бегемотов? — совершенно логично спросил ребенок.

— Гм...

Колян замолчал. Должно быть, задумался, стоит ли развивать скользкую тему половой принадлежности бегемотов. Я хихикнула, высунула голову из-под одеяла и сказала:

— А про бегемотов, Колюшенька, лучше вообще не говорить! Ну их, этих бегемотов, одни проблемы от них! Вот так помянешь, бывало, имя бегемотово всуе, и сразу начнется такая катавасия, что уж и не чаешь, как из нее живой выбраться!

Мася поглядел на рисованных гиппопотамчиков с подозрением, а Колян с интересом спросил:

— Ты намекаешь на события последнего времени, начало которых хронологически совпало с разливом в нашей ванной теплой бегемотьей лужи?

Я кивнула.

— Кыся! Ты и в самом деле считаешь, что в твоих опасных приключениях были повинны бегемоты?!

Я не дрогнув выдержала насмешливый взгляд мужа и подтвердила:

— Именно бегемоты. Они одни!

— Две! — Тут же заспорил со мной Масяня. — Две бегемоты!

— Опя-ать! — Колян со стоном рухнул в подушки.

А я с гордостью посмотрела на малыша и подумала, что у меня растет замечательный сын. Умный, сообразительный... Настойчивый!

Весь в маму!

Литературно-художественное издание

Елена Логунова

БРАК СО СТИХИЙНЫМ БЕДСТВИЕМ

Ответственный редактор *О. Рубис*
Редактор *А. Антонова*
Художественный редактор *В. Щербаков*
Художник *Д. Рудько*
Технический редактор *О. Куликова*
Компьютерная верстка *Г. Павлова*
Корректор *О. Ямщикова*

ООО «Издательство «Эксмо»
127299, Москва, ул. Клары Цеткин, д. 18/5. Тел.: 411-68-86, 956-39-21.
Home page: www.eksmo.ru E-mail: info@ eksmo.ru

Подписано в печать 21.02.2006.
Формат 84×108 $^{1}/_{32}$. Гарнитура «Таймс».
Печать офсетная. Бумага тип. Усл. печ. л. 18,48.
Тираж 4100 экз. Заказ № 2651.

Отпечатано в полном соответствии
с качеством предоставленных диапозитивов
в ОАО «Можайский полиграфический комбинат».
143200, г. Можайск, ул. Мира, 93.

Когда всё не так...
• 5% людей обращаются к психоаналитику...
• 35% людей отрываются на домашних...
• 60% читают иронические детективы
Дарьи Донцовой!
Дарья Донцова
Записки безумной оптимистки
Дарья Донцова
Небо в рублях
Дарья Донцова
Кекс
городе
... и на душе легко!
www.eksmo.ru www.dontsova.r

издательство "Эксмо" представляет
ТАТЬЯНА
УСТИНОВА
В СЕРИИ
«ПЕРВАЯ СРЕДИ ЛУЧШИХ»
история
одной рукописи
и страстной
любви...
УСТИНОВА
ДОМ-ФАНТОМ
В ПРИДАНОЕ
УСТИНОВА
САКВОЯЖ
СО СВЕТЛЫМ БУДУЩИМ
www.ustinova.ru www.eksmo.ru

Юлия Шилова
ДЕРЗКАЯ КРИМИНАЛЬНАЯ МЕЛОДРАМА
ЦЕНА УСПЕХА,
РАСТОПТАННОЕ
ПРОВИНЦИАЛКА,
СЛАДОСТИ АДА,
ДИТЯ ПОРОКА, или Я буду мстить
ЖЕНЩИНА В КЛЕТКЕ
смотри любви в безумные глаза...
Эксмо
Также читайте романы:
«Золушка из глубинки, или Хозяйка большого города»
«Курортный роман, или Звезда сомнительного счастья»
www.eksmo.ru